魯迅文學獎作品選 *4*

報導文學卷 *1*

人間出版社
中國作家協會　合作出版

目錄

《魯迅文學獎作品選》出版說明

　　魯迅文學獎為大陸最高榮譽的文學獎項，分七類評審，中篇小說、短篇小說、報告文學、詩歌、散文雜文、文學理論評論、文學翻譯。長篇小說的選拔由茅盾文學獎負責。就文學體裁、門類而言，魯迅文學獎選拔範圍更為完整。凡評獎年限內發表（包括在擁有互聯網出版許可證的網站上發表）、出版的作品均可參加評選。魯迅文學獎每三年評審一次，自 1995 年開始舉辦，至今已歷五屆。

　　大陸的文學獎跟台灣的文學獎最大的不同是，大陸的文學獎均就已發表作品進行推薦選拔，而台灣的文學獎則由新進作家將從未發表的作品投稿參選。台灣的文學獎重視提拔新人，而大陸的文學獎則在眾多作家、作品中進行選拔。台灣文學園地較小，新人出頭不易，因此台灣的文學獎均重視新進作家的培養。反之，大陸雜誌、報刊眾多，發表作品比較容易，在已發表作品中進行選拔，確有必要。

　　大陸文學獎還有一點跟台灣不同。魯迅文學獎和茅盾文學獎均由中國作家協會負責，具有官方性質。另外，凡是參與評選的作品，以及最後進入決選的作品，均先在網路上公告，由讀者反映是否合乎資格（如有抄襲，讀者馬上可以舉

發）。決選作品尚未投票前，讀者均可在網上發表意見，供評審委員參考。

　　魯迅文學獎的評選標準重視貼近實際、貼近生活、貼近群眾，容易被大眾所接受的作品，因此，風格上與台灣的文學獎頗有差異。我們引進魯迅文學獎的作品選，一方面想讓台灣讀者了解大陸文學獎的狀況，二方面也可以透過這些作品接觸另一種型態的寫作方式。兩岸的讀者與作者如果能互相觀摩、交流，相信對於兩岸的文學發展都會產生有利的促進作用。

以宏偉敘事再現時代議題
——序《魯迅文學獎作品選—報導文學卷》

須文蔚

　　魯迅文學獎是中國大陸具有最高榮譽的文學大獎之一，其中報告文學獎的得獎作品規模宏大，超過十萬字以上的長篇鉅著不在少數，作者以長時間與縝密的調查與研究，深入時代充滿爭議或重大的教育、醫藥、民族、實業與抗災等議題，配合以活潑生動的小說筆法，塑造出生動的場面與栩栩如生的角色，展現出台灣紀實文學作品中迥異的特質。

　　報告文學的發展與起源可以上溯上世紀 30 年代，中國左翼作家聯盟提倡「創造我們的報導文學」，發表「無產階級文學運動新的形式與我們的任務宣言」，指示要以這種文學形式，為政治服務。由於戰爭及時代的悲劇，報告文學在抗日時期流行一時，對社會及時局都有強烈的批判性，成為當時的文學主流。當時這個新興的文體帶有強烈的社會實踐與揭露時弊的功能，主題也都以關心社會中弱勢階層為主，掀起了時代的風潮。

　　如同中國大陸報告文學會長李炳銀指出，在這個錯綜複雜、挑戰迭起的全球化、資訊化時代，報告文學成為社會的必然要求，報告文學的資訊傳遞、價值判斷和社會介入功能，使之超越新聞，異於小說，可以改變讀者大眾對生活的

感知方式和理解效果，客觀上延伸了人的視野。藉此觀察魯迅文學獎作品集的選題，關懷弱小與社會邊緣的主題退場，取而代之的與國家發展與重大政策爭議有關的議題，更加接近當代新聞學上所稱的調查報導，是讀者更能感受到報告文學衝擊社會、政治與經濟政策的能量。

與台灣報導文學長期傾向散文與新聞報導的文體發展不同，也和台灣報導文學寫手必須仰賴雜誌或社區刊物出版作品的狀況也不同，中國大陸報告文學雖然在改革開放後歷經衰退，但是依舊能夠透過出版、電視紀錄片乃至電影的互動，開展出強勢文體的地位。從魯迅文學獎報告文學獎的得獎資料分析，不少小說家加盟報告文學創作隊伍，把更生動的筆法與手法帶入了創作環境中，也為中國報告文學注入了更多活力與文體改革的動能。

在此次專書中收錄的作者中，何建明是得獎的常勝軍，他的作品不僅主題宏大，篇幅更超過二十餘萬字，放諸華文紀實文學的出版界，筆力如此雄健的作者並不多見。本書收錄的〈部長與國家〉一文，描寫的是上世紀 50 年代末「獨臂將軍」余秋裡擔任石油部長期間，帶領五萬大軍在松遼平原上開發大慶石油的傳奇故事。何建明的作品還受到電視媒體的青睞，中央電視臺改編為 30 集電視連續劇《奠基者》，也展現出報告文學在當代多媒體互文的潛力。

在一片西藏熱的文學圈，加央西熱的〈西藏最後的馱隊〉是作者應中央電視台導演之邀，回到故鄉，帶領紀錄片

團隊，跟隨著馱鹽的犛牛隊伍，記錄一種行將消失的行業：尋鹽、採鹽與運鹽。作者以流暢的筆法，讓人們有機會聽到來自西藏本土的聲音，不同於以往的他者的描述，展現出牧民的日常勞作方式、精神信仰、婚喪嫁娶、飲食起居等文化層面的在地觀點。

最具戲劇性，也最賺人熱淚的作品，應當是朱曉軍的〈天使在作戰〉。作者選擇了醫藥界的黑幕來揭露，主人翁充滿了正義感，希望自己成為真正的醫生，不要濫用醫療資源，為關乎國計民生的醫療問題不斷上書，頗有「秋菊打官司」的曲折與熱情，既有震撼力也有渲染力。相形之下，王宏甲〈中國新教育風暴〉顯得冷靜、客觀與科學，作者徵求各方反映教育改革的小故事，以多元視角呈現教育政策變革的不易與艱難，這部作品也立即改編為電視紀錄片，成為教育政策變遷下的見證者。

兩岸都矚目的汶川地震，李鳴生〈震中在人心〉一文則展現了作家的社會責任感，他第一時間投入災區，以一個作家、軍人、家鄉人獨有的三重身份深入採訪，鉅細靡遺寫作救災、醫療乃至心理治療等複雜的抗災歷程，就天地不仁的災情，理性分析出人為的不當，絕對是相同類型報導中視野遼闊，論點多元的佳作。

較為特殊的、個人的議題，則是作家張雅文針對自身著作權官司側寫的〈生命的吶喊〉一文，一個連小學學歷都沒有的女作家，不會一句外語，獨闖俄羅斯、烏克蘭、歐洲、

韓國與車臣，推出一部又一部頗具影響的國際題材作品，卻因為著作權契約爭議，使她的電視改編劇本鬧上法庭，令她心力交瘁，屢經生死磨難。這樣的報導題材，屬於見證類的報告，是台灣報導文學中較為罕見的。

　　綜觀魯迅文學獎的報導文學卷，以宏大敘事開展出令人震撼的篇章，充分證明了報告文學在中國大陸依舊有著優秀的作家隊伍，具有相對廣大的讀者市場，同時報告文學是走向成熟的文體。但誠如石興澤的分析，中國大陸的報告文學也存在三大隱憂：一是青年報告文學作家偏少；二是創作走向貪大求全、迷戀歷史、疏離民生的誤區；三是文體意識模糊下的藝術修養不足。放諸台灣報導文學發展，目前這些憂喜參半的批評，應當都是關心文學與社會的人們頗有同感的見解。

　　台灣的報導文學長於書寫田野，也擅於在多元、自由與不同族群的議題調查與分析，我們新銳的作家如能從這本難得一見的作品集中，獲取更恢弘的選題能力，學習更鮮活的寫作筆調，相信台灣的報導文學界應當會有更多震撼人心的作品出現。

　　　　　　　　須文蔚，國立東華大學華文文學系教授兼系主任

　　編案：加央西熱、朱曉軍、何建明的作品見《報導文學卷 1》；
　　　　　　王宏甲、李鳴生、張雅文的作品見《報導文學卷 2》。

加央西熱

加央西熱小傳

男，藏族。1957 年春出生於藏北牧區一個並不富裕的牧民家中，1971 年之前在家放牧，並自學藏文。14 歲上小學，1978 年中學畢業留校任教。1983 年調那曲文化局，並開始艱難的文學創作，發表〈童年〉、〈鹽湖〉、〈靈魂獨白〉等組詩，引起文學界的關注，以後又發表過不少詩歌、小說和紀實作品。

1987 年之後，他在基層黨政機關任職，1994 年調入西藏作家協會，任作協秘書長、副主席，後而任西藏文聯編輯事務部主任、西藏作家協會常務副主席，為中國作家協會會員、中國作家協會全委會委員，2004 年 10 月 30 日因病去世。

評委會評語

這部報告文學作品通過對藏北地區一支馱隊整整 28 天的馱鹽之路以及隨後的農牧鹽糧交換過程的追蹤紀錄，用質樸平實的筆觸，原生態地再現了藏北牧民傳統的運輸及商品交換方式，這就是令外人感到神秘的馱鹽以及由此引發的商品交換；然而，伴隨著社會的現代化過程，這種特有的生活方式以及與之相伴的傳統文化，正在以人們始料未及的速度消失……作品不動聲色地折射出那裡的風土人情及世態世貌，無論是題材的另闢蹊徑還是藝術表現的原汁原味，都是近年來報告文學創作中十分鮮見的探索。

西藏最後的馱隊（節選）
加央西熱

卷首語

　　羌塘是一片真正意義上的高天闊土。這裡稀薄的空氣使高原的天空因純淨而透明。只要你登高遠眺，幾百公里以外的景物任你用心靈去觸摸和感受。藏北的牧羊女同這裡的河流和藍天一樣純潔。她們每天可以觀賞幾百公里以外的他鄉美景，但她們也許永遠不能涉足那些熟悉的山水，只能在這片方圓幾十里的草場上放牧牛羊、生兒育女，圍著灶臺和磨盤走完人生的全部旅程。然而，藏北的男人們則不同——他們每年都要進行兩次長達幾十天甚至數月的浪漫、灑脫、充滿樂趣而又艱辛、危險的長途跋涉。這就是令外人感到神秘的藏北牧民傳統的運輸方式——馱鹽及由此引發的農牧鹽糧交換。

　　我在這塊土地上長大，曾是藏北牧民中的一員，少年時曾跟隨馱隊去鹽湖馱過鹽。在 1994 年，我帶著一個攝製組回到廣袤的藏北家鄉，跟隨一支馱隊走了整整二十八天的馱

鹽之路。以馱鹽及其農牧鹽糧交換為主題，我與攝製組一起在藏北的一個鄉村——班戈縣保吉鄉五村進行了為期兩年的拍攝和採訪。隨著這一進程的深入，值得關注的是，我發現藏北牧民特有的生活方式和與之相伴的傳統文化，正在以我們始料未及的速度消失……

第一章　我的馱鹽情結

一、我跟當雄鹽人做生意

我的家住在一條馱鹽大道旁。我是從小看著來來往往的馱鹽隊伍而長大的。一撥一撥的馱鹽人，沿著那條由無數個馱鹽人踏出的小路而形成的馱鹽大道，穿梭於家鄉與鹽湖之間，完成一個牧人所必須要完成的義務。

每年到了春夏之季，當雄和寧中的馱隊鋪天蓋地擁向鹽湖。隨著馱鹽季節的到來，沿路的牧民也跟著熱鬧起來。當雄和寧中的人天生擅長做生意。他們一旦翻過念青唐古拉山脈，就和當地的牧民做起買賣。每當這個時候，我特別希望爸爸從當雄人手裡買些乾桃子、乾元根、糖果等小食品，甚至買些跟我毫不相干的諸如陶壺、牛鞍、帳篷竿子等物品。家裡多了幾樣新東西會讓人感到高興。

當長到 10 多歲時，我就獨自鑽入當雄馱隊的帳篷裡頭，開始和人家做起買賣。當然我不可能支配家裡的財產，所以只能賣一些屬於自己的小東西來換取我喜歡的物品。

一天，一個鹽人看上我那雙精美的靴帶，就跟我糾纏著

要換靴帶，另加一支鋼筆。這一下子吸引了我。誰讓那位叫卡爾托的上師給我起的名字是加央西熱呢！加央西熱翻譯成漢文就是智慧的文殊，文殊是掌管文藝的菩薩，因此我從小就喜歡文具，喜好書籍。鋼筆對我特別具有誘惑力。

那人也看出我喜歡鋼筆，不是在一張磚茶的包裝紙上寫幾個字，就是教我如何吸墨水，如何裝筆帽。他的這些廣告性示範更加誘發了我的興趣，我決定立即交換，儘管兩條靴帶的工藝和質地真是沒法比較。我的那雙靴帶上編織了矯健的黃羊、奔馳的鹿、小河中栩栩如生的小魚，與其說是靴帶，還不如說是精美的工藝品。

晚上我回到家裡，遭到媽媽的嚴厲批評，大嫂也鄭重聲明再也不給我織靴帶。儘管後來她還是給我織了，只是告誡我不許再賣掉。

一年夏天，我和二哥聯手做成一樁令人難以忘懷的生意。那是夏季牧場放牧的時候，一天，來了一位當雄的老人跟我們一起放牛。交談中我們得知，老人是為一位鹽商放牧的放牛員，自己有一匹小青馬。二哥問他賣不賣，老人說如果價錢談得來，可以考慮賣。

爸爸當上合作組組長，每週都要到鄉里開會，極需要一匹公馬作坐騎。在這之前他跟好幾個鹽商周旋買馬的事宜，可是要麼馬不理想，要麼價錢談不下來，一直未能如願。這匹小青馬四肢修長，皮鬆毛短，善於平跑，是一匹理想的坐騎，而老人只要幾頭冬季破「肚皮」（宰殺）的老牛就行

了。

爸爸聽說了這事之後，極感興趣。於是大人們你來我往地磋商，很快達成了協議。

就這樣，我從小站在馱鹽大道旁，看著認識的或不認識的馱鹽者與我擦身而過，默默祝願自己能夠成為一名出色的馱鹽人。

二、我去馱鹽

70 年代初，我終於夢想成真，可以和他們一樣去馱鹽。不過嚴格說來，我是接受生產隊的任務才走上馱鹽大道的。我要去馱鹽，這無疑是令人興奮的，這表明我已不再是一個孩子。更令我驕傲的是，姑娘們再也不會把我當成一個孩子了。

出發之前要做很多準備工作，不過已不同於私營時期，像準備鞍具、縫補鹽袋、整理拴牛繩等活兒都是爸爸在生產隊部替我完成的。鹽人自己要準備足夠兩三個月吃的食品。其中最繁重的活兒要數磨青稞麵。在西藏牧區，這種活兒多半都是由婦女來完成，所以磨青稞麵的任務自然就落在媽媽身上，但一有空閒，我也幫媽媽磨自己享用的糌粑。每當這個時候，媽媽總愛說：「孩子，別磨糌粑了。你小小年紀，能馱得動鹽包嗎？這生產隊也真是的，幹嗎讓上學的孩子去馱鹽？」這麼一來，我唯一為自己做的事情是縫製了一雙選料考究的長筒藏靴。雖然在做工方面還有很多遺憾，但穿著

自己裁縫的靴子，心裡別提有多得意。

臨出發前，爸爸趕緊給我傳授很多馱鹽的技術，包括馱子如何打包、如何裝卸牛背上的貨物，以及在湖中採鹽、背鹽的技巧。還教我怎麼合理安排每天的伙食等等。人民公社時期是以生產隊為單位，派出精幹的馱鹽隊到鹽湖採鹽取鹽。我們隊由 6 人組成，同用一頂帳篷。雖說都是清一色的牧人，但仔細說來，每個人都有一段講不完、理不清的故事。

我的搭檔是我們家的老鄰居單增班典。單增班典跟我以伙伴相稱，其實他跟我爸爸才是同一輩分的人。他原是拉薩著名的色拉寺杰扎倉的僧人。杰扎倉每隔三年選派三至五名僧人到我們部落從事民間佛事。1959 年，西藏實行民主改革，單增班典就地獲得解放，就跟當地一女子結成夫妻，結束了清高、輕鬆且受人尊敬的僧侶生涯，變成了一個地地道道的牧民。作為一個世俗家庭的主人，就要承擔起一家人的吃穿用度，自然要加入馱鹽的隊伍啦。

還有一位老者叫加日。人們當面稱他為加日叔叔，可是背地裡給他起了一個綽號叫豁嘴加日。其實加日並不豁嘴，起這個綽號有兩個原因：其一，他長了一張能說會道的大嘴；其二，他是「文革」中造反派的積極參與者，為此曾蹲了三年的牢房。所以，用「豁嘴」這個綽號來稱呼他意味著對「反革命分子」實行無產階級專政。在平時，豁嘴加日坐在帳篷靠門的位置，他的言論和行為會受到別人的嚴密監

視，對人對事不能妄加評說。惟獨我是他的知心人，倒不是因為我跟「反革命分子」貼了心，而是對他來說我只是一個愛聽故事的小孩。

為保持馱牛的體能，馱隊需要一邊趕路，一邊放牧。放牛要以帳篷為單位，兩個人為一天輪流去放牧。每當加日輪到跟我一塊兒放牛，他就可以獲得一天的言論自由，可以發表一些不十分敏感的政論。他評說人民公社的話讓我至今記憶猶新。他說：「公社公社不都是以公為家的嗎？一家人還有經常鬧矛盾的時候，這麼多人在一口鍋裡吃飯，不天天熬粥就算大幸了。」聽說他年輕時候還是一位小有名氣的辯論家，相當於現在的律師。他曾跟一位部落頭人前往那倉地區（今那曲尼瑪縣）打贏了一場官司。他的口才極好，有興致的時候，可以用一連串的成語和典故來表達他的全部觀點，真可謂妙語連珠。但眼下他對官司啦、政治啦都沒有什麼興趣，只希望跟著馱隊了此一生。他說：「只要讓我摸著牛的尾巴跟著馱隊就是人生一大樂事，別無他求。」這也許是藏北男人普遍的人生觀或對生活的一點點要求吧。

馱隊中，另外幾個都是我們隊裡的普通牧民，而我是一個還在一所小學上學的學生。當我們馱著全村人一年的希望，疲憊而又驕傲地返回家鄉時，我的同學們返校已有二十多天，我的心情一下子沉重起來，一種無法彌補的失落感油然而生。不過，不久希望又奇蹟般地出現了。學校捎來一封信——先是對我在學校的表現和學習成績作了充分的肯定，

然後建議家長和生產隊，盡快把孩子送回學校。這次爸爸充分發揚了民主，徵求了我和媽媽的意見。

媽媽當然是我最忠實的同盟者和最可靠的後盾。於是，我又獲得重返學校的機會，這對我來說是一次重大的人生轉折。

很多年之後，我成為一名國家幹部，認識了文學界的老師和朋友。由於他們的影響和從小受到《格薩爾王傳》、《屍語的故事》等民間文學的薰陶，我這雙從小拿牧鞭的手開始笨拙地握筆抒寫我的草原、我的童年和馱鹽的故事，發表了大量的文學作品。

今天，西藏熱還在升溫。蒙在西藏面容上的神祕面紗半敞半閉，西藏像一位羞羞答答的新娘，尤其誘發了文藝界、影視界對她的興趣。一時間，西藏成為紀錄片和紀實文學的風水寶地。中央電視臺駐成都軍區記者站的導演譚湘江是西藏的發燒友之一。他對藏北的馱鹽曾有過一些道聽途說。當他面對一位曾是牧人去馱過鹽，而今勉強躋身於文學圈裡的我對馱鹽的一番真實描述，無法按捺激動的心情，決定對馱鹽進行跟蹤拍攝。

於是，我再度踏上了回鄉與馱鹽之路。

第二章　去五村的路上

三、譚湘江導演

　　當今世界已進入電與光的世界。西藏這片現代文明姍姍來遲的高地也努力尾隨其後，在現代文明的影響下，傳統的生產和生活方式正在發生深刻的變化，快捷高效的汽車運輸正在替代犛牛運輸，號稱「高原之舟」的犛牛眼看著就要失業了，也只能望車興嘆。

　　我在向譚湘江介紹馱鹽時特別強調了這層意思。我的用意很簡單，一是馱鹽確實面臨著即將消失的危險；二是我不想成天待在機關開會辦公。可是，我們到哪兒才能找到一撥不失傳統，又形成規模的馱隊呢？這對我來説心中是没底的。於是，我們草擬了一份長達數頁的電文發給班戈、申扎、巴青、安多的幾位朋友。

　　數日之後，收到朋友們的回電，其中一份是班戈縣人大常委會彭扎主任發來的，電文稱「保吉鄉五村的馱鹽隊將於 3 月 15 日出發，約有 6 至 8 人，200 頭左右馱牛。去向贊宗鹽湖……」

　　緊張而忙碌的幾天之後，準備工作基本就緒，設備和各路人馬陸續到位。

　　於是，1994 年 3 月 10 日，製片人、導演兼攝影師的譚湘江，臨時充當錄音師的中央臺駐成都記者站攝影師宋和全，翻譯、民俗專家兼任嚮導的我，還有一位司機小余，我

們一行 4 人乘坐一輛米黃色的豐田越野車，沿著青藏公路向班戈縣保吉鄉進發。可沒有想到我們離開拉薩才跑了 100 公里，就發現了車的左後輪在撒氣。人家這才注意到，原來這輛車的 4 個輪子破舊得幾乎沒有了花紋。我堅決否定靠這個輪子完成駄隊的跟蹤拍攝，建議譚導演通知後勤組帶備用輪胎。

待胎補好，我們離開青藏公路，穿過當雄縣城，向北駛去。這是一條駄鹽古道，在很長一段歲月裡，每年都有成千上萬的駄牛組成上百個方陣前往鹽湖，彷彿格薩爾大王爭奪鹽湖的大軍不停地重現。然而，如今已經蕭條的古道上再也難以聽到鹽人們撼人心扉的吆喝和哨聲了，取而代之的是一條崎嶇的簡易公路把我們帶往念青唐古拉的那根拉山口。

3 月的拉薩已是春暖花開，滿枝吐芽，可是一翻過那根拉山口，情形卻大不一樣，銀色的念青唐古拉山脈把藏南和藏北分隔成兩個季節。封凍的納木湖並不十分美麗，不過正在吃奶的羔羊和中午火辣辣的太陽，讓我們已感受到春天的氣息，封凍的湖面上那些縱橫交錯的裂縫就是季節的刻刀劃下的「春」字。前方，藍天下枯黃色的草原和清一色光禿禿的草山就是我的家鄉，在那裡我度過了令自己無限眷戀的童年。

到了山口，我們下車，習慣性地繞經幡一周，撿幾塊石頭放到祭臺的石堆上，以示磕拜。

拜過仰慕已久的神山聖湖，譚湘江的情緒一下高漲起

來。他說：「等我掙到 100 萬元，我要乘熱氣球橫跨納木湖，完成一次人類歷史上的壯舉。你呢？加央，如果你有很多錢，你會做什麼？」

「如果我有很多錢，我會去旅遊，我要到我想去的所有好地方。」我說。

「對，多好，可是有很多人兜裡有了幾個臭錢，成天在城裡泡舞廳、泡女人，多沒意思，簡直在糟蹋人民幣。」

閒談中我們已到了去扎西島的岔路。我說：「這是去扎西島的小路。」他們對我的介紹提出異議：「怎麼叫扎西呢？扎西不是你們作協主席嗎？」

我耐著性子說：「那島也叫扎西，是納木湖 18 個島中唯一靠南岸的半島，那裡有很多仙人的足跡、修行的山洞和正在修煉的聖者，是羊年大轉湖（羊年大轉湖：納木措是西藏三大聖湖中面積最大的，每到羊年，人們或徒步或趕著犛牛轉湖朝拜）。是信徒們的必拜之地。」

在後來的往返途中，另一個加入者沙青意外地發現，扎西島像一頭正要下海的大烏龜，於是大家改稱烏龜島。「扎西島」譯成漢語就是「吉祥島」。這吉祥的聖地怎麼能和近乎貶義的烏龜聯繫起來？這不僅讓信徒們的感情上不能接受，就連我也覺得彆扭。

翻過那根拉山口，眺望保吉，納木湖就肆無忌憚地躺在丈夫的懷裡睡大覺，假如我們此時擁有一種水陸兩用的交通工具，就能縮短一半的路程。在藏北西部的幾個縣境內，嚴

格說來並沒有公路，但跑的汽車多了，就形成縱橫交錯的公路網絡。顯然，這些公路幾乎都不是設計師們畫好圖紙之後再由築路大軍一鎬一鏟修築出來的，而是藏北的土師傅們憑藉熟悉地理地貌的優勢，耐著性子精心編織出來的未來藏北的交通網絡。

在我們眼前就有三條通往保吉的路線可供選擇。南線緊靠納木湖北岸，這是最便捷的，也是最能滿足文人墨客們欣賞風景的——湛藍的湖水倒映著一排東西走向的念青唐古拉山脈，主峰唐拉亞秀便是群峰中高高聳立的峰巔。它是藏北最大的山神，擁有廣大的藏北地區，受到眾山神的一致擁戴。湖面上暢游的黃鴨和斑頭雁，則為神湖增添了幾分安詳與生命的靈氣。假如你是一個有造化的人，神湖對你另眼看待的話，在湖岸的水草叢中你還能與高貴的黑頸鶴相遇。

沿著湖岸前行，一處怪石林立、經幡飄揚的山嘴便是納木湖最著名的沐浴門——江傍沐浴門。轉湖的信徒們走到這裡都會卸下包袱，進行一番隆重的洗漱，以示洗掉前世和今生所有的罪孽。北岸的陽坡上長滿了簇簇爬地松，這是神湖饋贈香客的神聖禮品。朝聖的善男信女們多半都要帶上一些松枝回家，牧人家主婦每天早晨供神的煨桑（煨桑：藏族人每天早上祭祀神靈的一種物品，一般是點燃香草或松樹葉），大都採自納木湖畔的松葉。

如果時間許可，停車去拜訪一位修行的老者或附近一座寺廟也是一個不錯的主意。留意觀察每個修行洞，還可看到

苯教咒語和一些古樸的原始岩畫。據西藏考古專家稱：這些岩畫的年代各不相同。僅就一處而言，其中就有上千年歷史的原始岩畫，當然也有幾百年甚至現代人仿古的拙劣品。儘管有這麼多令人神往的風景和人文景觀，我們最終還是放棄了南線而選擇了北線。因為南線的路況遠不如北線，而我們又要盡可能快地趕到目的地，再說藏北的春天總是姍姍來遲，除了周圍綿延的雪山，納木湖並不十分秀美。但對初次踏上藏北的譚導演，則是處處都覺得新鮮，一路上見什麼就拍什麼。我們還沒有跑一半的路程就把太陽送到西山的背後去了。

在藏北帶路，我自稱一流導遊，可夜間趕路我還是有些忐忑不安。畢竟白天可以憑遠處的山山水水作參照，怎麼也不會走錯一步，但要趕夜路，恐怕誰也不敢擔保不會出現差錯。原因很簡單，舉目眺望，除了起伏不定的地平線和滿天的星斗，你再也不會找到更多的參照物。而那些橫七豎八的岔路不會有一個路標。可能是受我的情緒影響吧，一車人收拾起各自的話匣子，集中精力凝視著前方，似乎生怕稍不留神，草原的小路像路邊的小野兔，一眨眼就會不翼而飛。不過我倒也不是很擔憂，憑藉多年的經驗，我知道每當我黔驢技窮時，希望總會奇蹟般地出現。這種感覺從來沒有讓我失望過，這不，今天也是如此，當我們翻過一座小山口，奇蹟便出現了——前面不遠處，有兩輛東風牌卡車正朝保吉方向駛去。不管他們去什麼地方，不會不知道去保吉的岔路。於

是，我們全速前進，沒有經過養護的土路顛得每個人腰酸背痛。

經過大車師傅的指點，我們明白該怎麼走了。

四、保吉鄉和我的小學同學

保吉鄉就其鄉鎮建設的規模來講，實在無法與內地鄉鎮相比。所謂鄉政府，就是一排鐵皮屋頂的平房囊括了各位書記、鄉長的住所及辦公室。再加上信用社、糧店、供銷社、衛生所、學校、電影隊等幾個服務性單位的小小院子，便組成以鄉政府為主的藏北小鎮。

你可千萬不要小瞧了這個唯有一排平房的鄉政府，它意味著一個國家對這一地區的管理和統治。

我們把車直接開到小學院內，一群穿羊皮袍子的學生圍了過來想看個究竟。我開口問江瓊住的房子，話音剛落，一間還亮燈的房內傳來江瓊的聲音：「加央，我在這裡！」

江瓊是我小學的同學，是鄉里小學的老師，我們最後一次見面大概是 1985 年，已近 10 年之久了，但他還那麼清楚地記得我的聲音，實在令我激動不已。一陣熱烈的傾訴之後，我們一股腦兒全部擠進了他的小屋。幸好他還是獨身一人，我們的活動不會有任何不便之處。他知道我們的來意後，驚奇地問：「這麼多年沒見你的行蹤，可你怎麼知道我們這兒有犛牛駄隊呢？不過你確實沒有找錯。保吉五村的人特別能幹，他們到贊宗鹽湖駄鹽只需不到一個月的時間就可

以折回來。你就是跑遍全縣也不會找到比這支馱隊更精幹的了。再說現在哪兒還有用犛牛馱鹽的嘛。」

保吉鄉也是個無電鄉，一到晚上，每家每戶開始忙著點汽燈，汽燈在這裡備受青睞。江瓊對汽燈做了一個小小的改進。他把自行車輪胎的氣門裝在汽燈上，這樣為汽燈充氣時就不那麼費勁。點上汽燈，室內一下明亮起來。江瓊邊招呼我們坐下，邊往爐內添加牛糞，然後澆上汽油來引火。由於氣壓低，汽油的爆發力不強，只發出「噗」的一聲。牛糞火點燃之後，再往爐鐙內灌上滿滿的羊糞蛋，羊糞的燃燒性能比牛糞強得多，不一會兒工夫鐵皮爐燒得通紅，室內的氣溫急劇上升，我們脫掉外衣，只穿一件毛衣都覺得很熱。

我還有一位叫本西的同學也在這兒任教，他也聞訊而來。聊天當中，他提出了那個令我一直擔心的問題：這些漢族同志隨馱隊到北部，身體能吃得消嗎？是啊，這是一個非常嚴峻的問題。我陷入了沉默。後來，半夜裡，我聽見小宋出去了兩次。第二天，本西對我說：「你那位朋友把我的羊糞堆搞髒了。我看那小子到不了鹽湖。」江瓊也附和：「那個白胖胖的高個兒是條漢子（他說的是譚湘江）。裂嘴唇的那個夠戧（這說的是小宋）。」原來小宋鬧肚子，夜裡出去找廁所，廁所沒有找到，只好在羊糞堆裡埋地雷。污染燃料是藏族人最為忌諱的事情，但我不能怪小宋無知，只好對本西說：「老同學，原諒我吧，是我沒有對他們說清楚，叫幾個學生處理一下吧。」江瓊拿酥油茶、羊肉和奶渣糕來招待

我們，但這些美食佳餚主要還是被我享用了。本西是個生意精，大生意做不來，小生意細水長流，源源不斷。這次他把火眼金睛投向攝製組漢族同胞的腰包。他詭秘地向我探聽說：「你的這些漢族朋友，會不會跟我們做買賣？他們會喜歡什麼？他們是不是很有錢？」

這倒把我問住了，我不知道他們喜歡什麼，就說：「他們也許喜歡牧民的裝飾品。他們也許很有錢，也許一分錢也沒有。」

我和譚導演去鄉里協調拍攝事宜期間，小宋已經上了老牧民的當。他買下一個做工粗糙的打火鏈，還得意地叫住我說：「你看，怎麼樣？我買的。」我不想讓他掃興，只好說：「不錯，不錯，可惜不是銀的。」他說：「那當然，我只給了 80 元。」是啊，正因為不是銀做的，正因為他給了80 元，他上了一個小小的當。說實話，即使我在場，也不會幫小宋跟牧民討價還價。誰愛上當就上當，反正跟我也沒有關係。

在鄉里接待我們的是次仁旦巴鄉長。次仁旦巴是 70 年代的鄉幹部，雖說在鄉政府工作近 20 年，但還是一個十足的牧民。對上面的來人既不點頭哈腰也不冷若冰霜，只有一句簡單的問候一杯酥油茶。他這種人不熱衷於官場，也不拒絕擔任鄉長。既沒有開拓創新，也不玩忽職守，一切都是逆來順受，順其自然。在後來的交談中他講了一個好似英雄壯舉的故事。他說一年前，自治區某某廳的廳長在那曲行署專

員的陪同下到保吉鄉視察工作。這位廳長問他：自治區黨委擴大會議的精神傳達了嗎？次仁旦巴不緊不慢地匯報：「我們還沒有來得及傳達，準備……」他還沒有講完，那位官員就拿他是問：「你們還沒有傳達？國家養你們在這裡就是叫你們工作。這也沒有做那也沒幹，依我看還不如回家放牧算了。」

次仁旦巴急了，指著那位官員的鼻子嚷道：「你瞭解這裡的情況嗎？你瞭解我們的苦衷嗎？不是我次仁旦巴逞能要當鄉長，而是上級硬把我發配在這個崗位上。您要是能從拉薩派一個鄉長下來，我舉雙手歡迎。我即刻備馬回家，當我的牧民，和我的家人在一起哪點不好？」這下倒搞得那位官員啞口無言了。

這就是牧民和牧民的性格，也正是西藏牧民幾千年來一直延續下來的生活形態沒有多大改變的原因所在。他們生來不畏懼高官，也不欺壓弱小。近年來由於政策的拓寬，家裡有了一個佛龕，心中有了一尊活佛，門前有了一群牛羊，人們心安理得，真是知足者常樂了。

五、在保吉五村

我們離開保吉鄉前往目的地——保吉鄉五村。我沒去過保吉五村，單憑次仁旦巴鄉長口述的路線驅車前往。

保吉鄉因保吉山而得名。保吉山匍匐於納木湖北岸約30公里處，與念青唐古拉山遙遙相望。在民間傳說中，保吉山

是無法站立的。據說曾經威嚴峻拔的保吉山常與念青唐古拉的愛妻——納木湖竊竊私語、纏纏綿綿，不幸被念青唐古拉發現，正欲拔腿北逃，被狂怒不已的念青唐古拉用長刀砍斷了雙腿。現在前往保吉鄉的那條簡易公路正好就從保吉山斷腿形成的山谷中穿過。

在藏北，沒有嚮導的情況下要找到一條通往某個小村莊的路，並不是一件容易的事情。我們足足跑了 20 多公里，才碰到一位騎白馬的老者。老者用手遙指去五村的方向，看來我們還得跑 30 公里才能抵達五村。

通常來說，兩個騎馬的人，在一望無際的草原上相遇，會不約而同地坐下吸一撮鼻煙聊一會兒天。這習慣在我身上至今保留，似乎無法改變。老人問我：去五村有何貴幹？我如實回答：「我們想跟五村的馱隊一起去馱鹽。」他的表情告訴我，他對我的問答存有異議或不可理解。但是，我沒有對他撒謊，也無需解釋。

我們離開了那曲，直達申扎縣至阿里北線的公路，這是當地駕駛員開闢的新路。沿著一條淺淺的車轍，終於來到保吉五村。保吉五村和西藏牧區許多地方一樣，不是傳統意義上的村莊，只是一種行政區域的劃分。這個行政村包括 4 個自然村。當我們走進坐南朝北的那個山谷，一條寬大的冰河占據谷底大半個草場。坐落在山坳裡的幾間平頂土屋，冒著枯草焦味的牛糞火煙撲面而來。這種景象對我而言再熟悉不過了。每當我重返故里目睹類似景致時，都要激動一番。可

是平素挺愛激動的譚導演，這時反倒不激動了，難道說這些房屋、這些人、這些牛羊都和他想像中的牧區絲毫沒有異樣？

村民們對一輛豐田車的到來並不感到稀奇。他們以為是來了工作組。所謂工作組就是政府官員或國家公職人員到鄉村了解情況或傳達政府指示的小組。因此，我們一下車，副村長倉諾布就拖著病軀前來迎接。

我們說明來意後，副村長不免覺得奇怪，但還是熱情地把我們接到家中。他家只有一間房子，旁邊搭了一頂黑色的牛毛帳篷。以後我們同他家人吃住在一起，這在牧區倒是司空見慣的，從而為我們瞭解和拍攝他們的活動提供了許多便利，同時也給彼此的生活工作帶來一些不便。

副村長的二女兒桑卓剛坐月子不到一週。與其他民族相比較，西藏牧區婦女坐月子只是一個象徵，產婦真正因生產而休息的日子不過一兩週時間，就是在這段時間內，產婦也不得不經常出門做一點類似晾曬尿布的活兒。桑卓的情況還算不錯，曬尿布這類事都是她媽媽替她做了。產婦主要是食用酥油煮糌粑和牛肉湯。產婦食用的酥油是有講究的，必須是上年夏季綿羊奶酥油。這種酥油極富營養，有補血功能，對產婦恢復體質極有好處。

駄隊出發的日期已臨近，我們拍攝的對象轉向了駄鹽的男人們。按照慣例，駄隊出發前要召開一次駄鹽人碰頭會，以便確定或推選駄隊首領，搭配搭檔，搭配家庭成員，推舉

鹽人家庭的老爸、老媽和法官，分配每個成員所要攜帶的炊具、帳篷或其他公共用的物品。可惜的是，由於我們去得晚，沒能趕上鹽人會議。後來，通過倉諾布副村長得知，此次馱隊的首領是格桑旺堆。

　　格桑旺堆是一個精明的牧人。他是一個大戶的持家能手，不僅牧活樣樣在行，還因生意做得紅火而享譽當地。自實行生產責任制以後，格桑旺堆辭掉了村長職務，經過幾年的苦心經營，他家成了當地的頭號富戶。他全家有 13 口人，1000 多隻綿羊，200 多隻山羊，百來頭犛牛，11 匹馬，加上近年來的生意收入不錯，添置了一輛東風大卡車，在鄉信用社還有 3 萬元的存款，手頭也有一筆數目可觀的流動資金。

　　但格桑旺堆並不滿足於現狀，這也許是他最大的與眾不同之處。他把民改之前一位叫加達的富戶作為自己的楷模和奮鬥目標。每當談到他的家境，他總愛說：「我這點家當值不了幾個錢，我也沒有什麼本事。當年的加達那才叫真正的富戶，那才叫有本事。」格桑旺堆對當地政府為減輕草場的載畜壓力，控制牲畜頭數而出臺的政策大為惱火，認為這種政策是自相矛盾的。他用了藏族諺語來形容它：「叫你吃飯卻不讓你咽下去。」格桑旺堆已有 20 多年沒去馱過鹽，他已年過五旬，這回卻重走馱鹽大道，自有他的目的。

第三章　格桑旺堆的馱隊行進在日趨蕭條的馱運路上

六、馱隊出發之前

　　我們牧民管馱牛叫「凱」。在很大程度上馱牛所扮演的角色是運輸工具，每年的任務除了完成春季馱鹽和秋季去農區交換鹽糧這兩次長途馱運，其餘時間都被放在山上，以便養精蓄銳，恢復體力，不必像其他家畜那樣每天放牧歸圈。放在山上的馱牛也有走失、被盜或有體弱多病的被狼吃掉之類的意外發生，但正常情況下沒有什麼讓人牽腸掛肚的事情，牧家男人們每隔幾週騎馬輪流去巡視一次，也就算萬事大吉了。

　　牧民所有的生活都來自牛羊，在牧民的價值觀念中，牛羊占有重要的地位。判斷一戶人家的貧富，就是以他家門前的牛羊多寡為標準。由於受這種傳統觀念的影響，有些牧民便不知道自己為誰而生為誰而活。於是，我們的很多人就不明不白地成了牲口的奴隸。那曲地區比如縣布龍鄉十一村村民歐居家養了 700 多頭各類牲畜，應該說是一戶富裕的牧民。但是，由於居住在遠離鄉鎮的崇山峻嶺中，傳統的價值觀念占據頭腦，不論居住條件、生活方式都沒有任何改變。這種例子在藏北牧民中不勝枚舉。牧民們尤其憐憫牲畜，在長期的飼養牲畜中，同牲畜結下深深的感情。一個出色的牧人可以說出他所放牧的幾百頭羊的名字，可以辨別每頭羊的不同之處，也因此捨不得宰殺牲畜，天天抱怨自己，為了養

家糊口而致使許多無辜的生命成了刀下鬼。

　　春季綿羊產羔高峰期剛過，男人們打點好自己的行裝，幾乎傾巢而出，把山上的馱牛往家趕。馱牛們在主人的吆喝聲和飛來飛去的小石塊的催促下，不緊不慢地來到各自主人的房前，它們似乎明白，將要開始一次艱難的長途旅行。這天，五村每戶人家房前都多了一個拴牛地線。這種拴牛地線是用牛尾毛捻成的兩股平行的繩子，每隔兩米裝了一個拴牛的環扣。根據每戶馱牛的多寡而設定地線的長短，一般一個鹽人要管 25 至 35 頭馱牛。

　　格桑旺堆家有四十多頭馱牛。他在房前釘了凹字形的地線，另一邊是留給他的搭檔──日地。日地是保吉四村的人，跟格桑旺堆家有點沾親帶故。不過格桑旺堆去馱鹽，請日地做自己的搭檔，並不是因為這個緣故，而是考慮到日地家只有四頭馱牛，人手綽綽有餘。所以格桑旺堆可以把自己超出的馱牛請日地負責，付給對方適當的勞務，這事實上是一種雇傭關係。

　　倉諾布家有 23 頭牛，頓加釘的地線是一個三角形，另一半留給索加的馱牛。兩個人的拴牛繩釘好後，便變成內外兩層頭對頭的犛牛方陣。

　　在犛牛部族裡自有其嚴密的等級關係，因此拴牛要嚴格按等級來做。這種等級完全是馱牛們靠頂架頂出來的。鹽人根據觀察和瞭解已經心知肚明，會把馱牛按它們的等級順序一一拴好，這樣就會秩序井然，否則要惹出麻煩。當然這當

中要是一頭富有造反精神的牛打敗了它的上級牛，鹽人要隨時調整拴牛順序，以保持馱牛方陣的秩序。

男人們唱著由勞動號子演變而來的拴牛歌拴完了各自的馱牛。頓加開始備牛鞍，口中始終念念有詞。這實在有點出乎我的意料。在我看來，念經煨桑這類帶有宗教色彩的事好像都是老人們做的，沒想到才 21 歲的頓加，也能如此有章法地念起《祈請財神經》。頓加的母親手擎冒著濃煙的煨桑，繞著犛牛方陣和穿梭於牛群中間的兒子，祈禱不止。

雍措收起終日合不攏嘴的笑臉，也在繞著格桑旺堆和自家的馱牛進行煨桑。我聽不清楚她念的什麼經，但是毫無疑問，她是在祈禱她的公公和馱牛們一路平安。鹽人們還要為自己喜愛的一頭馱牛或領頭牛打扮一下。倉諾布為花色的馱牛釘了一對用牛毛製成的紅色耳墜，又在一頭黑色馱牛的鬃毛上縫了一塊紅布。格桑旺堆家馱牛們的鬃毛上也多了幾塊紅布，其中有一塊是印有風馬經文的幡旗，這也許更能體現格桑旺堆的為自己的馱隊消除災難平安返回家的願望。

夕陽的最後一絲餘暉還黃燦燦地掛在凱索神山上。

村莊裡香火繚繞，幡旗翻動，若有若無的誦經聲，似乎傳到了遠方的鹽湖。

七、春雪為馱隊送行

夜色仍然很濃，凱索山上剛露出一絲浮白，牛糞火的煙味已瀰漫了整個村莊。昨夜的一場春雪，把草原深處的村莊

打扮成一位鶴髮母親，這令我們的導演喜出望外。鹽人們吃過早茶，拎著食品褡褳走出家門，給馱牛裝上行裝就出發了。全村所有的人都出來為鹽人們送行。

「祝爸爸，採鹽好！」「祝媽媽，在家平安！」格桑旺堆老兩口彼此以孩子似的口吻相互道別。

「祝爸爸，一路平安！」「祝爺爺，採鹽好！」格桑旺堆的兒媳、兒子、孫女也紛紛說著祝福的話一一道別。

馱牛往前走去，人們說著這些離別的祝詞並致以親昵的貼面禮。格桑旺堆有些著急了，儘管他還要一個一個地祝，卻已省略了祝詞前面的稱呼，好像這樣能縮短道別的時間。

努地把桑多送到村口，老遠喊聲：「祝孩子們，採鹽好啊！」以此來顯示作為家長和父輩的威嚴風度，同時也表現了他對馱鹽的不以為然和對兒子們凱旋歸來的自信。但是，他為格桑旺堆送行時卻熱情地行了貼面禮——這樣做既有禮節的意思，也表示對格桑旺堆的尊敬。對牧人來說，馱鹽只是每年必須進行的一種生產性勞動，年復一年從未間斷過。現在世道平安，關於土匪的故事，則是留在老人們記憶深處的老皇曆，因此送行時沒有難捨難分的場面和依依惜別的凝重。

沒有美酒，沒有哈達，且把春雪當哈達，把鹽人們送上了馱鹽的征途。

八、鹽人家庭

　　馱隊從三個不同的出發地向第一站的營地集結。太陽照在昨夜薄如裙紗的雪地上，反射出五顏六色的光芒。馱隊靠近營地時，先遣的馬隊飛馳而來，漢子們以極快的速度釘完了地線，等待牛隊的到來。

　　在去鹽湖途中，只有少部分馱牛背上馱著鹽人們的食物、服裝、帳篷、裝鹽巴用的空袋等行李，其餘馱牛都是只備著鞍子的空牛。

　　待馱行李的馱隊一到，人們在各自的地線圈內卸下行李，然後有人去搭帳篷，有人去撿牛糞，顯得井井有條。帳篷搭得像玩魔術一般迅速，這些鹽人們說著與性相關的鹽語，不一會兒工夫支起兩頂帳篷。

　　蓄著漂亮的八字鬍鬚的頓珠「媽媽」，用鋁鍋端來一鍋水，置於帳內的三角爐灶上，然後把煙頭放在捏碎的牛糞末裡，用羊皮風囊撲哧撲哧地把牛糞火慢慢吹大。一會兒工夫火苗就舔舐著薰黑的鍋底，而風囊還在撲哧撲哧吹著以加大火力。「出生了，出生了！出生了一個丫頭！」

　　茶燒開了，隨著頓珠的一聲喊叫，鹽人們從各自的地線圈內，扛著鼓鼓囊囊的食品褡褳走進帳篷，各自進入自己在這個臨時家庭中的角色。這就意味著一個由清一色男人組成的鹽人家庭誕生了。馱隊首領的任務可不是只具象徵意義的擺設。他要帶領大伙完成馱鹽任務，甚至完成解決一個村莊或一個部落一年口糧的重任。他要具備對天氣對鹽情的判斷

才能，要能沉著應對各種突發事件。格桑旺堆帶領的這支馱隊，按年齡分成了兩個小家庭，分布在兩頂帳篷內結伴而行。

一個鹽人家庭中每個成員的座次是根據職位來決定的。格桑旺堆的「家」由 8 人組成。帳篷右上方為「爸爸」的席位，格桑旺堆理所當然地坐在那裡。格桑旺堆的左邊是日地，這是「法官」的座位，為此在「法官」座位的帳壁上掛一條小繩，稱為「準繩」。日地的左邊沒有具體職位。此位靠近帳門，出入方便，本來是第二次參加馱鹽的人的座位，被稱為「鹽隊的勤務員」，但他們帳篷裡沒有第二次去馱鹽的人，於是扎西才旦被安排坐在了這裡，當起了「勤務員」。「媽媽」頓珠坐在靠帳門的左邊，每天要負責生火、燒茶、倒茶、燒飯。「媽媽」的左邊為「保布」的座位，「保布」指的是第一次去馱鹽的人，意思就是鹽隊的寵兒，要受到「媽媽」的特別關照。

「保布」上方的座位沒有專職，再上方為煨桑師。這個人不一定是出家之人，但理應懂得燒香念經祭祀鬼神之類簡單的民間法事。格桑旺堆「家」這位年輕的煨桑師叫桑多，不過他只占其位，不謀其事。問其原因，他腼腆地說：「這是過去的事，現在不按這個行事了。」

趁頓珠打酥油茶的工夫，人們從自己的褡褳裡拿出昨晚家庭主婦為他們做好的「粑」（糌粑製成的食品），有滋有味吃了起來，還不時相互品嚐。

糌粑是藏族的主食，吃法並不太多，最普遍的吃法是與酥油、奶渣拌成麵團現做現吃。一伙大男人從家裡帶來母親或妻子做好的「粑」，在沒來得及打好酥油茶的情況下就吃起來，有點不合常規，應該是富有寓意的。在我們老家沒有這種習俗，這才讓我帶著一份好奇請教了格桑旺堆。他說「家裡的親人為出門遠行的人做粑，意思是祝願出門的鹽人們像放牧一樣順利，像放牧一樣快地早日回到家中。」

格桑旺堆已經是 55 歲的人了，55 歲去馱鹽的人並不多。況且，格桑旺堆有一個非常能幹的兒子旺青。自旺青長成大小伙子能去馱鹽以後，格桑旺堆已經很久沒有踏上馱鹽大道，沒有拜訪過鹽湖母親了。這便成了我們攝製組一個採訪的話題——

加央：「想請首領談談你親自去馱鹽的原因。」

格桑旺堆：「怎麼說呢？自己去馱鹽的原因嘛，過了年以後，我一直沒有去放羊，是覺旺青在放羊。今年年景不好，牲口死亡很多，一下換一個放牧員，有些事不好處理。比如：母羊死了，我不認識它的羔羊，這個羔羊沒人照料就會死掉。羔羊死了，我又不認識它的母羊，不及時補救，這個母羊的奶會乾掉，夏天擠不成奶。這是一個原因。二呢，是想去看看鹽湖，想看看自己曾經走過的地方。他們說現在有公路通到鹽湖，我也想瞭解一下公路是怎樣通向鹽湖的，路況好不好，要翻越哪些山山水水。過去用牛馱鹽的路線也忘得差不多了，如果用汽車拉鹽不知是否方便。就是這些原

因。」

加央：「以後會用汽車去拉鹽嗎？」

格桑旺堆：「會的。今年剛買汽車，拉鹽沒有太大把握。今後，要是得到哪個鹽湖確有鹽巴的消息，想在犛牛馱鹽之前，先用汽車拉一趟鹽。這樣就可以把贊宗鹽湖有沒有鹽啦，鹽巴質量怎麼樣啦等一些情況反饋給家鄉的人，好讓村裡做好馱鹽的安排。」

加央：「那你的馱牛會怎樣派上用場呢？」

格桑旺堆：「馱牛會繼續留下來，買汽車並不是想替換馱牛。我家有人力，又有馱牛，馱牛會繼續用做鹽糧交換，從北方馱鹽到南方去換糧。這種傳統農牧交易會繼續下去。至於汽車拉來的鹽，想用它做點兒別的生意。」

採訪完格桑旺堆，我們繼續跟拍其他鏡頭。儘管藏北的太陽無比亮麗，但是那股漫無邊際的西南風總不停息地掠過草原乾裂的肌膚。已經是午日當頭，然而我們的譚導演似乎還沒有停機的意思，他總是喘著粗氣穿梭於兩頂帳篷之間。宋和全喘氣更厲害，嘴唇乾裂，牙縫滲出血絲，偶爾有輕微的咳嗽，但還是跟在譚導後面，把鹽人們的每一句話，每一支歌都錄進了他的小匣子。我已經感到饑腸轆轆，每每鑽進鹽人的帳內，我的味覺總是那麼靈敏地捕捉著酥油茶濃郁的芳香。

當我們進入年輕人的家庭拍攝時，導演讓我採訪布瓊，請他介紹家裡成員。布瓊和頓珠兄弟倆分別擔任了兩個家庭

的「媽媽」，嘎蘇擔任「法官」。以下是採訪布瓊時的一段
錄音記錄：

布瓊：「這位是『法官』，他是個『保布』。」

加央：「他是『保布』？」布瓊：「對。」

加央：「那就怪了，『保布』不是『媽媽』的『寵兒』
嗎？怎麼讓他當『法官』呢？」

布瓊：「說來說去，你是一個老鹽人？！」

索加：「他是爸爸的搭檔，這才讓一個小『保布』走後
門當上了『法官』。」（開懷大笑）

嘎蘇：「對。沒錯，不管我這個小『保布』用了什麼手
段，反正坐上了『法官』的席位。你看那小子，他是鹽隊的
『傭人』。我們家所有人都有權支他的差，哪怕讓他舔我們
的屁股，他也只有乖乖地從命了。」（眾人哈哈大笑）

索加：「沒錯，沒錯。我是馱隊的『勤務員』，但這舔
屁眼的任務還是留給你吧，因為你的嘴巴就像屁眼。」索加
的話並沒有引起大伙的哄堂大笑，可他自己卻總是極其誇張
地一陣大笑。

布瓊：「我是『媽媽』。除了每天的行軍，我還有一個
任務，就是為大伙兒生火燒茶，我才是真正的『傭人』。按
現在的說法就是他們的服務員。加央老師，你進來喝茶吧，
他們那些漢人可能不會喝我們牧民的茶。」

加央：「索加是『勤務員』？」

布瓊：「對。」

加央：「他並沒有坐在自己的座位上呀？」

布瓊：「現在沒人按照過去那套來，全革了命了。」布瓊友好的邀請更誘發了我的饑渴，但是同伴們的敬業精神使我無法脫離崗位。

索加坐在勤務員的位置上，從褡褳裡拿出一個軟綿綿的羊肚子，從裡面擠出黑糊糊的糌粑釀成的酒糟。藏北牧民並不時興喝酒，除了藏曆新年或結婚慶典，幾乎不會看到青稞酒，而在馱隊裡有人帶著糌粑酒糟更是罕見。後來我才發現幾乎所有的人都帶著這種裝在羊肚子裡的酒糟，也許是自己孤陋寡聞，也許他們早就有這種習慣吧，不過我還是請教了老首領。他說，這是他們這代人的發明，起源於人民公社時期。公社時期所有的牲畜都歸生產隊所有，自留牲畜寥寥無幾，鹽人帶不上酸奶，就用這種酒糟來替代酸奶。後來發現這種食品具有驅寒解乏的功效，就一直沿用到現在了。

九、生病的宋和全

日頭已經偏西，譚導演這才不情願地放下了攝像機。我從鹽人的帳篷裡借了一口羊皮風囊，坐在帳篷靠門的左邊，理所當然地擔任了攝製組家庭的「媽媽」。在這種四面漏風的游牧帳篷裡，米飯炒菜是可望而不可及的奢侈，因此最簡便的方法無非就是下麵條對付一頓。當我生起火，三角火爐上壓力鍋裡的水剛冒出一股熱氣，宋和全早就有的身體不適，急劇加重起來。他說胸口疼痛難忍，倒在地上直打滾。

譚導用近似命令的語氣說：「加央，我和小余去送小宋到拉薩，這裡的事請你負責一下。」

我說：「你去送小宋，我們⋯⋯」

導演不等我把話說完，就說：「什麼？有問題嗎？」

「不，沒有什麼問題。只是你不在了，我們跟著馱隊感到沒有什麼意思。」

「那你的意思呢？」

「我們跟著馱隊還不如在鄉里等你們好。」

他沉思片刻說：「那好，按你的意見辦吧。」

譚湘江從小入伍，部隊裡的那套工作作風深深地扎根於他的身上。儘管我們在進行以上對話時，他的語氣始終生硬得無法讓人接受。但是與其他人相比，他對我還算是客氣的。這也許是因為我是一位藏族人吧。

我們匆匆忙忙收拾了一下行裝準備上路，要與馱隊暫別了。這時馱隊的人們也過來看熱鬧，有的同情，有的嘲笑，有的幫忙，有的觀望。布瓊一邊幫我們收拾，一邊對我說：「今天，你要送這個，明天還說不定要送誰呢。那鹽湖母親可不是人人都能朝見的！」這時我想起一首鹽歌：

豪傑不到鹽湖來，

綾羅綢緞不耐髒。

懦夫無緣來鹽湖，

北部寶藏取不來。

我漢子來此見母親，

是我們玩耍的好地方。

我不知道小宋是豪傑還是懦夫，是他的綾羅綢緞不耐髒呢，還是無緣見鹽湖？總之這位西藏的發燒友千里迢迢來西藏，在前往鹽湖的途中剛剛邁出第一步就打道回府，這恐怕算得上是一個終生遺憾。

十、雪夜追趕馱隊

第三天的落日時分，譚導風塵僕僕地趕回來了。他說，小宋的病情沒有大事，只是肺部稍有感染，現在已經平安到成都了。還說，小宋對沒能把西藏的片子拍完感到極為痛心。其實我們都為他遺憾——他是一個西藏發燒友，這次剛要進入角色，戲還沒有開唱就被趕出了場子。醫生還鄭重其事地告誡他，以後不許再進西藏。這樣的結果誰都會覺得難以接受。

譚導演總是那樣精力充沛，這場雪使他十分高興，他事後諸葛亮似地說：「怎麼樣？我說過要降一場大雪吧，因為我是冰雹喇嘛。」冰雹喇嘛是他自封的，雪也確實下了，但是能不能拍上在雪地裡行軍的馱隊又是另一碼事，因為馱隊出發已經是第四天了，按正常的行軍速度，目前應該逼近都日山口，第二天清早就會翻過山去。都日山脈是整個馱運路上唯一自西向東橫亙路上的大山，錯過這個機會，再也沒有

第二個大起伏大反差的地勢了。因此，我們經過反覆研究，決定當晚就去找馱隊，但這事並非攝製組自身所能完成的，只有求助於鄉長。

此時已是晚上 10 點多。次仁旦巴鄉長真是一個爽快的人，他說：「這麼晚了不好派別人，只有我自己去了。」鄉長中等個頭，棱角分明的臉上長了一副歐洲人式的高鼻樑，一雙略顯凹陷的漂亮眼睛充滿自信，頭戴寬邊帽，身穿深褐色毛呢面子的羊羔皮袍子，斜挎一支帶皮套的五四式手槍，一身不和諧的裝束倒給人以奇特的美感。

我們順保吉山北坡山谷中一條時顯時隱的車轍駛去。本來就不清晰的車印，此時覆蓋了一層厚厚的大雪，讓我們的行軍更加艱難。次仁旦巴鄉長對這一帶熟悉得可以叫出每塊石頭的名字，但是他往常路過時都是要麼步行，要麼騎馬，要麼大白天吃飽喝足之後，漫不經心地和司機海闊天空地聊起來，從未注意過路線。可今天，帶一幫從未涉足這條簡易公路的客人，乘坐一輛 80 型豐田越野車，充當起正兒八經的嚮導，對此，他似乎還沒有來得及適應角色的轉換與行軍速度的時間差，時常需要停下車來，在朦朧的月色中找準保吉山作參照物，以判斷眼前我們所處的位置。駛出保吉山谷就進入了果芒鄉一片莽莽的開闊地帶。我們沿一片那雜草地的邊緣行駛，平坦的草原小路上幾乎聽不到汽車馬達的聲音。鄉長說這裡就是那加，是馱隊預先擬定的第二站營地。

我們停下車來尋找馱隊的蛛絲馬跡，也許是因為下了雪

的緣故，也許沒有找準方位，總之我們沒有找到馱隊紮營的任何痕跡。在我們大海撈針般地尋找馱隊足跡時，鄉長卻在高瞻遠眺，發現夜色中一頂與雪地融為一體的帳篷，還有三三兩兩散臥在草窩中的羊群。當我和鄉長走近帳篷時，羊群機警地站起來打響鼻，對入侵者發出警告。這時一個老嫗從羊群的另一側開腔問話：「誰啊？」「大娘放牧好！我是保吉的次仁旦巴，想打聽一件事。」

我們從老嫗那裡打聽到馱隊早已路過這裡，往前去了。離開了那雜草地，夜幕中的遠山只是一條起伏不定的虛線，想找到一個能夠確定方位的參照物是不可能的，但是希望的光環始終照耀在我們的上空，次仁旦巴鄉長憑藉他遙遠的記憶，找到了前往桑母寺方向的淺淺的車印。

此時大概是午夜時分，月亮為大地塗上了一層薄薄的奶液，雪山更加皎潔。當我們進入一個小村莊時，車印也隨之消失了。我和鄉長來到一頂帳篷跟前，喊了半天沒人應聲，只有一隻牛犢大的藏獒不斷地吼叫著，擺出一副向一群不速之客發起猛攻的架勢。我們在藏獒的糾纏下轉到一群綿羊旁邊，居然碰到一對酣睡中的小情人。看來他們只防狼，所以對一幫陌生人的來訪並不在意。鄉長喊了好幾聲並說明來意之後，那男的才睜開眼睛，說：「你們看到帳篷後面山腳下的兩堆牛糞了嗎？那兩堆牛糞上面就是前往桑母寺的汽車路。」

鄉長詭秘地一笑，像是發現了小情人的隱私似的說：

「我們可能是撞上了打狗的男人，你看那女的別說搭話，就連動都不敢動。」

打狗的男人是指夜裡與女子約會的男人。由於職業的關係，鄉長對這種不正當的男女關係特別敏感。據說這種男女關係造成的非婚子女，不僅會引起很多民事糾紛，還為政府的脫貧工作帶來困難。比如，一個單身女子，本來不在扶貧之列，但生下兩三個非婚子女，喪失了勞動能力，就成了救濟對象。政府部門為此很惱火，下決心要管管這些夜遊的男人和接納這種男人的女人，對此鄉村兩級管理部門制定了相關的處罰條例。

可這裡是果芒鄉，保吉鄉管不到。儘管次仁旦巴鄉長認為這是一位夜遊的男人，也只好一笑了之。

接著，我們就爬山。山不算陡，可是汽車不聽使喚，不知是油路不暢還是汽油濾清器出了毛病，反正總是達不到需要的馬力。爬上去幾十米又停下車來大腳轟油門再往上衝……經過幾次三番這樣的重複，好不容易才翻過山去。

這裡是一條朝陽的僻靜山谷，谷底的涓涓細流凝結成長長的冰川。我們沿著冰川的邊緣逆水而上，前方是高不可攀的都日山脈。我感覺山谷中瀰漫了一股仙氣，煨桑的香味在空氣中流淌，此時我無法駕御理性，甚至能不能找到馱隊對我而言已毫無意義，我只想像著在一個黃昏或晨露時分，沿著這條幽靜的峽谷裡，伴著潺潺水聲，拜訪這座獨具牧鄉特色的小寺將會是怎樣的感受呢？

　　沿道路兩旁的嘛呢牆走進寺廟，機警的牧狗又粗聲粗氣地向我們發出警告，當我們進一步靠近寺廟時，那些牧狗以不可阻擋的架勢輪番向我們發起進攻，由於坐在汽車裡頭，它們對我們的安全構不成威脅，不幸的是事不湊巧，車印又一次無影無蹤地消失了。我和鄉長冒著被狗咬上一口的危險下車探路，出人意料的是，這些可憐的大個牧狗，可能曾遭到過來者的毒打，當我們一下車，它們迅速離開十幾米遠嗷嗷叫個不停，卻不敢逕直撲將上來。

　　不知是汽車聲還是狗叫聲驚動了主人，一位披著羊皮袍子的男人赤著腳迎出門來。寒喧後，他說，這裡有一條前往班戈縣的路，但很少有車輛往來，加之剛下過一場雪，能否通車不敢肯定。我詳細詢問了路況及可以作路標的參照物，但當他說了半天也難以表達清楚路線時，就很耐心地把我比作前面的山脈，在我背上比畫了半天，儘管這樣，我和鄉長心裡並沒有一張明細的交通圖。

　　更糟糕的是前面的山陡得像天梯，車又出了毛病，經過反覆詢問，反覆商量，我們最終放棄了繼續尾隨駄隊的計劃。原路返回應該是動物的本能，可是當我們行至進入果芒鄉與保吉鄉交界的那片曠野時，寸草上那兩行車輪的壓痕再一次捉迷藏似的從我們的視野中溜掉了。我們在原地兜了很長時間的圈，還是沒有找到返回的路線，只好夜宿汽車，等待天亮了。

第四章　在小牛犢淚泉紮營

十一、都日山的雪

我們吃過早茶，收拾好行裝，準備翻過都日山，到班戈縣迎接馱隊。保吉到班戈的直線距離只有 80 公里，但是要翻過都日山。都日山，我們已經領教過一次了，昨天星夜追趕馱隊，不僅沒有找到馱隊，還在每個人的腦海中留下一個夜宿汽車的永久記憶，這似乎是都日山給我們的見面禮。

「長時間沒有和縣裡來往，可能是都日山被雪封了。不過，你們有這麼好的車，也許可以過得去。」次仁旦巴鄉長是在嘲諷呢還是在鼓勵我們？這對我們自然是一個嚴峻的挑戰，我們再賭一次運氣吧，可昨夜的失敗還在腦海中記憶猶新，今天能成功嗎？

剛離開保吉，風雪迎面襲來。一路爬坡，一路風雪，沿路沒有行人。我們似乎穿行於無人居住的山野間，翻過兩座不高的山口，來到一片大壩，前方矗立著都日山脈的主峰，被大雪鋪蓋的公路像銀蛇般纏繞著大山扶搖直上，繞過頂峰消失在雲霧之中。

公路上的積雪厚達半米以上，汽車無法躍上公路，只能沿著被風清掃過的山梁一點點地挪動。

為了減輕載重，我們全都下車徒步上山。從下面往上望去，汽車像一隻小小的龜甲蟲慢慢往上爬行，山勢更加高峻，空氣越發稀薄，走兩步便停下大口喘氣，每個人的嘴唇

變成青紫色，這是典型的高山反應，如果執意徒步翻山過
去，要有頑強的毅力，付出更多的時間。隨著我們一點一點
地攀高，都日山在我們的腳下一點一點變小。

當我們終於翻過第一道山梁，滿心希望想站在高處慶祝
一番，但令人沮喪的是前方還有一道更加峻拔的山梁在等著
我們。攀登著如天梯般層層疊疊的山梁，何時才能到達巔峰
呢？

小余師傅著急了，他加大油門試圖衝向公路，但右邊的
前輪還沒有上到路基，左邊的輪胎就跳起懸在空中。小余師
傅敏捷地把穩方向盤往左一扭，兩個懸空的軲轆重重地落了
下來。就在這軲轆落地的一剎那，我們才清醒過來，這是一
個多麼固執而危險的舉動啊。儘管我們沒有體驗到翻車的驚
險，但每每想起都日山上的那一幕，足以讓人不寒而慄。

於是我們放棄了翻山的計劃，重返保吉，繞過整個都日
山脈，從另一條道路來到班戈縣城。

班戈縣靠柴油發電，發電的時間是從 19 點到 24 點。我
們在縣糧食局招待所剛住下，還沒來得及吃碗麵條，熄燈的
信號就發出了，好在我的表叔在這裡當頭兒，專門為我們延
長了半小時的發電時間。

這是從拉薩出來後，第一次睡這麼舒適的席夢思床，睡
得比任何時候都酣甜，不過導演仍舊早早地叫醒了我們。

從班戈西行，來到許如大草原。這是一片充滿神話的漂
亮草原，在草場的邊緣散落著白色的牧民房屋，房屋周圍遠

遠近近放牧著大群大群的跟著小羔羊的母羊。

　　我向一個牧女打聽馱隊經過的路線，還打聽了一些與之相關的問題。這時車上的人開始按喇叭了。

　　回到車上，同伴們並沒有急著問馱隊的路線，而是問我戀愛談得怎麼樣。我沒有回答這種無聊的問題，只是說：「往前開吧，馱隊就在前面。」

十二、在小牛犢淚泉

　　我們繞過一道山嘴，在山腳與那雜草原之間平坦的壩子上，馱隊出現了。這是我們離開馱隊後的第四天。我們像抗戰故事片中游擊隊打日軍一樣，在導演的指揮下，占領最佳角度，以雪山為背景拍下行進中的馱隊。兩撥馱隊一前一後，年輕人的馱隊在前面，格桑旺堆的馱隊在後面。

　　格桑旺堆牽著馬，也許沒有牽。因為一匹老練的馱鹽人的坐騎，在馱隊行進中用不著主人的牽引。馱隊一出發，它們會規規矩矩地跟在主人後面或者走在馱牛中間，那些平素具有排他性的公牛們也不會計較馬們的加入。唯有在馱隊中，才能見到人與牛和馬能如此融洽如此和諧地相處。

　　格桑旺堆的確十分能幹，他總是不停地忙著手中的活。就在馱隊行進途中，他也能邊走邊用一尺長的木棍，把牛羊毛捻成線，然後編成繩索，用來捆馱物或拴牛。

　　我們拍完行進中的格桑旺堆，趕到前面去拍年輕人的隊伍。

　　索加走在馱隊中間，騎著副村長借給他的那匹小花馬。
當我們的攝影鏡頭剛對準他，他就匆匆地跳下馬背。他大概
是怕錄音話筒驚著他的小馬。我們在五村的幾天時間裡，索
加學會不少漢語，比如「吃」、「喝」、「走」等簡單的生
活用語。他還把「沙青」這個名字徹底藏化後說成「薩爾
欠」，翻譯過來是「大革命」或「大革新」。他用漢語對沙
青說「薩爾欠，煙，煙。」並做出抽煙的動作。沙青也提出
賞煙的條件說：「歌，唱歌，再煙。」

　　索加扯起嗓門唱起一首鹽歌：

　　　溫暖的太陽對我說，

　　　十五天之內要回來；

　　　恩重的父母對我說，

　　　十五天之內要回來；

　　　美麗的姑娘對我說，

　　　十五天……

　　不等索加把歌唱完，布瓊說：「不是昨晚在袍子裡頭做
的夢吧，有姑娘等著你嗎？」

　　索加並不示弱，反唇相譏：「你是不是夢見老婆跟別人
睡了。」並為自己的這句話得意地大笑。

　　這時，格桑旺堆馱隊釘地線的人馬過來了。每當這個時
候多少有點賽馬的性質，索加等人正要出發，布瓊阻止說：

「等後面的人馬來了一塊出發，這樣電視裡頭好看啊。」

「你想看我的笑話，看你自己的屁眼吧。」又是一聲誇張的大笑。

索加的反應很敏捷。「你心虛什麼，又不是自己的馬。」布瓊說。

但是，索加沒走出多遠，後面的人馬已經跟上來超過了他，他還是落了個倒數第一。

現在沒有唇槍舌劍的時間了。每個人選擇好各自的拴牛地，卸下鞍具把馬放走，接著是釘繫著地線的鐵橛子——叮叮咣咣的聲音響成一片。

今天，輪到頓加趕著空牛走在後面。索加不僅要擔負自己行李的卸包任務，還要負責卸下並保管好頓加的行李。索加剛拴完兩人駄行李的牛，布瓊前來幫忙。幫忙歸幫忙，嘴戰也要打。他說：「你們看，還有這種人，連他自己的褡褳都沒能卸下。要是單人去駄鹽，那只有趕著空牛回來了。」

索加才不管你是不是來幫忙，反問道：「你沒有把我當成四臂觀音吧。」

「連『六字嘛哞』都念不全，還想當四臂觀音？」布瓊說。

其他人也都過來幫索加和桑多卸包。桑多的搭檔扎西才旦也是輪到趕空牛。

在這風和日麗的晌午，在許如那木切草原東邊一個叫比美古的泉水（小牛犢淚泉）旁邊，他們搭起兩頂白色的旅行

帳篷，享受陽光，享受鹽人生活的情趣。

這時，他們完成了第五站的行程。

當這些快樂的人們用過早茶閒聊時，外面傳來一個陌生男人的聲音：「哎，大家一路順？」

「順！覺杰布住得可好？」鹽人異口同聲地問候。

「好！」那人回答。

於是，鹽人們在狹小的帳篷內，挪了挪沉重的身子，給杰布讓出一個位置，從各自的褡褳裡拿出裝著奶渣糕、麻花、油餅、牛羊肉等食品的羊皮袋或竹籃，在他周圍擺了一地，並指著自己的食品，請他多多品嚐。頓珠把自己的茶碗讓出來給杰布倒茶。杰布把吃過的食品袋還給主人，再吃另一個袋子裡的東西，就這樣像完成某種儀式一樣，一一品嚐每個袋子裡自己最喜歡吃的東西。在享用那些美味佳品的同時，還聊著關於草場、接生羔羊、上級有關牧業政策等等與他們的生活緊密相關的問題。

下面是一段根據錄音整理的對話：

杰布：「覺旺青今年沒有來嗎？」

頓珠指了指格桑旺堆，說：「他是旺青的爸爸，我們的首領。旺青今年沒有來。」

杰布：「啊，原來是覺格桑旺堆，我聽說過你的名字。」

格桑旺堆：「是吧，兒子也常提起你。你是我們的老房東。」

杰布：「覺格桑旺堆，可有買賣？」

格桑旺堆：「帶了些小商品，覺需要什麼貨？」

杰布：「如果有雨靴，我想看看。」

格桑旺堆：「有。覺杰布，先吃東西，再看看是不是有你需要的貨物。我們又要給你添麻煩了。」

杰布：「什麼麻煩，覺旺青來的時候也這樣。」

這裡，我覺得需要解釋一下「覺」這個詞。在藏北對男人的稱呼中，「覺」或者「曲覺」使用頻率極高。在藏語中，「覺沃」意思是「哥哥」、「大哥」，或是「至尊」、「尊者」。而在藏北的方言中，「覺沃」是特指釋迦尊者，而單說「覺」是對男人的尊稱。這種尊稱不論輩分，同樣適用於父母對兒子的稱呼。如果把「覺」簡單地譯成「大哥」就有些不妥當了，也許譯成「君」更恰當一些。

格桑旺堆問杰布他們這裡馱鹽的狀況。杰布讚許了一番保吉鄉不失傳統堅持馱鹽的做法，抱怨自己的鄉政府不組織牧民去馱鹽，然後又說，「不去也罷，這裡離縣城近，縣糧店或自由市場上都能買到青稞，現在馱鹽的人越來越少了。」這時，外面傳來馬鈴聲，人們說是趕空牛的頓加和扎次回來了。我們正欲往外走，兩人已經開口問候說：「大家『覺拉貝爾』（鹽語，意思是辛苦啦）！」帳內的人齊聲說：「你倆『覺拉貝爾』！」

趕空牛的人不需要和行李馱隊一起趕路，他們可以在昨晚的營地上燒茶吃飯，再慢慢游牧過來。看得出來，他們倆

也早已吃過早餐。頓加坐定之後，從懷裡掏出香煙，從三角灶內拿出一塊燃過一半的牛糞火，點燃香煙抽了起來。從他右鼻翼發亮的煙灰上可以看出，他才吸過鼻煙又抽香煙，真是嘴煙鼻煙雙管齊下，鼻嘴雙不閒。

人類歷史發展到今天，馱鹽這種傳統的運輸方式即將完成它的歷史使命，如果說馱鹽是藏北牧人的生命交響曲，那麼現在也已接近尾聲了。我們從保吉五村到翻過都日山的馱鹽大道上，除了格桑旺堆的馱隊再也沒有發現第二支馱隊。為此，我們又採訪了格桑旺堆首領：「現在馱鹽的人越來越少了，有些地方乾脆就不去馱鹽了。你認為將來會怎麼樣？」

格桑旺堆說：「我們村有三百多口人，為了使這些人能吃上糌粑，一定要進行鹽糧交換，要鹽糧交換就得去馱鹽，用鹽巴與農民交換青稞。所以，我認為就我們村來說，馱鹽不僅不會減少，還會增加。今年就是一個明顯的例子，往年我們村的馱隊只有 12 人，而今年一下就增加到 16 人，像這樣龐大的馱鹽隊伍在本村歷史上還是第一次。從這個趨勢來看，馱鹽還會堅持下去，因為我們村非常愛惜馱牛，我們認為一頭馱牛的價值不僅僅在於它是一頭公牛，更主要的是看主人怎麼用它。

「像那曲附近有些地方的人說：馱鹽不用去，吃這種苦頭沒有必要。口糧嘛，在當地就能買到，而且還方便，鹽巴嘛，只要能弄到一點兒夠自己食用就行啦。所以，馱牛沒有

用，把馱牛換成母牛或換成錢，再拿錢換鹽巴或換青稞。這樣一來，馱牛被賣的賣了，吃的吃了，沒有了馱牛當然就沒法去馱鹽了。

「前幾年，在一些地方馱鹽牛隊減少了，其原因有二：一是汽車多了，馱鹽的任務用汽車來完成了，不需要用牛到北部去馱鹽；二是國家給牧民供應口糧，不用去馱鹽。但現在的情況就不同了，拿本本到糧店購買低價糧食的歷史已經結束了。現在要靠自己來養活自己，自己想辦法去找青稞吃糌粑。

「我認為，其他地區也會是這種狀況。像我們村只要有馱牛就會去馱鹽，除非有些戶沒有馱牛那就沒有辦法。就是這麼個情況。」

格桑旺堆並不希望馱鹽這種運輸方式就這樣早早地消失在人們的視線當中，但已經蕭條的馱運大道上，再也見不到往日那驚天動地的馱運大潮，取而代之的是一撥一撥拉鹽的牧民車隊。在前往贊宗的路上，以及在贊宗鹽湖邊，我們都遇到了當雄牧民拉鹽的車隊。他們七八輛甚至十幾輛車結伴而行，一車有六七個人，以人數而言不亞於當年鼎盛時期的馱鹽規模，但趕著犛牛的馱隊卻寥寥無幾了。

當我們拍攝當雄縣寧中鄉拉鹽車隊時，一個叫次仁的鹽人這麼說：「過去用犛牛馱鹽的時候我也去過，現在我參加汽車拉鹽的隊伍。用犛牛馱鹽，即使到最近的贊宗鹽湖，往返也需要 3 個多月的時間，要是到畢洛、雅根、巧爾等鹽湖

需要更長的時間。那時，每人要趕 40 頭馱牛，兩人做搭檔就有 80 頭馱牛，除了趕路，每天兩次裝卸鹽包就達 160 次，這是非常累人的。現在用汽車拉鹽，只要 10 天左右就夠了，要是東風車，七八天就可以返回老家。這樣算起來，從拉鹽到交換一個月就夠了，剩下的時間可以幹些別的活兒。

「我們這次去了畢洛鹽湖，車子可以直接開進鹽湖中間，就地採鹽就地裝車，路上用不著像用犛牛馱鹽那樣每天進行裝卸，省時也省力。只有翻那根拉山比較麻煩，一車鹽需要分兩三趟才能翻過去。」……

用馱隊馱鹽日漸稀少，而保吉五村的馱隊如今還在他們先人走過的大道上，一步一步向鹽湖母親靠近。馱隊行進了 5 天的時間，才走完了一小半的路程。今天，他們要在這裡進行一次簡單的輕裝，將一些不用的衣物和返程用的一些馬料、食品等多餘的物品，寄存在杰布家裡。

鹽人們還在帳篷裡漫不經心地聊著他們永遠聊不完的故事，我們就在車上等待他們下一步的活動。這是最難熬的時光。天空很藍，太陽很亮，昨天的風雪天氣，給遠處的大山披上了銀色的盔甲。

人們終於從帳篷裡出來了，他們在各自的地線圈內，忙著重新打點行裝。格桑旺堆首先打開他的流動小賣店亮出商品，貨色還真不少──絲綢、布匹、雨靴、膠鞋、各種糖果等等，樣樣都有。儘管只有一個顧客，他還是把所有的貨物都暴露於太陽底下，然後去收拾行李，好像這些商品賣出去

賣不出去跟他沒有關係似的。杰布精心地察看了每一樣物品的質地，又詳細詢問了每樣東西的價錢。格桑旺堆的回答乾淨利落，沒有思考，沒有廣告，好像讓杰布明白沒有討價還價的餘地。當杰布知道雨靴的價錢時，流露出一副難言之隱。我想，他的確需要買雨靴，但無法接受格桑旺堆出的價。也許因為格桑旺堆是跟他要好的朋友旺青的父親，不好與他討價還價，也許是從格桑旺堆的語氣中聽出了不容討價還價的那層意思。總之，杰布最後既沒有還價，也沒有要格桑旺堆的雨靴。

索加總上不去的男高音從另一個地線圈內傳過來。他把一袋的風乾牛羊肉、酥油、奶渣等食品通通在一個空口袋上攤開，好像以此證明他不是一個窮光蛋，當然誰都沒有把他當成窮光蛋。然後他挑出其中最好的肉裝在一個口袋裡，再把準備用於返程的奶渣、麵粉、糌粑，以及兩坨包在羊肚子裡的酥油全部裝在一個大口袋裡，縫好口，準備存放在杰布家裡。

這時，頓加倒騰好東西，坐在一捆空鹽袋上，用一塊花氆氌狠狠地擤了一下鼻涕，把小瓶裡的鼻煙在左手拇指甲上堆上一撮，用右手的拇指和食指夾起鼻煙，送到右邊的鼻孔深深地吸了一下，隨著一絲白煙從鼻孔和口腔中冒出，眼淚也不由自主地滴下。這種情形恰好印證了吸煙人的一句話：「吸一撮愉快的鼻煙，流一滴高興的眼淚。」

格桑旺堆讓我過去，說有事要商量。他說，能不能把他

們需要寄存的物品，用車送到杰布家裡去。這件事讓我很為難，從感情上講，我確實願意為他們幫忙，但這不可能。我說，導演不會同意。但格桑旺堆更會討價還價，他說：「你給譚（湘）江說，以後在拍攝上我們會好好合作，今天請他幫個忙。」

「我們需要拍你們背著東西過去。要是我們用車把你們的東西送過去了，我們還拍什麼？」

「能不能這樣，我們先背著東西走幾步，做做樣子，拍完了再用車送過去。」

「我們不是要你們做樣子，而是要拍下你們走過去的全過程，特別是你們背著東西過冰河的鏡頭。」

「好吧，好吧。你們也許需要這些過程，人有時候是需要相互理解的。」格桑旺堆最後作了讓步，然後對同伴說：「孩子們背上東西走吧，一塊兒出發，他們需要這樣。」

比美古泉在藏語中的意思是小牛犢淚泉。人們走在小牛淚水結成的冰河上，沒有歌聲、沒有哨聲，只有沉重的步履發出的喀嚓、喀嚓的聲音和急促的喘氣聲。

第五章　鹽語——駄鹽專用隱語

十五、鹽語與禁忌

「鹽人同享苦樂」。一撥男人一旦以駄運者的身分走出家門，他們就以家庭成員關係來相互稱謂。儘管每個人都有各自的駄牛、各自的糌粑口袋和各自的利益，但是他們會做

到有難同當，有福共享。

鹽人們很清楚每前進一步都是向無人的戈壁灘推進，他們把每個人的行為與馱隊的共同利益緊緊地連在一起，遵守馱隊的戒律就是為馱隊負責。他們認為如果鹽隊中有人幹了壞事，惹惱了當地的神靈，神靈就會對馱隊進行懲罰，甚至會給馱隊帶來災難性的後果。這種土主神靈無處不在，無時不在。它的能力是無法估量的，是看不見，摸不著的，不能與之抗衡，只能謹言慎行予以防範。反過來，如果每個人都敬神祭神，按照馱隊戒律行事，則會受到神靈的保護。

格桑旺堆說，鹽湖是乾淨的，是大地賜給人們的珍寶。但是，鹽湖所處地域是不潔淨的、有晦氣的。所以，鹽人要以說鹽語來抵禦來自各方的晦氣。在家鄉，也會有來自北方的晦氣，但會受到家鄉神靈的保護。一旦離開了家鄉，到了自家神靈管不到的地域，就要以自己的言行來保護自己。

家在念青唐古拉周圍的牧民去馱鹽，需要翻越三座山脈──當雄馱隊要翻念青唐古拉山脈，念青唐古拉以北的牧民要翻白拉山脈，保吉一帶牧民要翻都日山脈。

馱隊一旦翻過各自馱鹽道上的那座山脈，再也看不到家鄉的山水，這就意味著鹽人們遠離了自家的保護神靈，山神也沒有能力保佑這些遠去的臣民。他們只有嚴格按照鹽隊的戒律小心行事，以防他鄉土著神靈給他們帶來災禍。

馱鹽戒律並沒有明文章法，不具有宗教戒律那樣深奧的理論根基，只是在漫長的馱鹽過程中形成的約定俗成的很多

規矩。簡單地説，就是要講鹽語，不能隨意與當地人見面，嚴格拒絶女色，不能讓乞丐、女人和狗在鹽隊營地附近留宿。

下面是採訪格桑旺堆的一段記錄：

加央：「鹽人為什麼要講鹽語？」

格桑旺堆：「據説北部有十二座伏藏鹽湖，就是蓮花生大師掘藏出來並得到大師開光的十二座鹽湖，是世上難得的珍寶。對這麼重要的鹽湖，當然不能亂來。以前的人特別講究忌諱，鹽人必須要講鹽語。每個鹽湖都有土著山神，每個鹽湖都是某個活佛的神魂湖。贊宗鹽湖就是噶瑪巴活佛的神魂湖。

「在鹽人的心目中，贊宗鹽湖不僅是鹽湖，也是一座神湖。當雄駄隊的鹽人們如果遇到贊宗鹽湖一片汪洋澤國，沒有結成晶鹽，他們就會在鹽湖邊的祭臺上豎立起經幡，煨桑念經，往湖裡投放祭品，説起來這贊宗鹽湖真的和別的湖不一樣，鹽湖真的會結出晶鹽。反正在駄鹽途中不能做壞事，不能胡來，要説鹽語。

「……到北部駄鹽忌諱這個，忌諱那個。原因嘛，就是病魔、惡棍都在北方，一切晦氣、不潔淨的東西也在北方。講鹽語、不亂來、不碰女人，就是為了防範來自北方的病魔和晦氣。

「過去北部住户很少，難得遇見一個人。鹽人是忌諱碰見『黑屁股』（鹽人自稱是白屁股，而把沿路的當地人稱為

黑屁股）。萬一哪個鹽人碰見了，回到營地要說『教革松，教達須』，意思是『犯忌了，請怪罪吧』，以此來自我謝罪……只有馱鹽途中才需要遵守這樣的規矩。鹽糧交換就用不著這樣，不用講鹽語，不用守那麼多規矩。」

加央：「鹽語中不都是咱們平時說的那種下流話嗎？那是為什麼？」

格桑旺堆：「對，有下流話，但不犯忌。我們說有了『加』就沒『欠』。就是你說的話裡邊把『加巴』（大便）這個詞攙和進去就不會受罰。這叫『加得知那，欠得麥』。意思是說『只要攙進"大便"這個髒詞就不會受罰』。」

加央：「就是說不會講鹽語的人，只要在話裡頭帶上『加巴』這類詞，就不會犯忌，不會受懲罰，是這樣嗎？」

格桑旺堆：「不會鹽語的？噢，比如是『保布』，第一次去馱鹽的人。馱隊翻過都日山，『法官』就會宣布戒律，從此人們要開始講鹽語。因為一旦過了都日山，就再也見不到家鄉的山頭了，這就意味著鹽人們進入了需要嚴守馱隊戒律的地界，家鄉的山神再也不能為你保佑什麼了。『法官』對『保布』宣布禁令：絕對不能說出『天』、『地』、『野驢』、『藍羊』這四個詞。給『保布』兩種選擇——要麼『嘴巴自由』，要麼『屁股自由』。他要是選了『嘴巴自由』，說錯幾句話，也不會有人成天說『保布』犯了這忌那忌，來懲罰他。要是選了『屁股自由』，他打一整天的屁，別人不會說他犯了忌諱，他就不會為此受到懲罰。」加央：

「女人為什麼不能去馱鹽？」

　　格桑旺堆：「女人不能進鹽湖。作為男人，都要說著鹽語，乾乾淨淨地去鹽湖。而女人是不乾淨的，所以不能進入鹽湖。如果有女人要求去馱鹽，她就是再有能耐，也不會找到搭檔，不會找到接受她的帳篷。過去的當雄馱隊是有嚴格組織的。當雄馱隊一到鹽湖，就會說去『加果爾』，這是鹽語，意思是把營地周圍的『女人』、『乞丐』和『狗』趕走。按過去的規矩，像我們這次帶了兩隻狗，一到湖邊，人家就會把它們趕走。」

　　加央：「過去所有的馱隊都會這樣做嗎？」

　　格桑旺堆：「過去肯定都會這樣做。但是，剛革命那會兒，沒人說鹽語，自然就不會有人追究犯不犯忌。還有一些故意犯規者，犯了規還自以為是地說：『怎麼啦？有什麼嘛！』那時都在講『無神、無鬼』，有些人真的以為是沒有神，沒有鬼，不用忌諱，也沒人守戒。這幾年，宗教政策開放了，人們可以自由信仰，恢復了西藏的很多風俗習慣。鹽人開始講鹽語，犯忌了進行自我謝罪，儘量按規矩來。」

　　藏北的馱鹽者們恢復了過去的馱鹽習俗，他們儘量講鹽語，按過去的傳統習俗行軍，但恐怕是為時已晚。傳統是一種文化，一種文化形態被打亂之後，想把它重新拼湊成一個完整的系統要比馱鹽本身困難得多。我回憶起了人民公社時期我去馱鹽時的情景。那是一支龐大的馱鹽隊伍，在逶迤的白拉山馱鹽大道上像一條蛇一樣爬行著。

當我們翻過低矮的山口時，我發現這裡有很多石堆，這些石堆讓我很興奮。我不清楚，這種興奮來自何處，是否只是一種心理上的感應？我並不知道馱鹽路上的石堆有什麼特別意義。

小時候在家鄉見過嘛呢石板牆，後來改成了毛主席語錄臺。鹽隊裡有些人喊出「索！索！！」這是下意識的，沒有人往石頭堆上放石塊，經幡早已被打入冷宮。

紮營後，加日叔叔當著大夥的面，裝出一副玩笑的面容對我說：「從今天開始，『保布』言語行事可要多加小心，要不小『保布』的那點兒陰毛就不夠拔了。」他說這話的實際用意並不在於讓一個沒有去馱過鹽的「保布」懂得馱隊已進入了該遵守戒律的地界，而是提醒那些老鹽人該怎麼做。但是，他不能明明白白地傳達這個意思，因為當時他是一個受「專政」的人，他沒有這個權力。儘管他覺得馱隊就應該像馱隊的樣子，應該遵守馱隊的戒律，但他無能為力，他不是「法官」，馱隊中已經沒有了「法官」。

當時，我並不清楚，加日叔叔為什麼翻過白拉山才叫我說話要小心。只是現在想起這事，才恍然大悟是怎麼回事。當時我並沒有特別在意加日叔叔的話。儘管我喜歡聽他講故事，我也是他最親近的人。但是，我知道他的話不會被鹽人們採納，更不會有人拔我的什麼毛。倒是我的搭檔放了一個響亮的屁，說：「來嘛，有本事給我拔毛。」放屁是馱隊中最常見的犯規，而我搭檔的這一舉動，可能就是格桑旺堆說

的所謂「故意犯規」吧，他究竟是為了開脫我呢，還是對加日實行「專政」？或者兩者兼而有之吧。

犯規者按馱鹽戒律要受到處罰。處罰要根據所犯戒律的嚴重程度而定。戒律規定，首先要講鹽語，不會講鹽語或無法用鹽語表達時可以用「加巴」來防止犯規。有幾個詞是絕對不能說出口的，即「天」、「地」、「藏野驢」、「藏藍羊」。說話犯規分輕度、中度、嚴重三類。輕度犯規者進行自我謝罪了事。所謂自我謝罪，就是要說「教達」，「教達」的藏語意思是「日完了」，而在鹽語中的意思是「對不起」。中度犯規者則要被掐肉，首當其衝的當然是大腿。嚴重犯規者則要被拔去一拇指甲的陰毛。其次是不能放屁。放屁在藏北牧民中被視為丟臉面的事情，在鹽隊中放屁則是對鹽湖母親的最大不恭，無意走火者要受到掐肉的處罰，故意犯規者則要受到拔陰毛的處罰。再次是發生兩性關係者則要受到雙重懲罰。一是，把馱隊「媽媽」的微型鹽鹼褡褳吊在犯規者的生殖器上繞整個營地走一遭，視其情節輕重決定繞圈的次數。這種鹽鹼袋的大小不盡相同，一般在一二斤之間。二是，犯規者要請鹽隊家人喝酥油茶。

無論開心也罷辛勞也罷，馱鹽是男人的專利，自古至今，無一例外都是清一色的男人。

關於馱鹽戒律的由來，據說在很久以前，曾有女人參加過馱鹽這種勞作。到了鹽湖，女人未曾見過這麼多無人所有的鹽巴，不僅把鹽袋裝得滿滿當當，連衣褲都塞得結結實實

的。這讓鹽湖十分生氣，一聲巨響，山洪爆發，洪水淹沒了鹽湖，一汪湖水無一粒晶鹽。從此，原本慷慨的鹽湖母親把所有的來訪者都拒之門外了。

從此，人們一年又一年長途跋涉前往鹽湖，不論怎樣辛苦，都沒能馱回鹽巴。後來，髒話三兄弟前去馱鹽，無論他們如何想改變滿口髒話的惡習，還是一句一個髒字，既然無法改變就順其自然吧。奇怪的是鹽湖母親卻滿懷喜悅地賜給他們鹽巴。從此，人們說著髒話，相互行使著粗俗的體罰，向介於母親與情人之間的鹽湖女神走去，以獲取等同於糧食的鹽巴。據說，從此有了鹽語，有了戒律，從此拒絕女人加入馱鹽。

關於鹽語的由來，另一種說法是，鹽人們說鹽語是為了取悅於馱隊的保護神——吉‧阿熱矗母神。人們在自己的手腕上纏上黑白相間的線繩，以表示自己的馱運者身分，並要經常說髒話，說髒話說得讓她高興了，才能得到她的保護。

在我看來，鹽人們說鹽語是為了潔淨自己的言語，以取悅鹽湖或者是吉‧阿熱矗母神，這種說法無非是一種藉口而已，其實是男人們為打發沒有異性做伴的漫長旅途，說著與性有關的隱語來取樂。但是，在以男人為中心的部族裡，承認女人存在的重要性等於褻瀆了男人的尊嚴，不僅有損於男人的社會地位，也將會傷害男人們虛偽的自尊。不過，在西藏，特別是在藏北，男尊女卑的思想沒有像漢民族那樣根深蒂固，這也許是因為藏北牧區過去基本處於原始狀態，家庭

中無論男女，首先面對的是生存危機，在為生存而忙碌時，男人與女人的地位基本上沒有太大差別。因此討論鹽語，需要澄清的是，鹽語中並不是所有詞彙都與性有關，只有一部分單詞與生殖器和性行為的名詞相同，我把這些詞歸納在「借代」當中。

鹽語到底是什麼？我假設了兩種可能：一是，鹽語是在藏北方言的基礎上演變而來的一種隱語，因為它是隱語，不能在公衆場合使用，因此其中部分單詞被大衆語言所淘汰。這是指我們現在所聽到的鹽語中那些沒有弄清楚的單詞。二是，作一次更大膽的假想，鹽語可能是古藏語象雄語（象雄是古阿里地區的一個小邦，象雄語即為古藏語的一支）的「遺存」。

由於象雄國的覆滅、苯教在各教派鬥爭中的失利和吐蕃時期藏語的普及，原來的象雄語僅存於鹽人的隱語當中。鹽語是少數男人只有在遠離社會人群的生活環境中，才能說些被統治階層所禁止的話語，以此來表示對統治者的反抗。日久天長，象雄語被漸漸淡忘，取而代之的是一些與性有關的隱語——其實這些並不能稱作是語言，而是男人們為了某種目的——也許是在不能接觸女性的環境中實現某種心理上的滿足，或者是防避女性加入馱鹽隊伍，沿用了部分象雄語單詞（也許僅僅是部分單詞），當遇到這些單詞不能夠表達清楚時就攙雜了與性有關的詞語，逐漸變成了現在這種形態的鹽語。

　　關於鹽語有可能是象雄語的「遺存」的假想，沒有史料作旁證，所以這只是我的一個近乎於武斷的假想。這個假想被那曲政協副主席尼達才旺大師給否定了。他的觀點是，語言是一個民族在漫長歷史當中形成的交際工具，有完整的語法體系和豐富的詞彙。象雄是一個非常發達的游牧民族，從目前掌握的資料來看，它的文明程度很高，擁有自己的文字，語言很豐富。鹽語不應該是從象雄語中分離出來的。鹽語只是那些鹽人們在駄鹽中自己發明的或者説是創造的一些簡單的隱語，而且，鹽語中的那些詞在象雄語中則不存在。

　　在藏北牧區還有一種隱語──洛哥，或稱反話或叫反語。這種隱語在藏北比較普遍，雖然用這種隱語很難瞞得過人，但年輕人經常用這種隱語説一些關於男女私情的事情。比如：放牛去可以説成「桌孜諾」，吃糌粑糊糊可以説成「達教保」，去駄鹽可以説成「章巴措」等。有的牧民在與農民物資交易中用這種隱語來討論價錢。鹽語與洛哥這種反話相比完全是不同的概念，完全是另一種語言。

　　鹽語中既有借代的藏語詞彙，也有創造的詞彙（我還没有充分掌握這類詞語，暫時叫做創造詞彙）。

　　有一句被鹽人們視為經典的藏語與鹽語交叉進行的話：「姜欠讓吉息乃久得達，甲噢布吉咋革教革達。」把這句話逐字逐句翻譯過來，意思是：「有一頭野驢死了，有一隻烏鴉在啄著。」從這句話來看，鹽語不可能不借助藏語表達完整的意思。但是，值得注意的是，在我搜集的鹽語中，絕大

部分是創造詞，或者說是在平常藏語和藏北村野方言中不曾提到的。其次有借代詞和表意詞。在整個跟拍馱鹽過程中，我只聽到格桑旺堆說了一句完整的鹽語：「克爾巴措，卡瑪曩甲朽布唄桑吉啊」，意思是「鹽人們，把鞋子在江水裡頭洗乾淨啊」。在這句話裡，「們」（措）和「乾吧」（吉啊）兩個詞是藏語。很明顯，鹽語本身並不全是「低級趣味」的「下流話」。只是在無法用鹽語表述，或鹽語中沒有某一個詞（忘記或不會）的情況下，才用一個髒字替代，以防犯規惹來麻煩。藏族人生活在現實與非現實兩個世界中，各種神靈無處不在。人與神靈時常需要交流，需要溝通，交流溝通的方式蘊含著色彩斑斕的文化內涵。鹽語作為一種隱語，從表面來看是鹽人之間進行的交流，其實說到底是鹽人與神靈的對話，是馱鹽這種獨特的勞動方式在特殊的地域環境裡形成的一種與神靈溝通的獨特的語言。當然，祭祀是另一種不可缺少的溝通方式。鹽語從何而來，何時有之，需要進一步研究。

馱隊一天天走近鹽湖了，但是我們還未得到有沒有鹽巴的確切消息。為此，我們採訪了首領。

加央：「你們是否打聽到鹽情？下一步做怎樣的打算？」

格桑旺堆：「從季節來看，應該有鹽，所以我們就來了。而且有消息說，贊宗的湖水全年沒有結過冰，不僅有鹽而且結晶得像玻璃珠子。但是眼下離鹽湖越來越近了，各種

消息表明，情況並不如我們想像得那麼好，所以需要先去幾個人看看是否有鹽。

「明天先去 4 個人看看有沒有鹽。如果鹽質好，而且馬上可以採鹽的話，就留下 3 個人採鹽，一個人返回駝隊捎信，再去 5 個人共 8 人作為先遣隊採鹽；如果鹽質不好，就不急著採鹽，全部人馬返回駝隊，駝隊放慢行程速度，適當時候再組織先遣採鹽馬隊；如果沒有鹽，並且沒有結晶鹽的可能，4 個人就全部返回駝隊，駝隊朝畢洛鹽湖方向行進。畢洛鹽湖是有鹽的，這個消息是確切的，但路途比贊宗遠，所以馬隊不急於出發，駝隊保持這樣的行軍速度，過幾天之後，抽 8 個人組成強馬壯的採鹽先遣隊。至於明天是一人返回還是 4 人返回，就看鹽湖的情況了。

「先遣隊到了鹽湖，根據鹽質，根據營地到採鹽點的距離，要在湖裡打好記號。這是自古以來駝隊到達鹽湖後，占領採鹽點的一個規矩。如果我們先到了而沒有在採鹽點打上記號，以至於被後來者占了，就不能說這是我們的地盤。」

十六、贊宗鹽湖

探鹽之事實際上是譚導設計的，4 個人也是乘坐我們的小汽車前去鹽湖的。當然坐車探鹽，對格桑旺堆來說是求之不得的，因為他瞭解到鹽情以後就可以從容不迫地安排下一步的行動方案。但這事給我惹了個小小的麻煩——

這裡距鹽湖還有 5 站的行程，駝隊的小夥子們都想乘車

前去鹽湖。為了拍攝需要，我們要求格桑旺堆和頓加加入探鹽當中，其他兩人由他們決定。可是第二天上車時沒有頓加，來的是布瓊，但我還是把布瓊和頓加做了調換，堅持讓頓加上了車。這件事的主動權在我們這邊，所以沒讓格桑旺堆插手，但是布瓊的不滿立刻顯現在他的臉上，我只好裝作沒有看見，一走了之。

兩輛車連人帶物塞得滿滿當當。從這裡到鹽湖要過扎加藏布江。扎加藏布江有兩座橋可供我們選擇，但從在班戈打聽的情況看，離鹽湖直線距離最近的帕那木橋已年久失修，能否通車不清楚。那麼，過新橋得跑近 100 公里的冤枉路。冤枉就冤枉吧，任何時候安全都是第一位的。我們就選擇了去尼瑪縣方向的新橋，過了橋，沿一條老路直奔北方。

今天的天氣極為惡劣，陣陣迎面撲來的風沙一次又一次地擋住我們的視線。我們已經跑了足有百十公里，但還是沒有發現前往贊宗的岔路，這又讓我忐忑不安起來。這時前面發現一撥正在修車的牧民車隊，一打聽才知道，去贊宗的三岔路口早已過了，視為贊宗鹽湖山神的阿吾山已經留在東南方向。問題出在我沒有及時認出阿吾山。我這才急忙問坐另一輛車的格桑旺堆，但是因為格桑旺堆不會使用對講機，我們的談話極為不順。後面的車看見我帶錯了路，再也不理我們了，於是兩輛車各自尋找平地，朝阿吾山駛去。

我犯了這樣的錯誤，譚導當然不會放過。他得意地攻擊道：「這位藏北的第一號導遊就是這樣帶客人嗎？」我說了

一句藏北諺語:「騎手也有從馬背上摔下的時候」,裝作不在乎的樣子,其實我很清楚,這一繞錯,耽誤了我們很多時間。

當我們翻過阿吾山北側的山梁,眼前是一望無際的大壩,而大壩中央那片白花花的所在便是我們跋涉千里前來尋找的贊宗鹽湖。春季的贊宗鹽湖不是嚴格意義上的湖,而是一個白色的湖盆。好眼力的頓加,在白色的湖盆與米黃色的牧草之間發現了帳篷、汽車和草灘上星星點點的黑色犛牛。

距離鹽湖近了,方才清楚只有幾頂少得可憐的帳篷,還有十幾頭馱牛散落在湖邊,馬也是寥寥無幾,其規模與盛況無法和全盛時期的馱鹽隊伍相媲美。不過,現在卻多了一樣新的景觀,那就是牧民車隊。

70年代,對牧民來說,能坐上汽車去一趟拉薩,已經是一件非常奢侈的事情,用汽車取代犛牛馱鹽更是天方夜譚。身著臃腫的羊皮袍子、頭盤紅纓的牧民擠進駕駛室飛馳於草原,那是80年代末90年代初才出現的新鮮事。

當然,現在一個牧民駕著汽車去拉鹽已經是司空見慣了,與之相反,如果在已經蕭條的馱鹽大道上發現有一撥趕著大群犛牛的馱鹽人,那才是難得一遇的景觀。

到了鹽湖並不是隨處可以採鹽。贊宗自古只有南北兩個採鹽口岸。北口雖然鹽巴成熟早、鹽質好,但是鹽層底下泥漿的凝固度極差,採鹽背鹽都極度辛勞,很少有人前來光顧。只有在兩種情況下是例外:一是南口沒有鹽;二是南口

鹽隊太多，無法涉足。據說駄隊在北口採鹽，在又稀又黏的泥漿中，人們只能拖著鹽袋爬行，無法背著鹽袋行走，即使這樣，鹽人還是陷入了泥沼。前來營救的人們用帳篷竿插進大腿之間把人拖出來，當這個人剛救出來那個人又陷進去，經過幾次這樣的周而復始之後，誰也沒有力氣來解救誰，誰也沒有能力走出泥沼，最終發生了一次駄鹽隊在贊宗鹽湖中全軍覆沒的慘痛悲劇。南岸鹽口的規模比北岸大得多，當年上百頂駄鹽帳篷在此駐紮，幾百條好漢在這裡採鹽。

　　走近帳篷，我們驚喜地發現，那頂犛牛帳篷竟是保吉一村的駄隊。隨著幾聲「一路順」的寒喧，保吉鄉兩個村莊的兩撥駄隊人馬在這遙遠的鹽湖邊上相遇了。格桑旺堆便和他們聊起來：

　　「你們也剛到這裡吧？」

　　「到了有一小會兒。」

　　「察看鹽情啦？」

　　「沒有。只是看了一下這些車隊採的鹽。」

　　「噢，你們就看了一下車隊的鹽就住下了。怎麼樣，鹽不錯吧？」

　　「還可以，說得過去。」

　　「只有你們這一家牛隊，沒有別的牛隊嗎？」

　　「我們村還有一撥人在湖對岸。」

　　「那兒怎麼樣？你們有沒有碰到他們？」

　　「聽說那兒鹽不錯，但特別累人，鹽袋只能拖到湖邊

來。」

「噢，在北口。從這兒能看得見嗎？」

「就是在北口，嘎地山前面。」

「你們不是一起來的？」

「不是，他們比我們早到五六天。聽説他們明天就要返程了。」

……

人們年年來鹽湖採鹽，卻沒有進行任何基礎設施建設，唯一能夠方便鹽人的是那兩條伸向湖心的用沙袋鋪成的路，鹽人們管它叫袋橋，分上下兩個橋頭。過去，這種沙袋橋的擁有權在當雄和寧中馱隊。

每年春夏兩季，當雄和寧中的馱隊以三四頂帳篷為一個營部單位，翻過那根拉山口，鋪天蓋地地擁向鹽湖。每個營部都有嚴格的組織，作為營部一份子的鹽人不僅會自覺地遵守馱鹽規矩、聽從首領的安排，而且，也會為了營部的整體利益不受損失，整個當雄部落甚至當雄和寧中兩個部落的所有馱隊則會形成合力來對付一切外來勢力。這就是在鹽湖邊上赫赫有名的「當雄馱鹽組織」。

如果遇上鹽湖沒有晶鹽的年份，當雄馱隊就會充分表現一下他們的組織能力。他們以帳篷或兩人為單位，向所有在鹽湖邊搭帳篷的馱隊攤派沙袋，修築伸向湖心的袋橋。無論是屈從於當雄鹽隊的勢力還是出於對公益事業的熱心，這種倡議總是會得到來自八方馱隊的積極響應。

　　但是，在這種冠冕堂皇的公益事業背後其實暗藏著權力與利益的驅動。一旦結成晶鹽，他們仰仗自己的勢力，在袋橋尾部兩邊的湖面劃出採鹽範圍，使其他部落的零散馱隊，只好在當雄馱隊採鹽範圍之外的湖面，或在當雄馱隊採過的湖面進行採鹽，但是這樣並不會影響鹽巴的質量，因為扒過第一道鹽的湖面，再結成的晶鹽時所含的鹹分反而會更少，鹽質會更加純正。

　　鹽人對贊宗鹽湖的敬重源於對噶瑪巴法王的信仰。鹽人會把贊宗的鹹水尚未結成晶鹽或湖水乾涸或山泉湧入等現象，視為對鹽湖不恭而遭到的處罰。於是，鹽人更加虔誠地誦經祈禱，拿出可供奉鹽湖母親的祭品——珊瑚、松石、加持藥……等待著神湖大發慈悲的那一天。令人驚奇的是，這種等待往往不會讓人失望。「所有的鹽湖都有山神土主，贊宗鹽湖是噶瑪巴法王的生命之湖。特別是當雄鹽人視贊宗為神湖，其實就是神湖嘛。當人們遇到湖水一片汪洋澤國，沒有一粒結晶的鹽巴時，人們就往湖裡放祭品，等待結成晶鹽。反正這個湖和別的湖不一樣，不能做壞事，不能胡來，要講鹽語。這不是我在這裡講迷信，『文革』時期有一段時間，贊宗就沒有結過晶鹽，直到宗教政策開放以後才有了鹽。」格桑旺堆如是說。

　　現在，馱隊少了，沒有人爭搶橋頭，也沒有人鋪路架橋，幾頂帳篷散落在湖邊。

　　我們走進保吉一村小小的鹽人帳篷。下湖之前的儀式開

始了，一老者從三角爐中取出牛糞火，燃起香火，小心翼翼攤開經卷，念誦《煨桑經》。格桑旺堆馱隊裡的那兩個煨桑師都是徒有虛名的傢伙，既不會煨桑也不會念經，但現在恰好遇上一村人的煨桑儀式，也就了卻了格桑旺堆馱隊的一樁憾事。

格桑旺堆從懷裡掏出黑白兩股的羊毛線繩，在自己的手腕上精心地纏起「都查」，纏了一會兒，看看頓加纏的「都查」，又看看自己纏的「都查」，自言自語地嘟囔：「我這好像沒有纏對吧。」

頓加纏完自己的「都查」，看了看格桑旺堆，說：「格桑旺堆大舅，你這個沒纏對啊。」格桑旺堆說：「是吧，我就覺得不對勁。」

頓加在幫格桑旺堆纏「都查」時，格桑旺堆若有所思地感嘆道：「噢，對對。老了，連『都查』都忘了怎麼纏啦。」

「都查」是一種用黑白兩種羊毛線纏在鹽人手腕上的護腕線，寄寓著對鹽湖母親的敬重。纏「都查」時，每人手裡拿著一塊塗上酥油的牛糞，纏完後，把牛糞從帳篷的天窗裡扔出去，然後默默地在心裡說：鹽湖啊，親愛的鹽湖母親，我們又來了，你的兒子們又來了；你看見了吧，我們把一年的污垢已扔掉，我們不是赤手空拳，我們都已纏上「都查」，請賜給我鹽巴吧。

一村老者的《煨桑經》詠誦完畢，格桑旺堆等人和一村

的人扛著耙子走進了鹽湖。

駄隊已沒有了當年的盛事，也就用不著在鹽湖裡劃地界。但是，格桑旺堆在下橋頭的尾部轉一圈，並在周圍用耙子挖出鹽層底下的泥土做了一些記號，示意這塊湖面已有人占領。空曠的湖面上有寥寥無幾的鹽人在任意採挖。但在格桑旺堆看來，鹽隊就應該像鹽隊一樣，唯有這樣才能不失傳統，才可以得到好的鹽巴。

格桑旺堆繼續往湖心走了一會兒，然後折了回來，對小夥子們說：「就在這一帶扒吧，鹽質都差不多。」格桑旺堆一邊做示範，一邊說：「你們這樣扒，先把湖水中泥漿表面上的鹽層刮過來。這樣，對。這不是有水嘛，停下來，讓水慢慢滲下去，再扒過來堆成小山狀。」我覺得格桑旺堆這是做給攝製組看的，扒鹽本來就不難學，就像我這樣十多年沒有見過鹽湖的人也沒有忘記怎樣扒鹽，更何況每年前來採鹽的老鹽人呢。然而，格桑旺堆首領手下的幹將們並沒有往這方面想，他們只是認認真真地扒著鹽，把鹽巴駄過去，過自己的日子，這才是最重要的。

風總是沒完沒了地從天邊滾來，在湖面上捲起粼粼波紋，鹽人的歌聲伴著清脆的口哨聲此起彼落。阿吾山的陰影向鹽湖移來，格桑旺堆把留在這裡的幾個扒鹽人的事情安排妥當，與我們一起乘車返回了駄隊。

駄隊趕了一站的路程，今天已到達了嘎東。

暮色裡，在8個犛牛方陣中，兩頂帳篷搖曳在風中。鹽

人們拴完犛牛，正在為各自的坐騎餵料。當看到我們返回馱隊，他們高興得像孩子般歡呼雀躍。同時他們仍不失鹽隊的傳統，問「路順嗎？」而不說「路近嗎？」或「辛苦了！」

不過他們對格桑旺堆的問候有所不同，說：「爸爸，覺拉貝爾！鹽情怎麼樣？」

格桑旺堆回答說：「你們路順嗎？情況不錯，我把孩子們留在那裡了。你們看吧，鹽質不是特別好，但對付農民沒有問題。」

鹽人們跑過來，親眼看看首領從母親那裡討來的鹽巴。雖然在薄暮下看到的鹽巴只是一種白色的粉末，可是，誰也不會懷疑格桑旺堆的眼力，壓在每個鹽人心頭的那塊石頭落地了，於是，人們抑制不住內心的歡愉，呼喚起神靈：「索索！！！神必勝！！！」人們抓起鹽巴撒向空中，以此敬獻給諸神靈。

第六章　扎加藏布江悲歌

十七、班公湖

這是一個沒有月亮的夜晚，太陽落下去，留下一道白光衝向天空。馱隊在繼續前往鹽湖，而我們則從鹽湖的方向往回趕。我們借助天光辨別方向，找到了那曲通向西部三縣的公路。這也是無人修築的大道。在這一馬平川的原野上，司機任意駕駛，有時會有五六行車道並行通向同一個方向。晚上，在這種大道上要找到通向某個縣城的公路也不是一件易

事，我請司機緊靠路的右邊行駛，可是跑了近兩個鐘頭，還是沒有發現前往班戈縣的岔路，這時在路的左邊意外地發現一排牧民的土屋。我下車敲一家亮燈的房門，開門的是一個婦女。我問她去班戈的岔路，她沒有回答我，而是用一種奇怪的目光打量了我一下，笑著進了屋。

我以為她是一個啞巴，可我聽見她對裡面的人說：「一個人問去班戈的路。」我正欲進去，一個男人出來說：「班戈縣已經到了，你再往前開一分鐘就到縣城裡頭。」

啊！班戈已經到了。我們往前開了一會兒，看見幾盞微弱的燈光，像是欲睡不能的樣子。

我們在班戈休整了兩天。算起來馱隊如今應該到了丁查，這是原定路線的第九站。我們從班戈出發的時候天已經大亮，沿路牧戶的平頂屋煙囪開始冒出裊裊炊煙。這裡是一片極為開闊的高原草地，地平線遠得幾乎目不可及，太陽剛躍出地球的東頭就顯得格外耀眼。值夜班的牧狗下了崗，向主人表示過謝意，然後高傲地捲起尾巴，悠閒地想隨意轉轉看看，沒料到一輛豐田車一大早駛來，就顯出極為惱火的樣子向我們發起了猛攻，然而它似乎明白敵不過這種龐然大物，只是跟汽車平行賽跑，與汽車保持一定的安全距離。

我不知道這裡到丁查的直線距離，確切地說我並不清楚丁查的具體方位，但我們至少也要跑上百八十公里才能到達丁查，我也不可能像馱隊那樣只抄近道。我們沿著自那曲通往西部兩縣一區的大公路來到班公湖，這是一個非常有名的

地方——班公硼砂廠。60 年代曾在這裡搞過採挖硼砂的大會戰，據說是拿硼砂還了蘇聯的債。直到八九十年代，仍有大車源源不斷地將硼砂載運出去。於是班公湖也同硼砂一樣名揚於西藏，原江林宗改名為班戈（公）縣，其初衷大概是為提高該縣的知名度吧。有一座無名的小山直挺挺地立在班公湖旁，後來往返於這裡的司機，為這座山起了一個讓人毛骨悚然的名字——屍體山。這是一個巨大的公墓，這裡長眠著上百名在硼砂會戰中與世長辭的各路人士。

我們驅車越過屍體山，前方又是一片在朝陽下變得菊黃的草場，在遠處重疊的山巒中阿吾山清晰可辨。我們放棄公路，向草原深處進發。這裡是班戈縣與雙湖辦事處的接壤地帶，牧戶越來越稀少。我們繼續深入草原，發現幾隻豆大的黑點，用高倍望遠鏡仔細觀察，才發現是牛背上的鞍子，於是放心地直奔馱牛而去。

當年，在我還是作為「保布」參加馱隊時，在這些地帶黃羊（藏原羚）隨處可見，就像走在草原上隨處能見到草原野兔似的，還能看到長有修長利角的藏羚羊和漂亮的野馬（藏野驢），它們不像黃羊和兔子那麼分散，總是大群棲息，遇到危險時總是排著長隊遷徙，這種遷徙帶有某種悲壯的神祕色彩，就像一個民族遇到滅頂之災。而現在正是滅頂之災過後的情形，這些和人類和睦相處多少世紀的自然之子，不得不逐步移往生命的極地，苦苦地尋找一塊尚能生存的安全地帶。可哪裡又是安全地帶呢？！

　　馱隊在湖盆樣凹地的泉水旁駐紮，馱牛安詳自得地散落在帳篷周圍，帳篷頂上仍舊冒著青煙，要不是馱牛在帳篷周圍，似乎看不出馱隊要出發的跡象。

　　布瓊等先遣馬隊從嘎東到鹽湖採鹽去了，這裡只留下一半的人馬。將近中午，隊伍中的人吃過早茶，準備出發。通常說來，念青唐古拉以北的牧民馱隊，喜歡清早出發，中午停下來休息，一直休息到第二天清晨。但在一些特殊的天氣和地理條件下則例外。

　　今天，他們打亂了常規的行軍，早晨休息，中午行軍。

十八、扎加藏布江

　　馱隊出發了。和往常不同的是趕空牛的增加了兩個人，而且讓空牛緊緊地跟在馱隊後面。格桑旺堆把拖在馬腿兩邊的大蓋毯收起來搭在馬背上，然後為馬尾毛打了一個漂亮的結。

　　這些有靈性的坐騎好像也明白主人的意圖，它們急不可耐地緊隨主人，甚至撒嬌似的用鼻子拱著主人，像在催促：要騎要跑趕快來吧，別光製造緊張氣氛，卻和往常一樣不痛不癢地跟在這些漫不經心的馱牛身後，這些馱牛從來就是在主人的催促下邁著方步，永遠沒有著急的時候。臨近扎加藏布江時，格桑旺堆騎馬前去試探水情。

　　扎加藏布江是藏北最大的內陸江。她並不嬌美也不壯觀。人說大江東去，而她卻自北向西，來自北方的唐古拉山

脈，路經荒涼的安多西部、雙湖與班戈交界處，千里迢迢苦苦尋來，最終找到自己的歸宿——色林湖。初春的扎加藏布江剛剛解開封凍的面紗，舒緩地在寬大的河床裡流淌，江面上千隻冰舟競相追逐，奏出一曲豎琴般柔順流暢的音樂。然而，這便是格桑旺堆為什麼清晨不敢過江的原因所在。這種浮冰會給過江的人畜帶來諸多不便，甚至會造成傷害，更何況在江的兩岸還有像堤壩一樣的堅冰。

格桑旺堆巡視江水，好像是對我們也好像是自言自語地說：「這江可不大好過啊。」然後踩著冰堤，像是要踩出一條能讓馱牛們毫無畏懼地下水的口子。可是二百頭馱牛要過江，豈能一人一馬就可踏出一條路來？無奈又從沙灘上用衣襟兜起沙子，在岸邊的冰面上撒下一條防滑的小路，好讓領頭牛下水。

馱隊下了河床逼近江邊，幾百隻牛蹄踩踏江邊沙礫的聲音像地動般低沉，鹽人們聲嘶力竭的吆喝聲一陣高於一陣，生來具有口技表演天才的牧人們的哨聲此起彼伏，而馱牛們踩響空心冰面的聲音像是交響樂隊的架子鼓一樣高低有序，中間還攙雜著一兩聲馬的嘶鳴與牛的吼叫。

在陣陣聲浪中，馱牛們不情願地邁進冰涼刺骨的江水。這些號稱高原之舟雪野之舟的馱牛，不慌不忙地在主人的一再催促下慢慢地涉水過江。

索加試圖騎著他的小花馬過江，但小花馬似乎沒有經歷過這種驚心動魄的場面，顯得惶恐不安，無論怎樣駕馭，都

無濟於事，別説下水過江，就是聽到馱牛踩冰的聲音都驚得
豎起耳朵直往後躲。索加撫摸著小馬的脖頸，親昵地呼喊著
它的名字，耐心地牽引著，讓它習慣踩冰時發出的各種聲
響。他的每樣動作都顯得那樣的小心謹慎，唯恐小馬養成不
良習慣。但是，小馬不領主人的情，寸步不進，非要跟主人
僵持下去。格桑旺堆的確是當之無愧的馱隊首領，他關切地
對索加説：「騎這種小生馬過江太危險，弄不好會連人帶馬
在江中摔跟頭，還是找一頭馱牛過吧。」

　　索加應了格桑旺堆一聲，但他還一門心思地想制服這匹
小生馬，只不過已失去了剛才的耐性，大大咧咧地走過去，
勒緊馬鞍肚帶，騎上馬背狠狠地抽了兩下鞭子。可這招更不
靈，小馬不僅不依他的策騎，卻側身向後狂奔亂跑，險些人
仰馬翻。無奈的索加使出全身的力氣勒住繮繩，氣得臉上的
肌肉直哆嗦。

　　牧民有時會表現得很乖，乖得為了一件不必要的事情較
真兒。索加其實並不是為了調教一匹生馬，而是想表現一下
自己駕馭生馬的能力，不想卻給鹽隊的同伴留下了「空著坐
騎，騎牛過江」的笑柄。

　　索加最終拗不過小馬，他把繮繩交給了前來救援的桑
多。小馬還是不敢下水，蹬著前腿後撤，有幾次差點把桑多
從馬背上掀下來。這時索加在桑多的指使下，忍痛割愛地用
牛皮鞭子猛抽猛打，小馬這才戰戰兢兢地下水，跟在桑多的
白馬的後面。

人們趕牛的聲音經久不息。索加一邊吆喝著將最後一撥馱牛趕進江中，一邊慢慢靠近一頭大馱牛，當這頭馱牛正欲下水的刹那，索加像一個鞍馬運動員那樣利利索索地跳上牛背。這頭受驚的馱牛往牛群中擠了幾步後，似乎明白了怎麼回事，又恢復了漫不經心的步態，馱著索加向對岸走去。

索加像一坨馱子穩穩當當地坐在牛背上，還忙不迭地吆喝著馱牛過江。相比之下狗的慘相更令人揪心。

馱隊開始過江的時候，兩條牧狗已表現出焦躁不安。它們在江邊來回嗅著跑著，希望能找到一條不用涉水的道路，並發出一種低吠的叫聲，像是向人們求救。可是馱牛涉水而去，人們騎馬而去，沒有人理它們，連個同情的信號也沒有。其中有一隻牧狗像下了天大決心似的跳進了江水中，在江中斜著漂游過去了。而另一隻似乎膽子更小，在江邊的冰堤上跳著跑著總是不敢下水，剛才還發出像求救般的低吠，現在卻像狼一樣朝天嗥叫。牧民稱這種狗叫為狗哭，想想真的是坐地哭天，向著天求救。那隻狗哭天天不應，哭地地不應，最後乾脆豁出去了，跳進江中漂游過去，總算渡過了江。

馱隊又恢復了正常的行軍方陣，越過河床形成的緩坡遠去，兩隻牧狗也如釋重負，競相追逐，想必是在以此禦寒吧。現在要考慮我們自己怎麼過江的事了。

離我們不遠處的江岸有一座孤零零的平頂土屋，這是目及之處唯一能見到的人跡。這裡有一座木橋——帕那橋，這

便是上次我們寧肯繞道上百公里也沒敢過的那座橋。平頂小土屋是守橋人的屋子。當追隨駄隊而去的牧狗從攝像機鏡頭中消失之後，我們收拾好器材，直奔帕那橋駛去，在臨近木橋的土路上，我們高興地發現了新近的車轍印。

到了橋頭，只見橋上拉著一根鐵絲，卻不見守橋人的影子。下車察看橋況，讓人不寒而慄：只見橋面的木板破損不堪，木板與木板之間布滿一個個大窟窿，從中能看見橋下流淌的江水。如果你是一個富有童心的人，可以重溫孩提時代那種俯瞰流水的感受。但是此刻的我們卻沒有那種心境，人站在橋上，隨時能感覺到浮冰撞擊鋼架立柱的震動。

更糟糕的這座鋼架橋橋身只有十多米，中間卻有一個彎道。這實在讓人有些費解，在我知道的為數不多的橋樑中，沒有見過哪座橋的中間有一道拐彎，更何況跨度只有十多米的鋼架橋。無論當時設計這座橋的專家出於何種考慮，這個彎道足以讓我聯想起前些年一輛東風貨車從橋樑的彎道處栽進江中的慘景。

就在我們躊躇不前時，從土屋裡出來一位穿光面羊皮袍子的婦女。她說：「這裡每天有好幾輛滿載鹽巴的牧民車隊通過，小汽車的安全絕對沒有問題。」

這與我們在橋頭看到的車印完全吻合。其實稍作思量，我們的顧慮完全是多餘的。既然有守橋人就證明有車輛通行，既然有車輛通行就證明橋是安全的。回想起來足以嘲笑自己一番。我們的兩臺車，在攝製人員的簇擁下安然無恙地

過去了。一個電影攝製組，在 20 世紀 90 年代，開著小汽車在一座鋼架橋上顧慮重重地渡過江去。

十九、格桑旺堆講的故事

　　駄隊過了江後，就在一個坐東朝西的甘泉旁扎下了營地，與一家牧户隔河相望。鹽人們到牧户家去要牛糞。這是一種約定俗成的傳統習慣，鹽人不會不要，住户不會不給。要牛糞回來的桑多信口開河地說：「這家只有女人，今晚可能要犯忌了。」

　　索加大喊：「媽媽，煨桑師犯大忌了。」頓珠總是不慌不忙地說：「犯什麼大忌了？」

　　索加說：「他說今晚他要到那家去打狗。」

　　格桑旺堆說：「在鹽湖附近可不得犯這種口忌啊。」

　　頓珠微笑著說：「那就給他吊上小鹽袋轉一圈營地再說吧。」

　　「覺達，（鹽語，意思是對不起）」，桑多忙賠不是，「向營部所有鹽人及大首領，覺達！」索加開心地笑了，笑得特別誇張和放肆。

　　吃完飯，鹽人們喝著茶，聽格桑旺堆講他當年隨駄隊過扎加藏布江時發生的一個故事——

　　大概是六十年代的初期，我記不得確切的年份。我們還是在贊宗採的鹽，那年的鹽質特別好。駄隊也沒有像現在這樣寥寥無幾，有當雄寧中的鹽隊，有那根拉山以北的廣大牧

民，包括屬於那曲縣的巴塔、桑雄一帶的牧民和屬於申扎縣
雄麥部落的牧民。

因為鹽質好，在贊宗採鹽的馱隊自然就很多。我們到贊
宗的時候，已經有幾十頂鹽隊帳篷在湖邊安營紮寨，採鹽馱
鹽。後面來的有些鹽隊沒處下手，只好暫時等候。由於鹽層
厚，只要肯幹，要不了幾天就可以馱上上等鹽巴返回故里。
就這樣，一撥撥的馱隊來了，又有一撥撥的馱隊走了。後
來，我們還在湖裡採鹽的時候聽到一個不好的消息。說是扎
加藏布江發大水，很多馱隊困在江邊，無法過渡。這對所有
馱隊而言都是非常不幸的消息。

但是，我們不可能在鹽湖待著，贊宗到扎加藏布江還有
兩程路要走。所以，我們還是按原定的計劃啓程。俗話說
「壞事假不了，好事真不了」。我們到達江邊，果然不出傳
言所說，沿江搭滿了鹽隊的帳篷，滿山遍野都是密密麻麻的
牛羊。過去有很多羊馱隊。渡口附近搭滿各式帳篷，好在這
裡是北方，不怕沒處紮營。我們就在離渡口很遠的地方紮下
營地。無法想像當時的情景，不知道這北方的扎加藏布江從
哪來的那麼多水，可不是我們現在看到的這種在河床底下流
淌的藍色江水。當時洪水灌滿了整個河床，看不出哪裡是江
邊，哪裡是江心，像一汪黃色的湖。

沒有辦法，所有的馱隊只能在江邊等待。你知道這種日
子有多難熬嗎？過了七八天，水還是那麼大，水位沒有下降
的樣子。派了一些人馬到上游巡視到下游察看水情，一切都

無濟於事。這麼大一條江，哪裡是頭哪裡是尾？既沒有橋也沒處繞。

在這種情況下，最糟糕的是馱牛沒處放。你看，這種沙地裡長出的牧草，本來就不禁吃，加上那麼多牛那麼多羊，還有馬，加央是知道的，馬是最能吃草的。這樣每天放牧的地方就越來越遠，直至放牧員沒法晚上歸牧，就只好把家人分成兩撥人馬，一撥專管放馱牛，一撥在江邊守營地，隔兩天輪換一次，因為放牛的那撥人沒有帳篷，白天黑夜都在野外和牛在一起。

過了十來天，水還沒有退，而鹽隊面臨的各種困難越來越多，形勢越來越嚴峻，情況越來越緊急。但江水仍舊是黃色的湖水，別說馱隊過江，就是單人騎馬也無法橫渡，這就意味著想給家鄉捎個口信也不可能。儘管人們早就開始了節食計劃，食品袋裡的東西還是一天天在減少，糌粑口袋越來越乾癟。開始家裡的人相互接濟，但這又能解決多大問題呢？我們的「老爸」決定，把家裡的所有茶葉拿來與當雄、寧中的鹽隊換糌粑，反正他們總是帶很多糌粑在鹽湖邊跟鹽人做買賣。但在這種情況下，茶葉再珍貴也只有做虧本買賣了，眼看著人家要狠狠地宰你，只有認了。

我們在江邊立了一塊石頭作為水文標，看每天的水位是否有變化。一天早上，我去打水，看到水位下了。我高興壞了，回去給家人說，每個人都露出了笑容。於是，在江邊的鹽隊都相互報告這個消息，其實幾乎每個鹽隊都立了各種測

試水位的東西，每天都有人前去察看各自的水位標誌。但到了中午，水位又回升了，又到了最高的水位，可到落日時分水位又有所下降，而且這一降再也沒有大的回升，水位一天比一天在下降。

水退得差不多的時候，有些人騎馬、有些人赤腳涉水前去察看。總之，覺得差不多的時候，就紛紛過了江。我們馱隊的首領是一個十分謹慎的人。他看到前面馱隊過江時，個別牛背上的馱子被水沖走了，所以，又多待了好幾天，才慎之又慎地動身。就這樣還是有幾個馱子被水沖走了。

我們過江的時候，從北坡下來一支羊馱隊，他們的牛隊在前面，這種羊馱隊都會有幾頭馱食品的牛。我們過江後，他們也跟著下水了，牛隊在前羊隊在後。結果，羊子下水後，無法立足，只有游水，一游水，背上的鹽袋沉入水中，就這樣（格桑旺堆做了一個四腳朝天的動作）被水沖走了。那是一支有四五百隻馱羊的龐大隊伍，過江之後可能只剩下1/3的羊。那是一個多麼悲慘的景象啊，都過去30多個年頭了，馱羊在水中翻身沖走的樣子還歷歷在目。

奇怪的是，扎加藏布江發大水的事情是所有馱隊關注的焦點，他們怎麼會不知道呢！再說我們過江的時候，他們應該能看出來羊能不能過得去，那支羊馱隊就這樣在江水中所剩無幾。這事雖然不是發生在自己身上，但讓我至今難以忘懷。

我們雖然過了江，但形勢仍很嚴峻，除了糌粑，整個馱

隊沒有任何副食品，沒有茶葉，沒有酥油，沒有肉。經過大家協商，加大每天的行程距離，每天可能要行進20來公里。但這也不是一個萬全之策，首先馱牛累得受不了；再就是人，每天要完成那麼長距離的行走，還要裝卸那麼多的馱子，勞動強度太大。紮營之後，只有熬糌粑糊糊充饑，喝完稀糊一樣的糌粑糊就蒙頭大睡。大概這樣走了兩三天，終於碰見家裡來接應的馱隊。

到家鄉以後才知道這場水患的原因：上年在扎加藏布江上游地區——我也不知道源頭在哪裡——反正是上游下了大雪，來年開春，大量的雪水湧入江中，形成了洪流……

格桑旺堆不僅是一個善於演講的牧人，而且是一個天才的演員。每次採訪，他特別投入，滔滔不絕。在講上面那個故事時，他完全沉浸在 30 年前那次心急火燎的馱鹽當中。

二十、阿覺的小木屋

這裡到鹽湖只有一站的路程，鹽人們聽完格桑旺堆的故事就都回到各自的帳篷去了。我們從五村出發時，旺青說我們到了那麼切可以找阿覺借他的房子住。

「那麼切」是整個山谷的地名，其藏語意思是「大那雜草原」。其實，與其說是「那麼切」，還不如說是大平原更合適些。不過，你留意觀察這片寬大的谷地平原，就會發現南北走向的兩條山腳下有五六泓泉水，谷地深處是一條河流，河流兩旁是長長的沼澤地，也許多少年前這裡曾是一片

豐美的那雜草地，然而現在卻看不到一根那雜草。在這個方圓幾十公里的大河谷中只有五戶人家，分布在沼澤地兩旁。

這裡到鹽湖只有一天的牛隊路程，鹽湖附近的草場更豐美，但因水源因素，寬廣的天地間沒有一家住戶。

我們要是不想在鹽湖邊住在四面漏風的鹽隊帳篷裡與寒風正面交手，就得想辦法在這裡找到一處借宿的人家。經過商量，我們決定去找旺青的朋友阿覺。

我們沿著去鹽湖的公路向北駛去，在路邊不遠處看到一群綿羊，放牧員是一個十來歲的小夥子。說來也巧，一經打聽，這位小夥子就是阿覺的大兒子。他說：「我和爸爸在這裡放牧母羊，媽媽和妹妹還有幾個小孩在西邊阿吉山腳下，冰坡旁那頂黑帳篷周圍放牧公羊和山羊。我爸爸剛回帳內去了。」我並沒有發現附近有帳篷，就問他帳篷的位置。

他指著離我們不遠處的小山說，帳篷在那個山包東面。我看了半天，才從山色的背景中分辨出那座小小的山包。我們向小夥子道過謝，朝小山包飛馳而去。繞過小山，的確有頂羊毛織成的小帳篷，門口拴了一條藏獒。這隻懶洋洋的藏獒聽到生人來訪，好像向主人報信似的叫了幾聲，等主人一出來，它似乎完成了任務，跑到一邊，不再刁難我們了。

我向阿覺作自我介紹說：「我叫加央。我們是跟旺青馱隊一起來拍電影的。是旺青讓我找你，想請你幫我們找個住處。」我又說，「我哥哥叫諾章，你可能認識他。他原先在你們的色窪區衛生所工作。」

一聽到旺青和諾章兩個人名，他一下熱情百倍，爽快地說：「没有問題，没有問題，你們就住在我家裡吧。正好房子也空著，不過火爐不在房子裡面，還勞駕你們到媽媽（孩子他媽）的牧場上去拿。你就說，爸爸同意了，她就會給你的。」說完他從腰上解下房門鑰匙遞給我。他一邊送我們上車，一邊說：「房子没人住，需要收拾，天色已經晚了，我不能幫你們，請多原諒。」聽了這些話，我真不知道是什麼滋味。

這些天真的牧民如此善良如此豁達，他們毫無條件毫無防備地把房子交給一個素不相識的人，也許人之初本性真的是很善良。

我們來到小房子，裡面有一間客廳，一間儲藏室。我們把客廳打掃乾淨，把不用的東西放到儲藏室，儲藏室堆滿了青稞、麵粉、茶葉和皮張等雜物。然後把客廳設計出工作區、生活區等幾個區域，非常不錯。應該說在這不毛之地的北方牧場找到一間能獨家擁有的小木屋，對我們來說已經是相當奢侈的享受。

我和譚導去阿覺妻子的牧場上借火爐。阿覺的妻子是一位藏北難以見到的臃腫肥胖而不乏熱情的女人。她的兩個胖孩子，穿著光面羊皮袍子，這裡的紅土把兩個孩子的皮襖同他們的胖臉蛋染成和土地一樣的顏色，而他倆最可愛之處是留著都市青年式的豎起的髮型，看上去很時髦呢。

回到我們的小木屋，在鐵皮火爐裡生起牛糞火，爐膛烤

得通紅，室內氣温直線上升。夜幕將至，阿吾神山矗立於我們的後面，守護著贊宗愛妻和三個孩子。對它而言，我們又是什麼呢？我們自然是它名下的臣民，要不它會賜給我們如此温馨的小屋嗎？

明天，駄隊將從這裡路過。他們又會有新的分工，留下兩個放牛員，剩餘的全部人馬則到鹽湖採鹽裝鹽。

第七章　鹽湖的傳說及駄隊的遭遇

二十一、可愛的日地

我們在木屋小睡了一夜懶覺，太陽把大地叫醒了。當我們手忙腳亂地發動著車子準備出發時，兩撥駄行李的隊伍順著駄鹽古道，從木屋的西側一越而過。儘管先遣的 8 個人馬早已到了鹽湖，但從鹽隊的習慣而言，犛牛到達鹽湖那天才能算真正抵達了鹽湖。

沒有雲彩的天空湛藍如洗，蒼蒼莽莽的峰巒中那座高聳的紅色主峰便是阿吾山，著名的贊宗鹽湖就座落在高山陰面的曠野。

駄隊開進阿吾山東邊一座低矮的山口。山口上有座塔形的石堆，這是鹽人們朝見鹽湖的祭臺，但是祭品極富象徵意味。當人們走近這座簡陋的祭臺時，白花花的鹽湖也就展現在兒子們眼前，人們高聲朗誦祭山頌詞：

索，索！

> 索索索索索！
> 右邊是威武的老虎山
> 左邊是靈巧的豹子山
> 中間山口上的花祭臺
> 願我們常常來翻越，
> 願我們年年來祭山！

念完頌詞，鹽人們順手從一頭馱牛身上或從自己懷中拿出一撮牛羊毛或隨便什麼東西放到祭臺上就萬事大吉。

今天是頓加等人到達鹽湖的第五天，日地、布瓊等先遣隊到達鹽湖也已有兩天。這樣，除了放牛的格桑旺堆和索加外，其餘 14 人全部到達了鹽湖。我們拍完過山口的馱隊就匆匆忙忙趕到鹽湖。這時，鹽人們結束了清晨的鹽活兒，正在用早餐。日地坐在靠門的地方撩開帳篷的門簾，用鹽人語氣對我們說：「阿果倉（鄰居家），路順？」我從門口往裡瞧了一眼，頓加正在吃糌粑糊糊。這是最簡便的一種食用方法，即把糌粑放在碗裡，加上酥油、奶渣，再用茶水調製好，即可食用，這也是最常見的早餐。日地卻非常珍惜地用近似雕刻工藝品一樣專注的神情享用著一塊羊排。其他人也都在享用各自喜歡的食物，酥油茶的濃度大有改進。

儘管食物中增加了脂肪含量，但我似乎覺得鹽人們比以前消瘦了，憔悴的臉龐上還殘留著清晨背鹽時一度泛濫的汗水橫流過的痕跡。

日地又一次撩開帳篷門簾時，牛隊已沿著瑪榮谷的冰川正往鹽湖走來。於是，他以大人的口氣對鹽人們說：「孩子們，咱們該去迎接搭檔們了。」儘管鹽隊裡的小夥子們並不把日地作為長者看待，但是，一旦格桑旺堆不在現場，日地老要以長者的口氣對其他鹽人說話。而此刻他那機靈的眼神不時地注視著攝影機的鏡頭，以便使他那充滿孩子氣的實幹精神毫不保留地獻給電視觀眾。這也是日地最可愛的一面。

二十二、鹽湖的傳說

相傳贊宗鹽湖是噶瑪巴的神魂湖。因此，在鹽人的心目中，贊宗既是鹽湖也是神湖，既是母親也是情人。這並不褻瀆神靈，所有的生命都在生死輪迴中循環往復。今天，保吉鹽人敬仰贊宗源自對噶瑪巴活佛的敬仰，而對噶瑪巴活佛的敬仰則源自對佛教的信仰。但是，在一千二百多年前，赤松德贊征服象雄之前，藏北牧民大概還是信仰苯教的象雄臣民。如今，除在文部、巴青、丁青存在苯教教民和苯教遺址外，在班戈縣境內的納木湖修行洞內還保留著苯教咒語，在保吉鄉牧民中也有很多苯教信徒，馱隊中的索加便是其中之一。他們相信堅不可摧的能帶來永久的和平、安詳和一切美好的事物。○是太陽的象徵，因為太陽是圓形的，於是牧民的生活與圓結下不解之緣。他們築造的棚圈是圓的，跳的是圓圈舞。他們繞著山轉，沿著湖走，等他們走到起點與終點相交處，也就完成了一生。牧民的生活也像這些圓形的圖案

一樣，一年四季幹著不變的牧活，吃著不變的糌粑和牛羊肉，與落日共睡，與旭日同起。

由於牧民所擁有的廣闊天域，使他們能藉助想像的翅膀，創造出豐富多彩的神靈世界，給那些冷漠的不可征服的雪山和湖泊賦予了強烈的生命色彩，為它們編造了浩如煙海的婚喪嫁娶、生兒育女的故事，創作了人與神相互交錯的多彩紛呈的精神世界。有趣的是，造物主也為牧民編造這些故事創造了有利的條件。藏北的神山聖湖幾乎雙雙成對——念青唐古拉山與納木湖、崗底斯與瑪旁雍措、達爾果山與當惹雍措、西亞爾山與俄亞爾湖等。

牧民在編造這些山湖眷屬的神靈家族故事時，把鹽湖也收錄進去了。藏北高原是湖泊群落最密集的地區。據資料表明，藏北有大小 1000 多個湖泊，總面積達 2600 多平方公里，占西藏總面積的 2.2%，其中大部分為鹹水湖，僅鹽湖就有 200 多個，盛產取之不盡的食鹽和其他工業鹽酸。

著名英雄史詩《格薩爾王傳·姜嶺之戰》中描述了嶺國與姜國爭奪鹽湖的戰爭場面。在詩中恭勉天女這樣唱道：

> 看那美麗的地方：
> 瑪森湖的右方，
> 德烏湖的左方，
> 十二伏藏中間，
> 方圓形鹽湖中間，

那湛藍的是什麼？

好比是藍色的天，

要不是盔甲是什麼。

那片紅色的是什麼？

好比是晚霞的紅雲，

要不是飛幡是什麼。

那片黑色的是什麼？

好比是黑色的羚羊，

要不是長矛是什麼。

覺如別睡覺如醒。

　　格薩爾大王得到天女的授記，便開始為爭奪鹽湖與姜國
征戰。

　　根據民俗學家佟錦華老先生的研究，故事中的姜國一般
認為是南詔。南詔，大致位於今雲南省大理一帶。在唐朝時
期，以烏蠻為主體，包括白蠻等族所建立的地方政權，吐蕃
稱之為「姜」。老先生在大量的史書中發現，從吐蕃王赤德
祖贊到赤松德贊、赤德松贊的一百多年歷史中，吐蕃與南詔
之間曾有過多次的時戰時和的局面，儘管很難確定《格薩爾
王傳·姜嶺之戰》所描述的是哪個贊普時代的吐南戰爭，但
是吐蕃與南詔的戰爭，和《姜嶺之戰》之間能夠相互得到印
證。

　　不管這場戰爭本身以及後人所描述的故事如何，可以說

明一點，那就是當時的人們不僅早已開發利用了湖鹽，而且為之進行過征戰。

恭勉天女對覺如的授記中所說的十二座伏藏鹽湖是指哪些鹽湖呢？西藏人民出版社出版的《姜嶺大戰》一書中，並沒有說明被恭勉天女吟唱的瑪森湖和德烏湖是不是鹽湖，從字面理解只是說明十二座伏藏鹽湖所處的地理位置。在甘肅人民出版社出版的《格薩爾王傳》一書的〈降姜〉一節中，姜嶺兩國爭奪的鹽湖是指玉洛鹽湖。

據我所知，德烏鹽湖在那曲地區雙湖辦事處嘎措鄉二村以南。在德烏湖附近沒有叫瑪森的湖，但在德烏湖以西約三十公里處座落著著名的崩葉爾鹽湖。

此外沒有發現玉洛鹽湖，只是在今尼瑪縣北部榮瑪鄉境內有個叫玉布的鹽湖。假如說這裡所說的德烏和玉布兩個鹽湖便是《姜嶺之戰》中姜嶺爭奪的鹽湖的話，那麼當時吐蕃與南詔就是在遠離自己國土千里之外的藏北西部短兵相接了。為此我曾採訪過尼達才旺大師，他說，《格薩爾王傳》中有些歷史事件串了，關於藏北十二個伏藏鹽湖和《姜嶺之戰》中姜嶺爭奪的鹽湖可能不是一回事，十二座伏藏鹽湖的說法也不盡相同，尚未找到史料。

關於鹽湖，在藏北流傳著三則有趣的傳說。

傳說一：

念青唐古拉山在北方諸神靈中最具權威。它不僅擁有廣大無邊的北方疆域和巨大的財富，還有一位美貌無比的愛妻

——納木湖。在納木湖北岸一座不大的山坡上，住著一位叫扎古惡臉的贊神。扎古惡臉法力無邊，以狩獵為生。

一天，太陽剛從東方升起，朝霞給至高無上的念青唐古拉山戴上明晃晃的金冠。扎古惡臉挎上弓箭別著大刀去打獵，路遇一條黑蛇和一條白蛇正在廝殺，那白蛇威風凜凜，鉗嘴卡住黑蛇的頭甩來甩去。當他晚上滿載獵物歸來時，看見黑蛇占了上風，黑蛇那山洞般的大嘴死死地銜起白蛇甩來甩去，使白蛇奄奄一息，半死不活。扎古惡臉想想說：把白蛇當成天神，黑蛇當做魔鬼吧。於是，拔出大刀把黑蛇砍成兩截，救了白蛇的性命。

過了幾天，扎古惡臉在出獵的路上，又看見一頭白野牛和一頭黑野牛頂架。白牛像一座高高矗立的雪山，每一次攻擊都使黑牛只有招架之力。等扎古惡臉晚上歸來的時候，黑牛高高舉起蓬鬆的牛尾，兩隻黑洞洞的鼻孔冒著青煙，嘴裡閃著火焰般鮮紅的舌頭，白牛已被頂翻在地。扎古惡臉心想：這白牛可能是天神，黑牛可能是魔鬼。他用野牛肋骨做成的弓箭射死了黑牛。

扎古惡臉剛到家裡，念青唐古拉山神化為凡人相貌，穿一身白色綢緞衣裳，頭戴白色頭巾，左手持一柄短劍，右手握著馬鞭，騎著白馬飛馳而來。

念青唐古拉對扎古惡臉說：「朋友，你給我幫了大忙，你需要什麼，我可以滿足你三個要求。」

扎古惡臉不明原由，說：「我沒有幫過誰的忙，我也不

要你滿足我什麼要求。」念青唐古拉解釋說：「朋友，你搭救的白蛇和白牛是我的兩個神魂動物。我一定要報答你的救命之恩。」

「既然這樣，那我就不客氣了。」扎古惡臉聽了念青唐古拉的解釋說。

念青唐古拉山神打開所有倉門，讓扎古惡臉選三樣東西，只許拿三樣。山神的倉房裡堆滿了金銀珠寶，綾羅綢緞，到處都是金燦燦、亮晶晶，令人眼花繚亂，目不暇接，贊神一時不知道要什麼好，於是，閉目瞎摸。他第一次摸到了鹽，便抓了一把，撒向北方說：「但願對人類有用。」第二次摸到的是鹼，便抓了一把，撒向北方說：「但願對世人有用。」第三次摸到一個疙疙瘩瘩的東西，也抓了一把說：「也撒到北方去吧！」可這個疙疙瘩瘩的東西可不是什麼好玩意兒，而是一把炭疽病菌。

牧人非常感激扎古惡臉贊神給藏北大地撒滿了鹽鹼，使藏北鹽湖密布。但令人惋惜的是，他沒有抓一把黃金，反倒撒了一把炭疽菌。

傳說二：

很久很久以前，藏北高原是一個病魔橫行、鬼怪出沒的地方。北方高原沒有鹽湖，也沒有生命。後來吐蕃赤松德贊迎請蓮花生大師入藏大興佛法，驅除惡魔，鎮住北方高原。大師還從遙遠的北方用十二種動物馱來十二座鹽湖，給這片荒漠大地帶來了生機。

　　這十二種動物和馱來的十二座鹽湖是：

　　1 大象馱來里雅爾鹽湖，化作浪保日（大象山）守護在湖邊。

　　2 猴子背來智洛鹽湖，化作智洛團寶日（大猴子山）守護在湖邊。

　　3 公犛牛馱來亞根鹽湖，化作朗木秀爾日（公牛山）守護湖邊。

　　4 綿羊馱來昂達爾鹽湖，化作露日（羊山）守護在湖邊。

　　5 毛驢馱來崩葉亞爾鹽湖，化作江忠扎日（驢子岩山）守護在湖邊。

　　6 母犛牛馱來智察鹽湖，化作智亞爾朗那（母犛牛山嘴）守護在湖邊。

　　7 駱駝馱來贊宗鹽湖，化作阿吾日（駱駝山）守護在湖邊。

　　8 水牛馱來加木鹽湖，化作一位美麗的加木日（漢家女子山）守護在湖邊。

　　9 犏牛馱來巧爾鹽湖，化作昨桑拍木日（犏牛山）守護在湖邊。

　　10 騾子馱來孔南鹽湖，卻沒有在湖邊守護。

　　11 野犛牛馱來孔孔鹽湖，也不見蹤影。

　　12 山羊馱來怒布鹽湖，也逃之夭夭。

　　山羊雖然身體弱小，卻憑著機靈與耐力，馱著鹽湖渡過

扎加藏布江,一直馱到扎加藏布江以南那木如一帶。可這不恭順的山羊卸下鹽湖,許願說:「我馱來的鹽湖離人們居住的地方最近,但願這湖中的鹽不能食用。」

這可恨的山羊害得當時的噶廈政府收鹽稅時,老上那木如一帶牧民的當。據說怒布湖生產的是一種工業鹽酸,這種鹽酸看上去與其他鹽湖裡的鹽巴沒有兩樣,口感也與食鹽沒有兩樣,只是將這種鹽酸倒進政府的鹽倉裡面,數月之後便會化成一攤水,將整個鹽倉化為烏有。

傳說三:

過去沒有鹽湖,到了格薩爾大王在雪域南征北戰,統一天下之後,才從姜域奪回十二座伏藏鹽湖,還得到蓮花生大師的開光。因此,這十二座伏藏鹽湖的鹽巴不僅是可以食用的一種礦物,也是被藏人視為醫治百病的加持甘露。

牧民乃至全體藏民生活在神話和現實之中。他們創作故事,也編造神話與傳說。原籍那曲安多縣的色拉寺僧人土登,在「文化大革命」中被流放到老家參加牧業生產,他對馱鹽有過親身經歷和體驗。當談到北方十二座伏藏鹽湖時,他說:「我小時候聽老人們說,過去藏地沒有鹽巴,是格薩爾大王從姜國奪來十二座鹽湖。我相信這個傳說是真的。」

是的,相信神話和神靈是牧民的天性。他們認為傳說二所說的十二座鹽湖便是《格薩爾王傳‧姜嶺之戰》中姜嶺兩國大動干戈的那十二座鹽湖。這十二座鹽湖所生產的鹽巴就是蓮花生大師掘出的寶藏,與其他鹽湖的鹽巴有質的不同。

但是，令人不解的是，《格薩爾王傳‧姜嶺之戰》中所提及的德烏和瑪森兩個鹽湖，在傳說裡的十二座鹽湖中卻沒有提及。

尼達才旺大師說：「《格薩爾王傳》中說的鹽湖和我們藏北的鹽湖是兩碼事。《格薩爾王傳》中的姜國是指現在的雲南省白族地區，歷史上和西藏有過征戰，主要可能是爭奪鹽巴。但爭奪的不是藏北鹽湖。那些鹽湖早已沒有了，現在也只有泉鹽，通過鹽田加工才能獲得晶鹽。」

鹽人可以收回想像的翅膀回到現實生活當中來。在談起馱鹽的起源時，格桑旺堆說：「這個問題我答不上來，除非讓我編個假話。但有個傳說講，念青唐古拉派贊神扎古惡臉去北方馱鹽，贊神走遍北方的山山水水，歷經千辛萬苦，終於第一次馱回鹽巴。當念青唐古拉問及馱鹽的艱辛時，贊神回答說，是鹽人就不會死。意思是說馱鹽人要經歷死以外的所有艱辛。」

談到這裡，格桑旺堆解釋說：「傳說歸傳說，但是我不知道誰最先去馱鹽的。我小時候，老人們就講述他們的前人去馱鹽的故事。反正自古就有人在馱鹽。」

那麼，馱鹽何時有的呢？傳說中的扎古惡臉又是何許人也？這既使對我這個牧民來說也是難以解釋清楚的。

扎古惡臉是個贊神。何謂贊神？德欽多吉先生認為，贊就是指贊布，贊布是遠古時代對部落頭人的尊稱，意思是無人為敵者。部落頭人自然是在部落中深受人們愛戴和敬仰的

能人。當一個部落頭人過世之後，為了紀念這位贊布，人們每年到他的墓地（不一定是土葬之墓，也許是天葬的地方）進行祭祀活動，將其墓地用紅土染成紅色。醒目的紅色墓地給人以恐懼心理，加之對頭人的敬仰和對其事跡的傳頌，使贊布這一名稱越發神化了，於是，贊也就成了神，便有贊神之說。

在納木湖北岸一座山坡上，有個叫扎古惡臉馬圈的遺址。這個遺址和西藏眾多古遺址一樣建在山上，修築馬圈的石塊巨大無比。讓人無法想像，在沒有機械的遠古時代，是什麼力量用什麼辦法，搬動這種巨石壘成一堵牆。而牧民會告訴你，扎古惡臉是贊神，贊神無所不能。

暫且不管贊神用什麼辦法修築了這個被牧人視為馬圈的建築物，只要對遺址進行考古研究，扎古惡臉生活的年代就不難推算，當然也就能推算出馱鹽起始的大概年代。馱鹽對近代牧民來說，是只要男人們肯花勞力就能完成的事情。而當初開闢第一條通向鹽湖的大道，可能是贊布親自率領北上馱隊，馱來了珍貴的鹽巴。

在公元六百年間，吐蕃王朝第三十二代王囊日松贊率領吐蕃大軍南征北戰，征服了蘇毗、工布、塔波、彭域、年波等地，攻占鄰近唐朝和突厥的地方，為松贊干布時代開拓疆域、統一全藏奠定了基礎。據藏族著名史書《賢者喜樂》記載：「囊日松贊還騎上穆德龍巴在扎森定瑪措湖邊得到的具有神力的寶馬，領著名叫章·迦波和穆·本江仁波的兩名大

力士，殺死長角野牛，在北方修建托巴城。在回來的路上，將野牛肉馱在馬鞍上，因牛肉拖在地上發現了湖鹽。在這以前，吐蕃除了很少一點兒岩鹽以外，沒有湖鹽。這以後吐蕃就食用羌塘地方的湖鹽。」由此，我們不難設想，作為統治者的吐蕃王室從此發現了湖鹽，並命令臣民交納鹽稅，於是便出現了馱鹽及其由此引發的農牧鹽糧交換。如果這種設想能夠成立的話，馱鹽這種艱辛而浪漫的運輸方式至少也有一千三百年的歷史，而北方的游牧民族可能更早發現並食用了湖鹽。

二十三、馱隊的遭遇

藏北人們心目中「唱木巴」和「恰巴」兩個名詞有些含糊不清。「唱木巴」的本意是騙子，而「恰巴」則是指明搶暗偷的土匪。牧人並不關心這兩個名詞的細微差別，只是按各自的習慣用語稱呼這類盜匪為「唱木巴」或「恰巴」。而現在的許多人也和牧民一樣，不管是「唱木巴」也罷，「恰巴」也罷，統稱為強盜。細細想來的確無關緊要，「唱木巴」是另一種強盜，沒有不騙人的「恰巴」。但是，把「唱木魯」譯成「強盜歌」就有些不太對頭了。

舊時，藏北盜匪橫行，強盜猖獗。處於崇拜英雄時代的牧民，一面訴說強盜之苦，一面津津樂道地講述著關於強盜的搶劫事跡，對「唱木巴」這個名詞似乎有些褒揚的色彩。「唱木巴」們唱的歌稱為「唱木魯」。青年人唱著「唱木

魯」，仰慕那些殺富濟貧，對抗貪官，為民打抱不平的「唱木巴」。在藏北，人人皆知的黑痣英雄便是一個大「唱木巴」。讓「恰巴」們聞風喪膽的江孜澤錦也是一位「唱木巴」。在江孜澤錦諸多故事中，最讓人讚不絕口的要數江孜澤錦以身當靶，闖入「恰巴」中間，奪回了被搶去的牛羊的故事。我的一位窮表叔，曾在光天化日之下，藉放牧之機，在野外殺了江孜澤錦家的牛吃了。江孜澤錦知道後，既沒有告官府，也沒有打罵，只是以嘲諷與欣賞的口吻說：「你的膽子真不小啊，竟敢殺了我家的牛，你真是了不起。」所以我覺得把「唱木魯」譯成「俠士歌」似乎更能貼近歌詞所表現的豪俠之氣。有歌這樣唱道：

我馬背上的俠士多自在，
你寶座上的高官卻沒有，
我無憂無慮走四方，
飽嘗人間酸甜苦辣。
我俠士沒有帳篷，
藍天便是我的帳篷；
我俠士沒有坐騎，
野馬便是我的坐騎；
我俠士沒有財富，
官老爺家財是我的。
我往西走啊往西走，

向西到那倉部落去，

那倉是犛牛的家鄉；

我往東走啊往東走，

向東到漢地斯林去，

斯林是駿馬的故鄉。

俠士我遠走他鄉時，

我單槍單騎獨一人；

俠士我返回故鄉時，

我主僕一共十八人；

俠士我遠走他鄉時，

我單槍單騎獨一人；

俠士我返回故鄉時，

趕回來牛羊一群群。

　　正因為有這樣的歌，有這種尚武的傳統，這種崇拜馬背英雄的習俗，就使得許多年輕人嚮往強盜生涯，紛紛模仿大盜，離家出走周遊四方。只可惜英武不到家，本來發誓不搶窮人，不當小偷，可是到了山窮水盡，食不果腹時，就把罪惡的黑手伸向散落於山野的游牧之家，甚至伸向手無寸鐵的鹽人馱隊，馱鹽人嚴於戒律，不得攜槍佩刀，不得殺生。

　　據說強盜吃馱鹽隊伍的起因還有一個小插曲。

　　20世紀四五十年代，隨著青海和新疆地區的解放，有些舊勢力的殘部流竄到藏北西部地區，突襲藏西北牧民和馱

隊。這些人開始時只搶食物，有時帶一個人做嚮導。後來，那倉部落組織騎兵，對哈薩人實施包圍，打死、打傷多人，更加激化了彼此的敵對情緒。於是這些被激怒的哈薩人，見人就殺、見物就搶，很多馱隊就這樣有去無回，命歸黃泉。而所謂哈薩人，說法不一，有說是新疆人，有說是準噶爾人。歷史上準噶爾人侵襲西藏，給藏北牧民留下難以忘懷的恐懼心理。小時候，大人常拿覺噶爾（準噶爾）人嚇唬孩子。形容某個人腳大也要說：「像覺噶爾人的腳一樣大。」這是因為有人說準噶爾人闖入藏北地區，腳上都穿著厚實的氈靴，顯得腳特別大，所以給西藏牧民留下如此大腳的印象。

格桑旺堆說：「我小時候，聽大人們說，有個叫『哈薩』的人吃了很多鹽人，那是解放前的事情。哈薩人主要在贊宗以北的孔孔、昂達等鹽湖活動，沒有到過贊宗這邊。這些強盜主要搶鹽隊，他們可能知道鹽隊北上的季節。春季馱隊北上他們就南下搶鹽隊，也搶當地的牧民。哈薩人不僅搶東西，還殺人。他們把鹽人抓來以後，用繩子五花大綁，排好隊然後一槍打穿多人。小股強盜偷一匹馬呀、偷一兩頭牛的事情也時有發生，那是自己人幹的。現在說哈薩人是指新疆的，我也弄不清楚。這都是聽大人們講的，不是我自己經歷過的事。」

不管這些說法準確與否，也不管哈薩人是來自何方的外族土匪，總之使鹽人受盡了磨難，也讓本地的土匪深受啓

發。他們把自己打扮成哈薩人的模樣，每到馱鹽季節，出沒於鹽湖邊上，突襲鹽隊，然後栽贓於哈薩人。雖然，這些學哈薩人的土匪做得天衣無縫，很像哈薩人的行徑，但終究露出了馬腳。有些幸免於難的鹽人，發現過去的哈薩人搶了食物從不拿肉食品，而現在的哈薩人不管是穀物食品還是肉食品，將所有囊中之物均洗劫一空。

　　經過這些真假哈薩人對鹽隊的打家劫舍，部落裡面不得不統一組織鹽隊，隨隊派部落民兵做護衛。班戈縣青龍鄉教多老人曾參加過這種護衛騎兵。他回憶說：「大概是 1950 年。這之前曾有不少馱隊被哈薩人吃了，許多牧民不敢去馱鹽。當木拉（舊官名，相當於縣官。）組織馱隊時，派出騎兵作為鹽隊的護衛。薩迦 7 部落有 14 個常備騎兵和 14 個後備騎兵，我是常備騎兵的一員。那年贊宗、畢洛等鹽湖都沒有鹽，我們只得去亞根、昂達去採鹽。在昂達看見了被哈薩人用繩子勒死的可憐的鹽人殘骸。人的脖子看起來挺粗的，其實被繩子一捆之後細得只跟手腕一般。那些年頭，鹽人被土匪搶劫後慘殺的事件時有發生，鹽人有的是被槍打死的，有的是被人用繩子勒死的，有的是夜間被土匪割斷帳篷的拉繩，用刀捅死的。割斷帳篷的拉繩，再捅刀的辦法很值得懷疑，不一定是哈薩人幹的。」

第八章　湖中的勞作——堆鹽、背鹽、鹽歌、祭湖儀式

二十四、馱鹽歌

　　清晨，導演叫醒我們的時候，只有滿天的星斗，閃爍著明亮的眼睛，四周一片寂靜，遠處的山巒起伏不定。

　　我們發動汽車向鹽湖開去，這裡到鹽湖只有十多公里的路程，可是剛開出去一會兒，就有一條小河橫在前面，道路坎坷不平。於是，我們一邊七嘴八舌地判斷方向，一邊尋找伸向鹽湖的那條不起眼的小路。初春的藏北仍舊是冰天雪地，我們繼續沿著封凍的小河逆水而上，到了山腳下才找到一條東西走向的汽車小路。看起來也不像我們要尋找的小路，但相信它會和去鹽湖的那條路匯合，我們就調轉車頭向西駛去，這才找到了南北走向的馱鹽大道和與之並行的簡易公路。嚴格地說，這也並不是去贊宗鹽湖的專線公路，而是從班戈到雙湖特別行政區及其周邊鹽湖的公路。

　　翻過阿吾拉山口向北駛去，不到一會兒工夫就來到那片開闊的平壩，左邊天際上高聳的是阿吾山，右邊在星光下發出灰白微光的便是贊宗鹽湖。贊宗鹽湖雖然近在咫尺，但是我們沒有找到那條駛向湖岸的岔路，只好估摸著時間與距離靠近星光下那片灰白的湖光。車手行駛在沼澤地裡，在像路障一般堅硬的草墩中間搖晃。當一個輪子剛從草堆上滑過去，同時另一個輪子吃力地爬上另一個草墩，這樣的感覺就像坐在湍急的河流中左顛右晃的橡皮筏子上。大概是汽車的

馬達聲吵醒了鹽人，善良的鹽人們用手電向我們發出信號。
原來，我們的判斷出現了偏差，汽車開進了湖邊封凍的沼澤
地裡。譚導急了，索性從草堆中間直接闖出去，終於在車軲
轆沒掉下之前到了湖邊。

頓珠對我們說：「路順！」

「你們走錯了吧？」日地笑嘻嘻地說，「叔叔，你們怎
麼走到『大便』沼澤地裡去了，我估計你們走錯了，就使勁
用電筒打信號給你們。」

東方出現魚肚大的浮白時，頓珠的一聲「醒！醒！醒醒
醒！」的出工號令，引來鹽人們「叮！叮叮叮！」的呼應。

採鹽開始了。這是馱鹽生活中最艱辛、最富有文化色彩
的勞動場面，如果不是身臨其境目睹這一切，就無法相信這
裡在勞動，彷彿在舉行賽歌會。只要聽過鹽人們的歌唱，誰
都會驚訝這些看上去粗豪的牧人竟會有這麼好的歌喉，會唱
出這麼美妙的歌聲。藏北牧民創作了豐富的勞動歌曲，幾乎
所有傳統勞動都伴有不同的勞動歌，其中馱鹽歌是最完整的
一種，如果按內容進行分類，就可以分為鹽湖讚歌、途中悲
歌、採鹽歡歌、裝鹽歌、馱鹽工具歌、祭祀歌等。

《鹽湖讚歌》是以描述鹽湖的地理位置或地貌特徵為主
題的歌。這種歌沒有固定的演唱場景，在途中、在湖邊均有
人放聲高歌──

若不知贊宗在哪裡？

大象山脈是外院門，
扎加藏布是中院門，
阿吾山脈是內院門。

褐色的阿吾是好父親，
藍色的贊宗是好母親，
嘎爾地三山是好孩子，
贊宗鹽湖便在那兒。

若不識珍寶在哪裡？
紅鹽好似紅水晶，
白鹽好像白水晶，
紅白鹽珍寶隨手採。

若要白鹽有白鹽，
白鹽就像母乳汁；
若要紅鹽有紅鹽，
紅鹽判若紅朱砂。

十二座伏藏鹽湖中，
贊宗鹽湖是母后；
請恩重贊宗母親啊，
珍貴的鹽巴賜給我。

　　馱鹽歌的演唱方式比較隨意，不是每一樣歌詞都有一首不同的曲調，就像割草歌、剪羊毛歌都不易從曲調上加以分辨。馱鹽歌中每個章節的演唱都與所進行的勞動是密不可分的。但是《鹽湖贊歌》和《途中悲歌》的演唱場景比較隨意，其中《途中悲歌》最能表現馱鹽的艱辛與鹽人的淒切

——

　　　　遙望北方的沙丘牛難過，
　　　　見到沙中的枯草會落淚。
　　　　遙望鹽湖「保布」難過，
　　　　見到湖邊的鹽包會發怵。

　　　　我從家鄉出發的時候，
　　　　我馱鹽人比菩薩還美。
　　　　當走過荒涼草灘地帶，
　　　　我馱鹽人成黑色鐵人。

　　　　我從家鄉出發的時候，
　　　　我身穿美麗的羊皮衣。
　　　　當歷盡艱辛趕到鹽湖，
　　　　我皮衣變成無毛靴底。
　　　　我從家鄉出發的時候，
　　　　我腳穿配彩兩層底鞋。

當走過岩石磊磊的山，
我彩鞋像竹編濾茶篩。

我從家鄉出發的時候，
花口袋裝滿酥油茶肉。
當步履沉沉踏上歸途，
我馱鹽人吃草喝雪水。

我從家鄉出發的時候，
我親友唱起送行的歌。
當獨行在茫茫風雪中，
我苦思著家鄉的親人。

　　整個馱鹽過程中，湖中的勞作最為艱辛。人們換上了輕便結實的舊羊皮袍，有些人還在外面套上一件布袍子，以防鹽水對皮革的損壞。鹽人們脫掉冬季臃腫的老羊皮新袍，顯得單薄些、瘦小些。

　　湖鹽是在湖水底下的地表上結成的薄薄的白色鹽層。採鹽時，鹽人們先用耙子把鹽層扒成「伽嘎」——小堆；第二道工序是用「林阿」（一張光面羊皮）把「伽嘎」堆成「加崩」——大堆；第三道工序是用「阿結」（專門用來背鹽的犛牛口袋）把鹽巴背到岸邊；第四道工序是等鹽裡的水分滲乾後裝袋打包。採鹽期間，每天出工 3 次：清晨背鹽，上午

堆鹽裝鹽，下午打包。

採鹽開始了，湖水在太陽底下閃爍著耀眼的光芒，鹽人們都備有一副墨鏡，以防白色的湖光傷害眼睛。過去，墨鏡還沒有現在這麼普及，人們是用一種用牛尾編織的黑色眼罩來代替墨鏡。堆「伽嘎」是一件快活輕鬆的勞動，人們在湖面上扒鹽、堆鹽，歌聲和哨音不斷地敲擊我們的耳鼓——覺嘎嘹亮的高音、布瓊高亢的中音、桑多渾厚的低音、索加的總是高不上去的高音，以及頓加並不十分優美的歌喉競相展現給母親，中間還有頓珠等人具有伴奏效果的悠揚的哨音。藏北牧民在長期的與牛羊打交道中練就了天才的口技表演才能，他們與馬牛羊幾乎都是用口哨進行溝通。口哨不僅是牧人與家畜溝通的信號，也是勞動消遣的一種方式，與勞動歌具有同等的功效。有些歌喉欠佳的人便把鹽歌換成口哨，吹奏出優美的旋律。

這種場面與其說是在採鹽，還不如說是在舉行賽歌會更合適些。《採鹽歡歌》中馱鹽人自稱好漢能來馱鹽便是與鹽湖有緣分，同時也表現出鹽人們對士大夫生活的嚮往和對討飯度日的懶漢的鞭撻——

我生性不是秀氣的羚羊，
卻在荒漠的北方走一遭。
我生性不是金色的鴨子，
卻在藍色的湖面游三日。

在鹽湖母親的岸邊上，
鴨群般的好漢往來忙。
好漢與好漢不能比，
要都一樣就無好漢。

北方的十二座伏藏湖，
是好漢苦行的好地方。
鹽湖的寶藏無窮盡啊，
是我有福人的好去處。

我好漢今日來北方，
我趕著白蹄馱牛來。
我騎著走馬來鹽湖，
想拜訪鹽湖母親您。

我今日能來拜鹽湖，
是恩重雙親的恩典，
是白蹄馱牛的恩典，
是走馬善跑的恩典。

膳食美餚是北方鹽，
鹽湖母親是萬寶盆。

能幹人才能來索要，
我好漢心情多歡暢。

白鹽巴像凝固的酸奶，
是龍宮饋贈的禮品。
紅鹽巴如粒粒紅朱砂，
是菩薩賜予的恩惠。

具營養的北方白晶鹽，
有福氣的男兒才能取。
好漢顯身手的好地方，
是好漢與懦夫在這見。

北方的鹽湖是沒主人，
有耙印的地方才有主。
有德望的好漢擁有它，
無才幹的懦夫取不到。

在我們鹽人的耙子裡，
聚萬寶的耙子有無數。
在我鹽人的「林阿」中，
無量的「林阿」有無數。

　　　　有福者扒過的湖面上，

　　　　挺立的「伽嘎」像白鴨，

　　　　排列的「加崩」像雪山，

　　　　飄飛的鹽粉像雪花。

　　像歌中唱到的一樣，鴨群般白色的「伽嘎」在鹽湖中過了一夜就可以堆成「加崩」。堆「加崩」是鹽活中強度最大的勞動。但鹽人們要表現出所謂的好漢形象，使勞動中的一舉一動一歌一哨都做得盡善盡美，以免在鹽人中留下懦夫的笑柄，每樣勞動都富有競技與表演意味。關於「加崩」，在《採鹽歡歌》中這樣唱道：

　　　　若不知「加崩」尖怎樣，

　　　　請看刀索‧崩巴山的峰，

　　　　請看孔南‧索哇山的峰，

　　　　請看來亞爾‧朗保山的峰，

　　　　請看嘎若‧藏布山的峰，

　　　　請看赤革‧曲布山的峰。

　　　　若不知「加崩」背面怎樣，

　　　　請看夏溶山的水晶谷，

　　　　請看僧帕查山的岩峰，

　　　　請看拉瑪龍山的石頭，

　　　耙印要佛塔一個樣。

　　　若不知背面要怎樣，

　　　就請看這些山的腰，

　　　尖尖的頂端像切瑪爾，

　　　滾落的山石如秀髮，

　　　長長的秀髮猶如泥石。

　　堆「加崩」，要以三人為一組，兩人持「林阿」——一張光面羊皮，將「林阿」的四角繫上提帶，兩人把羊皮鋪在「伽嘎」邊上，第三個人將「伽嘎」用耙子扒到羊皮上面，持「林阿」的兩人把鹽拋向「加崩」上面。這種勞動是整個鹽活中勞動強度最大的一種，但《採鹽歡歌》中唱到勞動中的漢子們表現得猶如賽歌一樣輕鬆並且不乏幽默——

　　　我無量的褐色「林阿」，

　　　其提帶是五彩的編織繩。

　　　我的搭檔像大樹樣壯實，

　　　其他人都是草人與木人。

　　　一潭潭喲，一潭潭，

　　　福祿的鹽湖一潭潭。

　　　一塊塊喲，一塊塊，

　　　吉祥的「林阿」一塊塊。

　　　　我的無量「林阿」裡，

　　　　可裝下六歲馱牛兩馱子。

　　　　其他「林阿」一塊塊，

　　　　只裝得羊馱子一兩個。

　　《採鹽歌》中還有一些富有情趣的運用諷刺手法相互激勵勞動的歌——

　　　　拖著「林阿」的「保布」啊，

　　　　別把「林阿」當狗牽。

　　　　手拿耙子的「老爸」啊，

　　　　請別把耙子當枴杖用。

　　　　看到有些人幹鹽活，

　　　　連自己都覺得羞愧。

　　　　看到有些人幹鹽活，

　　　　讓別人看了都可憐。

　　　　同是一個母親養育的男兒，

　　　　兩個母親撫養的只有羔羊。

　　　　往前走啊，往前走，

　　　　往前走的是金色的太陽。

往後走啊，往後走，
往後走的是漢子的影子，
別消磨時光漢子們。

別沉默寡言快樂些，
快樂不礙幹鹽活兒。
別說礙事勁更足啊，
能人幹活像乾柴燃，
無能人只有自生自滅。

　　清晨，首領發出出工的號令，人們像棲息在岸邊的鴨群一般紛紛撲進湖水。這裡用鴨群撲進湖水也許過於輕鬆了一些，鹽人清晨腳踩冰涼泥濘的湖水，背負沉重的「阿結」，往返於湖中的「加崩」與岸邊的「加崩」之間，事實上這是一件費力又枯燥的勞動。在駄鹽全盛時期，幾百個自稱好漢的鹽人擁進鹽湖，湖面上那些數不清的「加崩」，彷彿一座座雪峰一樣好看。

　　「阿結」是專門用來背鹽的犛牛毛口袋。以往，牧民家裡都備有這種口袋。現在的「阿結」已不同以往，換成了結實輕便的尼龍編織袋。用來裝鹽的鏟子也是五花八門，最傳統最原始的算是牛的肩胛骨。在湖中作業時穿的「崩良」──羊毛長筒靴子，現在也都換成了清一色的雨靴。

　　我不由得想起 20 多年前我自己參加駄鹽時在鹽湖採鹽

的情景——

清晨，老鹽人們聽到首領發出的出工號令，撩開羊皮袍子的衣襟，穿上在夜間用作枕頭的褲子和長筒靴，像鬼魂一般奪門而出，消失在夜幕下奔向湖面的人流當中。當我繫好袍子的腰帶走出帳門，順手提著「阿結」和鏟子來到鹽湖，家人們早已不知去向。更讓我著急的是，我居然找不到幾天來在泥水裡摸爬滾打堆起來的「加崩」，只好拿別人家的一個鹽堆開刀了。還算幸運，等我背著「阿結」上岸時，那堆鹽巴的主人還沒有出現。等我到達我們家的「加崩」跟前時，「爸爸」驚奇地說：「咦，怎麼沒有發現你裝鹽，已背了一趟啦？」

「我沒有找到咱們家的『加崩』。」我說。

「那，你是裝的誰家的？」

「不知道。」我不是故意的，但我承認偷了別人的「加崩」。

駝隊從家鄉出發之前，爸爸專門為我做了「阿結」，是一個輕便的牛絨編織袋，可裝下一駝子的鹽巴，但是我不可能背得動那麼多鹽，每次只能背2/3「阿結」，這對一個「保布」來說已經是滿負荷的了。背負重達七八十斤的鹽包走在泥水中間，稍不留神就有陷進泥沼裡的危險，這種事在鹽湖屢見不鮮。整個採鹽期間我一直小心謹慎，還沒有留下陷進泥裡的笑柄。可是有一天，我背上鹽包正要往回走，看到我們隊的另一個「保布」陷在泥沼裡像木頭人一樣不能動彈。

當我去救他，還没走到他跟前，自己就陷了下去。兩個人面對面站在距離幾米遠的地方，眼睜睜地看著對方一點點下沉，卻一籌莫展，只有等別人來營救。這時我聽到加日叔叔的聲音：「首領，兩個『保布』在『大便』泥裡出不來了，快來救他們吧。」於是，人們七嘴八舌地說著笑話過來援救。

等把我們從泥沼裡救出來以後，加日叔叔說：「哎喲，加央的『阿結』還不小嘛，比首領的還要大呢。」

「你不覺得你的嘴太大嗎？我的『阿結』大不大，輪不上你來評說，有意見下午開會時，給你一個說話的機會。」

於是加日無話可說了。

20多年過去了，五村的鹽人們今天還走在當年我走過的背鹽道上，重複著同樣的勞作。不過他們快樂的心情時刻感染著我們，也感動著鹽湖母親。每當人們把「阿結」從岸邊的「加崩」上卸下，歌聲又響了起來：

白鹽巴的「加崩」如雪山，
好漢的「阿結」裝千袋，
中等人的「阿結」裝百袋，
孬夫的「阿結」裝十袋，
是不是好漢從這裡區分。

白鹽巴像雪花一樣飄，

要把它裝進花口袋裡。

把北方的白鹽運南方，

把南方的青稞馱北方。

倉房裡的青稞堆滿山，

以報答父母的養育恩。

來亞爾潔白的馬牙鹽，

換曲水的青稞整九倍。

如果繼續往南運，

可交換白銀整九倍。

如果繼續往南運，

可交換黃金整九倍

　　　──《裝鹽歌》

　　太陽出來了，淺淺的湖水泛出一絲金光，「加崩」倒映在水中像歌中唱的那樣猶如一座座雪山。鹽人們往返於湖中與岸上的兩座雪峰之間，步履總是那麼匆匆忙忙。人們走在結成薄冰的湖面上發出喀嚓、喀嚓的聲響，而後踏上岸邊的鹼地發出沙沙的聲響，中間攙雜著歌聲、哨聲與急促的喘氣聲。

　　我們的譚導有些跟不上那些背負鹽包的鹽人們的腳步，於是，他想讓他們等我們跑到他們的前面，再讓他們從鏡頭跟前走過。這令我非常為難，要知道在背鹽途中拖延一分鐘

都是對辛勞的鹽人們的犯罪，是對生命的踐踏。但我也明白今天我的使命與責任，便以商量的語氣對他們說：「能不能等我們一下？」

「好的，叔叔，叫他們快一點兒。該死的，我們背著這麼重的鹽包他們還跟不上。」這些善良的人們總是不願為難我。

牧民的食譜本來就比較簡單，更何況在馱鹽途中。儘管有一個專司飲食的「媽媽」，但「媽媽」同樣要幹鹽活，只是收工時可以提前幾分鐘回帳內，以便燒茶。食譜上的食品有糌粑、肉食品、奶渣糕、餅子或油果子，飲品只有一種──酥油茶。在鹽湖採鹽期間，飲酥油茶最能夠增加脂肪來補充身體的消耗。

記得當年我隨馱隊出發前，爸爸給我兩塊奶渣糕，並特別囑咐我一塊在路上食用，另一塊在採鹽期間食用。當我們到達鹽湖時，讓我在路上享用的那一塊奶渣糕已不再是起初的四方形模樣，可也剩下了一大塊，但我還是非常機械地打開了新的奶渣糕，把它放置於那個記不清有多少年頭的竹籃裡頭。奶渣糕是用酥油和奶渣做成的食品。

這是一塊豪華型的奶渣糕，在奶渣糕上面又放了一層人參果糕，並且用酥油在上面還繪了一幅精美的雍仲圖案。我已不記得是左旋雍仲還是右旋雍仲，但我知道它象徵日月，日月是永恆的，這是藏族父母對兒子的祝福，一切美好的願望都在這裡面。

　　裝鹽一般在下午進行，相比之下裝鹽比較輕鬆。這時的歌聲更是此起彼伏，人們競顯歌喉，歌詞是有關裝鹽的內容。在我去馱鹽的那個年份，馱鹽依然如故，聲勢十分浩大，馱鹽隊伍的帳篷密布在鹽湖邊如一座小城。同一調子，同一顏色的政治氛圍給人一種異樣而滑稽的視覺效果。

　　那時，誦讀毛主席語錄已成為人們生產生活中一種不可缺少的形式。兩個放牧人在草原上相遇，一方說：「最高指示。」另一方立刻背誦「鬥私批修」或「階級鬥爭為綱，綱舉目張」。當然能背誦更長的則更好。對放學回來的孩子們則要說：「學習好。」對參加開會回來的人要說：「請賞賜指示禮物。」牧民圓圈舞的歌詞通通原封不動地收入了毛主席語錄，青年男女對歌演變成背誦毛主席語錄的比賽。

　　鹽人也不例外，午休過後，人們懶洋洋地走出帳篷，聚集在岸邊的「加崩」跟前。首領先按帳篷為單位清點人數，然後宣布會場紀律：「大家別說話了，把手裡的活放下。」首領從懷裡拿出「紅寶書」，誦讀開篇第一章：「領導我們事業的核心力量是中國共產黨，指導我們思想的理論基礎是馬克思列寧主義……」

　　儘管當時的文化氣氛徹底被政治化了，但仍有人唱鹽歌，不過沒有人敢把毛主席語錄編進鹽歌中，這恐怕是因為怕鹽語中的「髒話」褻瀆了「最高指示」。在當時的情況下唱得最多的好像是《馱鹽工具歌》，只不過那時歌者的心境無法與現在的心態相比。

　　萬里藏北，一望無際，直立於天地之間的只有人和動物，沒有一棵樹。而鹽人們除了帳篷的撐桿、木耙外，還有一個不可缺少的木製工具，就是裝鹽用的戳桿。

　　鹽袋要裝得滾圓結實，以方便鹽人裝卸鹽包，這樣即使馱在牛背上也顯得輕便一些。

　　《馱鹽工具歌》，顧名思義是對勞動工具的讚歌，其中包括對「林阿」、戳桿、鹽袋、針線等的讚美。歌中這樣唱道：

之一

　　　滿足你馱牛的誓願啊，

　　　要不馱牛何處去皈依？

　　　戳桿是白色的柏木桿，

　　　你生長在南部叢林裡，

　　　你住在馱牛的脊背上，

　　　你奔忙於鹽湖母親邊，

　　　你不看重故里在此忙，

　　　你產地與忙碌各一方。

　　　無生命的桿子是這樣，

　　　快快戳啊，好漢們！

　　　花口袋的四角戳結實，

　　　袋底戳得要冒出白灰，

袋腰戳得酥油一樣圓，

袋口戳得如煮沸的奶。

花口袋要分成上中下，

戳三下要母子一個樣。

三桿子戳得若不吻合，

花口袋你腰桿直不起。

花口袋你要是軟綿綿，

到家鄉別人會笑話我。

之二

底部要石頭一樣硬，

用它來提防藏布水。

中間要石頭一樣硬，

此處要靠在牛背上，

此處要靠在鹽人胸。

袋口要石頭一樣硬，

以防備天上綠水來。

要像安了提帶的石塊，

四角要像落巢的麻雀。

花口袋你像彎曲的羊角，

是一彎曲的女人織的布，

是一彎曲的男人做的袋。

我不會讓你就這樣彎曲，

你要是富足家的花口袋，

你這裡面要裝上五穀糧。

人們把鹽袋裝滿了，一排一排豎立起來。鹽人們喜歡騎坐在上面封口，邊封口邊唱道：

藍色的針兒喞喞叫，

以為雀兒清晨在歡叫。

若針兒不能穿口袋，

在秀髮上面磨三下。

針兒要像小鳥水中游，

線兒要像羊兒在歡跳。

若不知袋口怎樣縫，

白條和黑條對起縫，

經線和緯線對起縫。

別縫成一個歪嘴巴，

縫得像烏鴉死去的眼。

鹽袋封好口子，就開始打包。打包十分講究技巧，用繩子把鹽包捆紮成四方形，繩子在鹽包上呈兩道橫線一道豎線，然後再安一個環扣和一個木製小鈕子。這樣每天在牛背上裝卸鹽包十分方便。兩個人做搭檔，當清晨聽到首領的一

聲號令，就往牛背上裝鹽包。鹽人抱起鹽包的同時，左手拇指頂住鹽包上的小環扣，把鹽包往牛背上靠放的同時，用左手食指和中指勾起對方鹽包上的木製小釦子，往自己拇指上的環釦裡扣上即可。

日地捆紮鹽包的技法十分嫻熟，捆紮一個鹽包只需 20 秒鐘，這個速度一般人達不到，尤其每當把鏡頭對準他的時候，他的鹽活樣樣做得表演一般完美無缺。上午收工時，他悄悄地對我說：「加央叔叔，鹽採完了，你們也用不著再下到鹽湖，能不能把你的這雙雨靴處理給我？」我說：「這是劇組的，我可沒有這個權力。」譚導同意把雨靴送給日地，但是我還是要囑咐他一句：「你就對同伴們說是處理給你的，而不是送給你的。明白我的意思嗎？」後來，他還是對同伴說，這是劇組獎勵給他的，以此炫耀劇組對自己的賞識。

在鹽湖採鹽過程中，格桑旺堆一直沒有出現，他和索加在放駄牛。譚導曾經希望在鹽湖採鹽的勞動場景中找到格桑旺堆的身影，但這個願望沒能實現。從鹽隊的角度來說，這是一個合理的安排。格桑旺堆已經是年過半百的老者，讓他在鹽湖承受如此大強度的勞動，不論是對格桑旺堆本人還是對鹽隊的小夥子們，都是不能接受的。讓索加和格桑旺堆一塊放牛完全是按著鹽隊規矩來的。作為駄隊，早在採鹽的馬隊出發之前就已做好了分工，主要是確定放牛員。按規矩，「保加」（第二次參加駄鹽的人）應當是鹽隊的放牛娃。這

次馱鹽，索加的身分是「保加」，因此做了鹽隊的放牛娃，免遭了一次泡鹽湖。除「保加」外，馱隊首領要考慮請一個負責任的長者去放牛，格桑旺堆本人當然是最佳人選。

過去，在整個採鹽過程中，扒鹽、堆鹽是集體勞動，背鹽則要各人負責各自的鹽包。因此，一家人在鹽湖中堆好「加崩」之後，就開始分頭勞動，放牛員的鹽分攤到採鹽人的頭上。如果在馱隊中有「保布」，還要幫助分擔「保布」一半的鹽包，但這主要取決於「保布」的選擇。採鹽結束後，讓「保布」選擇鹽湖就近的「加崩」，或請家人幫他背運兩袋鹽包。如果「保布」選擇前者，家人就不必為「保布」背運鹽包；如果選擇了後者，那麼每個家人要為他背運兩個鹽包。

但是，保吉五村的鹽隊在整個採鹽過程中，所有工序都是集體勞動，因此不存在為「保布」分擔任務之事。放牛員的鹽巴也用不著額外分配任務。這是人民公社時期延續下來的傳統，這樣也不曾為背鹽次數的多少出現不愉快的事情。

五村馱隊的採鹽安排比人民公社時期合理得多，格桑旺堆也用不著在野外生活十多天。這樣的放牛比採鹽輕鬆許多，放牛員用不著時時刻刻跟在牛尾巴後面，格桑旺堆有足夠的時間做別的事情。旺青在 20 多年的馱鹽生涯中與沿途的牧人建立了友好往來，也建立了生意往來。阿覺則是終點站的生意搭檔。旺青每次來馱鹽就把一些貨物放在阿覺那裡請他代銷，來年馱鹽時進行一次結算。阿覺只是給朋友幫

忙，從未要求得到利潤上的分成。在藏北牧民中，幫忙歸幫忙，幫忙的人不會提出分外要求，甚至沒有這種概念，這也是牧民做人的一個原則，真誠結交朋友，不附帶任何條件。旺青從南方帶一些小副食品作為禮物贈送給阿覺，有時也捎幾樣阿覺託他帶的日用品。

採鹽結束了，鹽人們釘好各自的拴牛地線，沿著地線按拴牛順序擺放鹽包。惟有格桑旺堆和索加的鹽包還整整齊齊地壘了一堵牆，原封不動地放在原處。這倒不是同伴們不幫他倆的忙，因為鹽包大小不一，擺放鹽包要看馱牛的體格大小、膘情，以保證把鹽巴馱回家鄉。

格桑旺堆和索加趕著放牧的馱牛翻過阿吾山口，往鹽湖奔來。這時在鹽湖採鹽的人們把各自的坐騎牽回駐地，等待歸來的首領和馱牛。馱牛距離鹽湖還有幾百米的時候，鹽人們前去迎接首領和馱牛，並一如既往地互致問候，以親昵的貼面禮相迎。

200 多頭馱牛聚集在湖邊的地線圈內，此刻瀰漫著一種戰前緊急集合的緊張氣氛。剛才還表現良好的天氣驟然刮起大風，捲起層層白灰，為明天的母子離別增添了神秘的愁緒。我想或許這正是鹽湖母親此時此刻心情的最好寫照。然而，那些身經百戰的老馱牛則是一副大將風度，它們總是邁著不緊不慢的方步，嗅著地線上各自的氣味尋找自己的位置，它們似乎明白將要發生的一切。年輕的馱牛們則有些不知所措地亂竄，不時誤入大牛中間。每當這種時候，大馱牛

大角一揮，好像在説：「下去吧，你有資格跟我們排在一起嗎？」鹽人穿梭於亂麻一樣的牛群中間，將屬於自己的小馱牛趕回地線圈內。

天公發出的呼嘯聲、鹽湖母親淒淒慘慘的哭泣聲、鹽人們拴老牛的歌聲和驅趕小牛的吆喝聲，奏出一曲悲壯的交響樂章。

這種緊張的勞動節奏與氛圍與當年我所經歷的馱鹽截然不同。那時，近百座帳篷搭建成小城，裡面的居民清一色全是男人，人們除了勞動就是懶洋洋地坐在帳篷裡，閒聊著不知重複過多少遍的那些故事，言者不厭其煩，聞者津津有味。細細想來，其中必有使這種故事能延續的道理。這種集體勞動不能夠調動勞動者的積極性，在很大程度上沒有精細的勞動指標與經濟收入掛鈎，幹多幹少在每個社員的計分手冊中不能準確地反映出來，因此都願意進行適度勞動以保持良好的體力和精力，所以講述故事是打發春季漫長日頭最好的辦法。這些故事雖然不知道重複過多少次，但每講一次都有新的發揮、新的創作，內容不斷擴充，細節更加精彩。一幫精力充沛的小夥子有時還會組織歌舞晚會，在沒有女伴對歌的情況下，男子們分成兩撥，自娛自樂，這是一種自發的精神調劑。所唱的歌曲除了在民改時期創作的一批頌揚毛主席和共產黨的民歌之外，都是原封不動的毛主席語錄，為馱鹽這種傳統勞動增添了新鮮的革命色彩，這種色彩除了體現在歌舞中，也體現在帳篷城的外觀上。每當一個鹽人家庭採

鹽完畢，就在帳篷上插一面紅旗，以示採鹽取得了勝利。這種紅旗沒有什麼講究，多半都是一塊紅布，當然最理想的要數國旗，但是擁有國旗的馱隊沒有幾個。

那年在鹽湖的帳篷城裡發生過一次藍旗事件。一天傍晚，在一頂 4 人為一組的鹽人家庭帳篷上，掛起一面藍旗以示採鹽結束。一個好事的寧中大馱隊的首領，拿藍旗組的人是問：

「你們為什麼掛起一面藍旗？」

「我們沒有紅布。」藍旗帳篷中一位老者顫顫巍巍地回答。

「那你們幹嗎插一塊藍布？」

「我看大家裝鹽一結束，就掛起紅旗以示革命的採鹽工作勝利完成，我們也想⋯⋯」

「紅旗是什麼，紅旗代表革命。掛藍旗是反革命行為，是想復辟嗎？」

「那，那我們現在取下來，行嗎？」

「對對，有錯不要緊，改了就是革命的好同志嘛。取下來吧。」

藍旗事件就這樣結束了，圍觀的鹽人們回到各自家中。第二天學習時，我們的首領對寧中鄉的那位鹽隊領導大加稱讚，說他的思想覺悟高，革命的警惕性強，要我們提高警惕，隨時準備對反革命實行無產階級專政。

時隔 20 多年後，格桑旺堆帶領的馱隊在同一個地方，

用同樣的方式完成了同樣的勞動，但時過境遷，馱鹽本身已發生了巨大的變化。

今天的拴牛時間提前到下午進行，這是因為傍晚還有更多的事情要做。其中最主要的一項是準備饋贈給鹽湖母親的禮物，舉行隆重的告別儀式，還要舉辦告別宴會。

拴牛結束後，人們回到各自的帳內。頓加對布瓊說：「『媽媽』，是不是該用我和索加的麵粉？」

「用誰的都一樣，你們的也行。」布瓊說。

鹽隊家人吃飯除了酥油茶以外，一般都是自己吃自己帶的食品。有時家人共同做飯，集體用餐。集體用餐主要以麵食居多，如牛羊肉包子、貓耳朵稀飯、酥油拌麵、餅子等。所用原料要麼輪流出，要麼按人頭攤派。布瓊他們這頂帳篷，前面已經吃過幾次集體宴會，今天該由頓加他們哥倆出麵粉了。這頓告別宴會是羊肉包子，布瓊調餡，頓加和麵。頓加和好了麵，就像小孩一樣用麵做起「昨母」（犏牛）來，但他的手藝的確是有些欠佳，先不說這麵牛的牛角歪成什麼樣了，整個麵牛的身子就像一頭肥頭大耳的豬。嘎蘇見狀便說：「哎喲，你這還叫『昨母』嗎？這種『昨母』還敢贈送給母親嗎？」說完，隨手抓了一塊麵捏起了麵牛。嘎蘇捏的麵牛還像那麼回事，他學著牛的叫聲把麵牛放在一塊用作粑子的牛肩胛骨上面，再用一撮染色的牛毛配了一對耳墜，牛背上放了兩塊象徵鹽包的麵塊。桑多和索加也不請自來，毛遂自薦，說自己的手藝如何如何的好，母親絕對會喜

歡他們做的「昨母」。嘎蘇笑話桑多的「昨母」像一隻老山羊，對此桑多的解釋是頓加和的麵太稀，不能保持原形。

格桑旺堆家的麵牛做好了，樣子大同小異，都是一群趴在耙子上的肥牛，樣子十分可愛。格桑旺堆從馬褡褳裡拿出幾條五彩幡旗、一小袋松柏樹葉香料，揣進懷裡，出去備馬。

索加的小花馬已備好鞍子，用數條彩布給馬尾巴打了個漂亮的結。一切準備就緒的布瓊見此情景，就對索加說：「你把馬打扮成這麼鮮艷是想再奪倒數第一名，叫鹽湖母親看得清楚一點兒吧。」

「是的。你眼紅了？眼紅了活該。」索加反唇相譏。

「你再打扮，鹽湖母親也不會看上你的。」

「難道就看上你的這張大便嘴。」一聲誇張的大笑。

桑多在大白馬的脖子上掛上一串響鈴，給人增添了幾分喜慶的氣氛，也為馬們增加了幾分比賽的緊張氣氛。格桑旺堆青色的公馬似乎有些按捺不住激動的心情，翹首盯著帳門打起響鼻，好像是催促格桑旺堆早點出來。

格桑旺堆備好馬鞍，環顧四周：「『昨母』準備好了吧，準備出發啊。」於是神聖的告別儀式開始了。

嘎蘇和另一個「保布」（必須要由「保布」獻「昨母」）端著耙子上的麵牛和點香用的火種走在前面，扮演饋贈給鹽湖的「昨母」，其他人則扮演鹽人，手拿牧鞭趕著「昨母」，唱著《祭祀歌》，告別鹽湖母親：

好地方不止一兩個，

鹽湖邊上是好地方，

卻不能就此留長久。

倒不是因此地不好，

是因為家鄉太遙遠。

白蹄的馱牛在念家，

無知的牲畜在想家，

有情的人兒更想家。

曾經親朋們對我說，

十五天之內要回來。

十五天他們太自私，

二十天之內應回家。

眾湖之母鹽湖您，

您賜給我珍寶鹽。

饋贈鹽錢母犏牛，

請您收下母犏牛。

酥油犏牛十八頭，

加上馱子十九個，

加上耙子二十整。

眾湖之母鹽湖您，

請您收下這鹽錢。

我從這裡往回走，

教當山脈為首的，
不同山脈有九座，
小山數也數不清，
翻山之前您送我。
我從這裡往回走，
扎加藏布為主的，
不同江水有九條，
小河數也數不清，
過江之前您送我。

我看到家鄉山之前，
我情人出來迎之前，
我孩子出來接之前，
我牧犬尾巴搖之前，
這之前母親護送我，
我再祝母親貴體康。

到明年這個季節時，
我趕著白蹄馱牛來，
馱著無數花口袋來，
我騎著很多駿馬來，
我領著眾多鹽人來，
到時候母親再來迎。

　　喜歡標新立異的格桑旺堆，帶著眾鹽人來到湖邊的祭臺上，扯下往年祭祀用的舊幡旗和旗桿，另選一處搭起一個新祭臺。說祭臺也許不是十分恰當，實際是一個經幡柱，將一根長長的旗桿釘在地上，再把從家鄉帶來的五彩幡旗、羊毛飛幡，一頭捆在旗桿頂端，另一頭往四面拉緊釘在地上，撐起經幡的桿子牢牢地立在中央，風不停地飄動著幡柱上每一片幡旗，對鹽湖對所有的神靈傳遞著鹽人們的敬意。

　　「格桑旺堆大舅，牛頭朝哪兒？」嘎蘇一邊問格桑旺堆，一邊小心翼翼地將麵牛放置在地上。然後人們誦讀祝詞，這也是我在整個馱鹽中唯一一次聽到這群男人如此虔誠地誦經，有的誦《財神經》、有的念《煨桑經》、有的誦讀馱鹽歌中的《祭祀歌》、有的呼喊鹽湖母親的名字。布瓊的聲音最響亮：「贊宗鹽湖母親，請收下您需要的『昨母』，漢子們就要回家鄉！請您收下兒子給您的禮物，明年這個時候，我們再來看望您。」

　　「頭朝鹽湖，這是饋贈給鹽湖的禮物。火在哪裡？鹽湖是神靈，要讓母親聞到煨桑的香火。」格桑旺堆說。

　　香火在遙遠的鹽湖邊燃起，一股淡淡的柏樹葉香，隨著大風飄向遠方，那些肥胖的「昨母」面朝鹽湖，靜靜地趴在五花八門的耙子上。

　　「好了，大家注意啊，繞香火三圈，然後……」格桑旺堆說。

「叔叔，不轉馱牛嗎？」桑多作為煨桑師第一次想發揮一下作用。

「馱牛要轉嗎？」

大夥七嘴八舌，有的說只轉馱牛，有的說馱牛和帳篷都要轉。

「那好吧。轉馱牛，帳篷就不轉了，太遠了。」格桑旺堆最後做決定說，「轉三圈香火和馱牛，然後從這裡，沿著湖邊的平壩跑『拉杰』，人家注意安全啊。」

在外人看來這也許有點兒像小孩的遊戲，然而對一個鹽隊來說這是一個難得的與神靈對話的機會，是一個不能不進行的神聖活動。

人們騎上各自的坐騎，繞馱牛和祭臺轉圈，人們的喊聲、哨聲和馬蹄敲擊土地的聲音激起更大的陣風，幡旗頻頻地飄動著，這是對母親的感恩，也是對大地的感恩。

人們繞祭臺三圈後，以祭臺為起點，向太陽西沉的方向進行「拉杰」（神必勝）賽跑。這種衝刺一般兩三百米之遙，儘管距離短，還是能拉開名次。桑多的大白馬遙遙領先，索加只好在後面撿馬糞了。

布瓊作為鹽隊的「媽媽」，本不該出現在祭祀現場。他應該扮演家鄉的父母鄉親，留在家裡迎接馱隊歸來。所以，鹽人們繞了兩圈後，他退出祭湖的隊伍，回到帳內，燒茶做飯，等候馱鹽的「孩子們」歸來。

祭湖的比賽結束了，沒有人排名次也沒人頒獎，鹽人回

到了帳內。早已等候在家的「媽媽」——布瓊和頓珠出來迎
接馱鹽歸來的「兒子們」——

「孩子們路上可順？」

「很順利。『媽媽』在家可好？」

「『媽媽』，很好。今年的鹽巴可好？」

「今年的鹽巴像水晶一般潔白。」

「今年的江水可淺？」

「今年的江水如狐狸撒的尿一樣少。」

「今年的馱牛步履可矯健？」

「今年的馱牛矯健得像駿馬一樣銳不可當。」

完成了以上儀式化的對話後，祭湖的人們從各自的懷裡
拿出早已準備好的微型鹽鹼袋（一種鹽人路上食用的微型褡
褲）送給「媽媽」，以象徵馱回的鹽包。

祭湖儀式全部結束了。儀式是一種象徵，表現的不僅是
人們順利還家的願望，也完成了一次與神靈的對話，是鹽人
們心靈的昇華，完成了從物質財富的索取提升為精神世界的
淨化過程。

夕陽西下，透過大風過後的塵埃，回首孤獨的鹽湖，薄
紗般潔白的鹽層輕輕地罩在鹽湖母親的臉上，她淚眼汪汪地
送走這些大地的兒孫們。

經幡在夕陽的餘暉中揮動著手臂，守護在母親身邊。

朱曉軍

朱曉軍小傳

　　朱曉軍，浙江省作家協會全委會委員、中國報告文學學會理事、中國紀實文學研究會理事。筆名思淼，畢業於哈爾濱建築工程學院建築機械專業，當過助理工程師、期刊編審，現任教於浙江理工大學。出版有報告文學《一個醫生的救贖》、《大荒羈旅》、《世紀末的情欲》等六部，報告文學《天使在作戰》先後榮獲第四屆魯迅文學獎、第三屆徐遲報告文學榮譽獎、中國改革開放優秀報告文學獎等獎項。

評委會評語

　　《天使在作戰》充分體現了報告文學的戰鬥性，對關乎國計民生的重大問題敢於秉筆直書，是近年來湧現的最具震撼力的作品之一。

天使在作戰
朱曉軍

引言

2006 年 3 月，溫家寶總理在記者招待會上說，他最覺得痛心的問題是「還沒能夠把人民最關心的醫療、上學、住房、安全等各方面問題解決得更好。」

住房、教育和醫療，這是中國百姓最關注的三大焦點。

住房關係著人們生活的品質，教育關係著人們未來的生存狀態，醫療關係著人們的生命和健康。

人，在醫院降生，回到醫院辭世。醫院是生命的始點，也是終點。

佛家認為，人生有四苦——生老病死。這「四苦」都需要醫生幫忙解弭。醫生在病人的眼裡是神聖的，西方將醫生譽為白衣天使，東方則將醫生視為菩薩。

俗話說，吃五穀雜糧哪有不生病的？在生命的苦旅上，醫院是驛站，誰都免不了要跟醫生「親密地接觸」。張潔在《世界上最疼我的那個人去了》中寫道，母親在開刀手術

前，拉著醫生的手說：「從今以後，你就是我的親人了。」
在病人的眼裡，醫生是最親的親人。他託付給醫生的是生
命。生命是一切的平臺，失去了生命，權力、金錢、愛情、
事業、未來，還有家人的幸福都要歸零。因此，不論什麼人
站在醫生的面前都要虔誠、敬服和信賴。不想信賴也要信
賴，你別無選擇。生命都交人家去打理了，再掖點藏點還有
什麼意思？

　　親人，是需要雙方承認才能確定的。不論希波克拉底誓
言、《赫爾辛基宣言》，還是中國唐代著名醫學家孫思邈都
認為，對醫生而言，病人的健康高於一切。醫生要對得起病
人的那份信賴。孫思邈在《大醫精誠》中說，醫生首先要有
慈悲同情之心，決心解救百姓疾苦。若有人求醫，不要看他
的貴賤貧富，老少美醜，恩怨親疏，同胞老外，智商高低，
都像對待自己的親人一樣；也不能瞻前顧後，先考慮自己的
利弊和生命。

　　「這些醫生究竟是上帝派來的天使，還是撒旦派來的魔
鬼？」

　　在 20 世紀末，幾千年來的信賴動搖了，從沒有過的疑
惑出現了。病人將醫生一分為二，一類是救死扶傷的「白衣
天使」；另一類是劫財害命的「白衣魔鬼」。在「白衣魔
鬼」的眼裡，疾病就是他的錢口袋和來錢道兒。他們要跟疾
病狼狽為奸，密切勾搭。落在他們手裡，小病會搞得你傾家
蕩產，大病讓你家破人亡，健全的讓你缺少「部件」，殘缺

的讓你支離破碎……

　　老百姓憤憤地說，「十個劫道的，不如一個賣藥的。」賣藥的並不可怕，只要捏緊錢包死活不撒手，他就乾沒轍。最可怕的是醫生，他說你有病，你沒勇氣否認；他要你服這藥，你不能買那藥。有時，你明知那種藥藥價虛高，醫生會得到回扣，還得咬牙買。破財免災，這是中國人的思維邏輯。可是，「白衣魔鬼」的邏輯卻是破財招災。他們將謀財害命的遊戲已玩到了極致。俗話說：「倒楣上卦攤。」那是自找挨騙。如今是倒楣上醫院，那是無奈，有病拽著，不去不成，明知被宰，也要拎著錢袋子自己送上門兒。

　　Who（誰）？「白衣天使」還是「白衣魔鬼」？當病人在醫生的對面坐下，心裡難免要打鼓。

　　有的醫生委屈地說，醫生倒楣就倒在媒體上了。其實絕大多數醫生是好的，敗類只是少數。也有醫生很客觀地說，現有的醫療體制就這樣，我們不宰病人，醫院就要宰我們，不僅讓我們拿不到工資和獎金，甚至要「炒」我們。誰不想當孫思邈、希波克拉底、白求恩，可那樣在醫院混得下去嗎？

　　天使和魔鬼是勢不兩立、不共戴天的，就像李逵容不得李鬼。

　　這是一場殘酷的戰爭，你死我活、驚心動魄的較量。

　　正義終歸要戰勝邪惡，世界不可能劃歸魔鬼，中國的醫療界也不可能讓「百年魔怪舞蹁躚」。可是，人們要記住天

使在戰爭中付出的代價！

　　為什麼要把光量子說成激光？醫院怎麼可以騙病人？從醫 28 年，陳曉蘭從來沒有像今天這麼困惑，這麼迷茫，這麼痛苦。

　　1997 年 7 月 24 日，這本來是個尋常的日子。尋常的日子就像從樹上飄落溪流的樹葉，打個漩兒就沖走了。可是，這片樹葉卻滯留在陳曉蘭的心裡，漂不走了。

　　早晨 6 點，她就上班了。上海市虹口區廣中地段醫院的辦公區內還沉浸在夢境。理療科位於辦公區，距院長和書記的辦公室僅幾步之遙。她打開門，來蘇兒味撲面而來，理療器械和理療床像一群乖孩子似的迎接著她。她將它們一一看過後，換上白大褂。在所有的衣服中，她最喜歡穿的就是這白大褂，幾十年來怎麼都穿不夠。女兒說過，媽媽穿白大褂最好看，最像醫生。

　　醫生不是演員，不是演出來的，是做出來的。為做好醫生，她堅持提前一小時上班，拖後一小時下班。在給病人治病前，醫生需要一個心理緩臺，來淨化心緒。不是所有病人都能在工作時間出來的，晚下班一小時，一些病人就可以在下班後來看病了。

　　「陳醫生，×科的醫生非讓我扎激光針不可，我不扎他就不給我開藥。」開診後，一位老病人上來對陳曉蘭說，

「光扎一針激光針就要 40 元，再加上藥費就得 100 多元。激光針扎上後不僅很痛，還渾身顫抖……」病人信賴她，看病時遇到問題都會找她商量。

「激光針，什麼激光針，我怎麼不知道？」陳曉蘭疑惑地問。這時，理療床躺滿了病人，她脫不開身，只好讓護士到注射室取一份說明書來看看。

陳曉蘭將說明書讀了一遍，沒發現什麼問題。據說明書介紹，這種療法能夠降低血黏度，增加血氧飽和度，適用於治療腦血栓、腦動脈硬化等症，是一種先進的醫療器械。

「那激光針一扎，人就抖起來。」旁邊的兩位病人說道。

一個病人抖，兩個病人抖，怎麼病人都抖呢？是輸液反應，還是器械的問題？這是性命攸關的事情。她給病人處置好，下樓去了注射室。

狹小的注射室瀰漫著濃重的臭氧味兒，輸液的病人一個挨一個地擠坐著。陳曉蘭說，她想看一下「激光針」。手忙腳亂的護士抬手指了指：「這就是。」她走過去，彎下腰，仔細地打量著那個像月餅盒似的器械，那上面有「光量子氧透射液體治療儀」幾個字，與之配套的是「石英玻璃輸液器」。在輸液前，先對藥液進行充氧，然後讓含氧的藥液流經治療儀，經激光照射後輸入病人的靜脈。

驀然，她見那盒子上印有「ZWG-B2 型」一行字。一年前，在晉升醫師職稱時，她申報內科、外科或者兒科醫師，

可是醫院卻非讓她申報醫技類醫師。申報醫技類醫師是要考醫用物理學的，這對 1968 年中學畢業，沒有學過物理的陳曉蘭來說是不可能通過的。她知道，自己得罪了院長，院長在刁難她。她想去找區衛生局討個公道。「如果你有本事就考出來，沒本事就別丟人現眼。怎麼那麼沒骨氣，像是跟人家討饒似的，」爸爸生氣地說，「真不像是我的女兒！」說完，爸爸媽媽就不再搭理她了。她只好硬著頭皮申報考了醫技類醫師。參加輔導班學習時，她每次都早早去，坐在第一排。老師在上面畫，她在下面畫。可是，老師講的是什麼，畫的是什麼，她都不明白。好在課後爸爸給她輔導，媽媽託人幫忙找一位大學的副校長給她補習。結果，有許多讀過醫用物理學的醫生都沒考及格，她卻考了 86 分。

陳曉蘭直起身子，當著病人的面對護士說：「這哪裡是激光？回家查查字典吧。」說完，轉身回理療科了。

金錢的能量往往是無法估量的，它可以把冷僻變成火熱，也可以讓火熱變成冰冷。如果你是醫生，只要在處方上寫「激光針」三個字就可以賺錢，在「激光針」的後邊寫 1 就可以拿到 7 元錢，如果寫 7，就可以將 49 元暢暢快快地收入囊中，你會怎麼樣？會不會感覺天上掉下一隻錢口袋？對，那些汲汲於撈錢的醫生可能就是這種感覺，他們拼命地向病人推薦「激光針」，甚至逼病人就範。阿基米德說：「給我一個支點，我就能夠撬動地球。」鈔票改變了醫生的支點，「激光針」在廣中地段醫院流行起來，在狹小的注射

室外病人排著長隊等候扎「激光針」。

「你昨天是不是講了一句影響醫院經濟效益的話？」第二天早晨一上班，院長悻然過來問罪。

「沒有呀！」陳曉蘭莫名其妙地看著院長。

「你是不是講過光量子不是激光？」

「是啊。」她恍然大悟，「光量子確實不是激光，那上面不是寫著『ZWG』嗎?那是『紫外光』三個字的中文拼音縮寫。」說著，她拿出書來，跟院長解釋道：「激光和紫外光，一種是受激輻射發出的光，一種是自發輻射發出的光，二者的物理性能是不一樣的。」

她抬頭，發現院長已氣呼呼地走了。她望著院長的背影，百思不解，不明白醫院為什麼非要把紫外光說成激光。難道激光就等於高科技？近年來，激光在普外、心腦血管、泌尿、口腔、婦科、耳鼻喉、眼科、肛腸科都被廣泛應用。將「光量子」說成激光，病人容易接受，覺得多花 40 元錢值得，如果說是紫外光，病人就會覺得物無所值。

可是，紫外光不是激光。醫院怎麼能欺騙病人，醫生怎麼能說謊？苦惱會讓人思索，思索在不經意間就會推開意想不到的柴扉。藥液經紫外光照射後會不會發生藥性變化？她疑惑了。「藥物可以用紫外光照射嗎？」她打電話問老師和上海有名望的醫生，多數醫生都認為不行。

「光量子」像光陰沖不走的淤泥滯留在她的心頭，堵得難受。她是一位行醫嚴謹、恪守規範的醫生，為此深受病人

的歡迎，寫給她的表揚信像春風中飄飄灑灑的花瓣。按醫院的規定，醫生上交一封表揚信獎勵 2 元錢。她卻把表揚信鎖在抽屜裡，拒不上交。她認為，醫生就應該為病人治好病，就應該像對親人那樣來對待病人；不論醫生待病人怎麼好，只有不夠，沒有過分。醫生給病人看好了病就要受到表揚，那就像讚揚裁縫「非常會做短褲」一樣，讓人恥笑。

陳曉蘭性格內向，不善交際。每天上班後，她除上廁所之外，從來不離開診室。可是，同事卻非常喜歡在她那兒坐坐，她那兒不僅有幾張舒適的理療床，還有她這位樂於助人的醫生。她心靈手巧，不僅理療室的一些器械是她自己做的，而且同事的雨傘、拉鏈等東西壞了，她都會一聲不吭地給修好。她淡泊名利，在醫院，人們往往會為半級工資打破頭，她卻把兩次漲工資的機會讓給了別人。她從來不主動討好領導，也不跟別人拉關係，卻在醫院口碑極好，每次選先進，她都全票通過。

可是，她卻感到自己在醫院越來越「水土不服」了。從醫 28 年，她從來沒有這麼困惑過，這麼迷茫過，這麼痛苦過。

一位病人死了，不是死於疾病，而是死於醫生給她開的那瓶藥——過期失效的藥。面對這種圖財害命的醫療腐敗，她怎麼能夠保持沉默？

　　28 年前的上海北站，知青們在跟親人告別，月臺上淚雨
紛紛。爸爸、媽媽、奶奶，還有一些親屬簇擁著身高只有
1.48 米、梳著兩隻小抓鬏的陳曉蘭。大家目光依依，淚水滾
落。她剛滿 16 周歲，從來沒有一個人出過門。她感到很新
奇，歡心雀躍，喜笑顏開，好似不是去江西安福縣插隊落
戶，而是去北京大串聯。

　　「嗚──」的一聲，知青專列呼嘯著駛離上海，車窗外
的爸爸、媽媽還有奶奶的慈愛面容不見了，小弟跟著火車跑
動的身影也像一片落葉似的刮走了。陳曉蘭「哇」地咧開嘴
──哭了，蹦著跳著喊著要下車了。帶隊的老師哄了一陣
子，才把她哄住。

　　車廂悒悒，沉沉悶悶，知青滿臉黯然。陳曉蘭在廁所
裡，像個孩子似的跳高去摸上面的一根管子。一下，兩下，
三下，她摸著了，開心地笑了。她出生於上海灘家道從容的
讀書人家，父母都畢業於聖約翰大學，家裡有 50 多位親屬
遍及海外，其中不乏社會名流。文革前，她家不僅擁有一幢
三層小樓，還有兩個保姆和自己的裁縫、醫生。那時，她看
弄堂裡的小朋友踢毽，就跑回家把奶奶的金戒指拿出去當毽
踢。

　　有人吃飯了。吃飯也會傳染，本來沒什麼感覺，突然看
見別人吃東西就餓得抓心撓肝了。知青們紛紛從行囊裡取出
吃的，擺放在茶几上，擺出與這些吃的決戰的架勢。陳曉蘭
的行李很沉，可是裡邊沒多少能吃能穿的，有的是榔頭、鋸

子、鉋子，規格不同的鑿子，什麼七分鑿、五分鑿、三分鑿；有青黴素、鏈黴素、土黴素等藥物，還有聽診器、止血鉗和一個布娃娃。

她從小就想像表姨那樣身穿白大褂，做一位醫生。她最理想的是做外科醫生。爸爸說，當外科醫生要心靈手巧，不僅能縫縫補補，還要有木工、鉗工的手藝。為此，她買了一些木工工具，在家裡「吱嘎吱嘎」地鋸木頭，「乒乒乓乓」地做凳子、椅子。

陳曉蘭天真地望著車窗之外，想像著自己背著藥箱，行走在阡陌的田間小路。她笑了，笑得很甜……

火車終於到站了，她跳下車，就像隻歡快的黃鸝跑去逮螞蚱去了。咦，螞蚱都是綠的，這裡的卻是黃的，太好玩了，逮幾隻拿回去給弟弟。老師終於把她喊了回來，見她小臉上蹭著紅色的泥土，掏出手帕給她擦。擦著擦著，幾滴淚水滴落在她的臉上，老師哭了。來接他們的貧下中農挑著青年的行李，像背孩子似的背起陳曉蘭，沿著山上的羊腸小路向山村走去……

陳曉蘭以為插隊的地方肯定缺醫少藥，沒想到那裡不僅不缺醫，居然有兩位權威。一位姓廖，是華僑，在德國學成後，不遠萬里回來報效祖國，結果被「造反派」打成了特務，流放到鄉村；另一位姓朱，曾是江西省人民醫院藥劑科主任，他出身不好。下鄉後，陳曉蘭當上了赤腳醫生，師從那兩位「反動學術權威」，開始了醫務生涯。老師是監督改

造對象，在她面前卻是很嚴厲，要求她一招一式都要符合規範，不得有半點偏差。是啊，醫生是跟生命打交道的，哪能容得半點粗心和馬虎？

20 年後，在上海一家大醫院的手術室裡，沒有剪刀、止血鉗、托盤的尖銳的碰撞聲，無影燈也關了。在一個僻靜的角落，傳出手術刀在肌體上劃動的聲音。陳曉蘭捧著一條腿，按廖老師當初教的姿勢在解剖。這條腿剛剛從病人身上截下來，還沒僵硬。老師讓拿包紮和填單，她卻用它來溫習老師講過的人體結構。表皮剖開了，肌肉剝下了，血管卻怎麼也剝不下來，像豆腐渣似的沒有彈性和韌性，一碰就斷。她執著地剝著，時間悄然而過。「這是德派！」突然，老師站在她的後面，望著她的姿勢和動作驚訝地說。

廖老師教她的不僅是標準的「德派」，還有作為醫生應有的醫德醫風。簡陋的公社衛生院，一位蓬頭垢面的患有肺炎的病人蜷曲在病床上。突然，病人嘔吐起來，陳曉蘭本能地躲開了，廖醫生卻迎面衝過去，將病人抱坐起來。嘔吐物一股股噴射在廖醫生的身上，瀰漫著難聞的氣味兒。病人吐完了，望著廖醫生衣襟的穢物，難為情了。廖醫生卻安慰道，「沒關係，沒關係，吐了就好了。」她勸廖醫生趕緊把髒衣服脫掉。廖醫生卻擺擺手，直到把病人安置好了才去換衣服。廖醫生語重心長地對她說，當病人躺著嘔吐時，要馬上把他扶起來，這樣當他吐完第一口後吸氣時，才不至於把嘔吐物吸入氣管，造成窒息。否則的話，不僅病人很痛苦，

醫生搶救起來也很費事。不要當著病人的面就把吐髒的衣服脫下來，那會加重病人的心理負擔。

醫生是屬於病人的，要時時刻刻為病人著想。

爸爸對她說，在英語中，醫生和博士是同一單詞。你要經常想想，憑你的醫德醫術配得上這個稱呼嗎？做醫生的，心裡應該裝著病人，哪能唯利是圖？

可是，這幾年醫院一切向錢看了，「以物代藥」盛行，醫生開的治療單像商場的提貨單，可以在醫院領到按摩儀、襪子、短褲；醫院對醫生採取獎金與病人的支出直接掛鉤的管理政策，出現了「大處方」；醫生越來越依賴於儀器，可是對儀器的性能卻瞭解得越來越少；醫生越來越缺乏誠實、認真細緻和應有的責任感，讓病人越來越感到沒有安全感……

1996 年，醫院調整診室，把理療科從二樓調到三樓。調整，是一個很敏感的字眼，或顯或隱地洩露出調整者的傾向、態度和被調整者的價值和地位的變化，甚至牽涉利益的重新分配。陳曉蘭跟院長提意見，理療科的病人多數七老八十，還有些病人患有半身不遂，走路腿腳畫圈，趔趔趄趄，上樓非常不方便，這麼一調，他們很可能就不做理療了。診室的調整是根據創收決定的，就像街頭書報攤，看上去五花八門的報刊一種挨一種地擺著，無章可循，其實賺錢多的、暢銷的都放在搶眼的位置；賺錢少的、不大暢銷的被冷落在邊上。科室的調整表明理療科邊緣化了。過去，那是黃金科

室，病人多，收入高。由於陳曉蘭拒絕開大處方，病人雖然沒有減少，可是收入卻不如其他科室了。

出乎陳曉蘭意料的是，調整後理療科的病人並沒有減少，病人艱難地跟著她爬上來了，甚至本該看內科、外科等科的病，病人也要掛理療科，還有的病人在其他科看完病，像走親戚似的爬上來看看她。

「陳醫生，我家離這兒很遠，倒三趟車才到你這兒⋯⋯」一位年逾古稀的老奶奶坐下來，氣喘吁吁地對她說。

「您這麼大年紀了，為什麼不在家附近的醫院看呢？」她驚異地問。

「我們那兒的醫生看病很貴，我都不敢去醫院哪。聽說你陳醫生這兒不宰病人，我就來了。」老人這話說得陳曉蘭臉一陣陣發熱，心裡很不是滋味。不宰病人就是好醫生，病人對醫生的要求是多麼的低啊。

她給老人看完病，開了藥，老人滿意地走了。

過一會兒，老人卻哭著回來了：「陳醫生，人家都說你不宰病人，可是你給我開的藥咋這麼貴呢？」

「不貴啊，心痛定片 2.40 元 100 片，每片 10 毫克，那是很便宜的藥啊。」陳曉蘭望著老人，疑惑不解地說。突然，她發現老人手裡拿的不是心痛定片，而是心痛定緩釋膠囊。這種藥 17.60 元 6 片，每片 5 毫克，100 片就是 281.6 元，那是很貴的。

她激憤地匆匆下樓，直逕去藥房。她讓藥劑員出來，把

她開的處方念一遍。然後，她問藥劑員，你能不能搞清片劑和緩釋膠囊的區別？對方委屈地說，陳醫生，你的處方量是其他醫生的幾倍，提成還不到他們的零頭。這事兒，陳曉蘭早就聽說過，據說院裡提成最高的醫生每天只看 16 個病人，什麼藥最貴給病人開什麼，每月提成幾千元。陳曉蘭卻和他們相反，儘量給病人開便宜藥，她每月的提成只有幾元錢。有一個月，她拿了 2.6 元，同事都笑她。她比其他醫生更需要錢，她是單親母親，要供養女兒。為多賺點兒錢，她下班後給裁縫店縫鈕釦、鎖釦眼，給廠家拆紗，跟別人去修空調。可是，她情願掙那些辛苦錢，也不願拿藥品提成。病人絕大多數都不是有錢人，因為有病不得不將血汗錢拿出來治病。如果醫生多拿幾元的回扣，病人就得多付幾十元錢的藥費。當病人用那虔誠的、信賴的目光望著你，你怎麼狠得下心去宰他呢？

性情耿直的陳曉蘭不買賬地對藥劑員說：「我是醫生，你沒資格改我的處方。今後，我給病人開什麼藥，你就要給病人拿什麼藥。」她平日從不跟護士或藥劑員擺資格，這次卻不這樣了。

藥換了，錢退給了病人，她跟老人道了歉。老人走了。

「陳醫生，我老伴去世了，死於心梗。她每天都按時服用阿斯匹林，怎麼會心梗呢？」陳曉蘭回到診室，一位多日不見的老病人悲戚滿面、恍惚無神地坐在她的面前。

不會吧，阿斯匹林是預防心梗的藥啊，她會不會吃錯藥

了？陳曉蘭感到蹊蹺，讓病人把藥拿給她看看。

「她什麼時候開的藥？」第二天，老病人把藥拿來了，陳曉蘭看後驚詫地問道。那是過期藥，早已失去療效。

「她死前在你們醫院開的，24.80 元一瓶。」老病人說。

醫院怎麼能給病人開過期藥，怎麼能坑害病人？另外，這藥在藥店只賣 6.20 元，醫院怎麼加價這麼高？6.20 元，一位病人失去了性命。院長啊，你為什麼就不想一想，如果這位病人是你的父母、妻兒、兄弟，你能讓他服用這種過期失效的藥嗎？

「陳曉蘭掉進化糞池了。」消息像風似的傳遍醫院的角落。那是一個嚴冬的上午，天出奇地冷，陳曉蘭給一位 80 多歲的老病人開完處方後，匆忙跑到另一幢樓去幫她付款。理療科遷到 3 樓後，凡是年過古稀或腿腳不好的病人，陳曉蘭都要幫他們去交醫療費。那天醫院的下水道堵塞了，門診的一樓糞水橫溢，陳曉蘭小心翼翼地踩著污水裡的磚頭走了出去。回來時，她一掀門簾就跨了進來，「撲通」一聲掉進了門口的窨井。反應機敏的她用雙手撐住了井沿，下半身沒在糞水裡。糞水淋漓的她爬了上來，一頭鑽進消毒室，脫去衣服，用冰涼刺骨的自來水沖洗身體。寒冬臘月，消毒室裡沒有空調，她凍得身抖牙顫。事後，院領導臉無愧色地對她說，醫院賠償你損失，你開個價吧，上不封頂。她氣憤極了，這哪裡是「開價」的事兒？你開的是醫院哪！如果哪位

年邁的病人，或者是孕婦掉下去，被奪了生命，你怎麼賠？

　　痛苦和失望像結石一般地折磨著陳曉蘭，夜晚閉上眼睛，那位流著淚的老奶奶，那瓶失效的阿斯匹林，還有候診室裡那口敞開的窨井就浮現在眼前。當醫院偏離救死扶傷，把行醫當成牟取私利的工具時，醫院還是醫院嗎？她想找領導談談，一想醫院情況領導不比她更清楚嗎？她想給虹口區有關部門寫封信，一想還是不行，那樣不僅自己與院長的關係會惡化，還會得罪許多同事。院長平素待她不錯，信任她，器重她。當年她進醫院時還是院長親自拍的板，院長領著她去領的白大褂，把她安排在了人人爭著去的理療科……

　　可是，作為醫生她怎麼可以面對醫療腐敗保持沉默，怎麼能眼睜睜地看著病人遭受戕害而不管？這不符合她陳曉蘭做醫生的原則啊。經過一番痛苦的思想鬥爭，她將一封檢舉信交給虹口區紀委。他們說她反映的問題很嚴重，表示查處，結果卻把信轉給區衛生局的領導，區衛生局的領導又轉給廣中地段醫院的院長。從此，院長和一些同事對她的態度發生了變化。

　　倔強的陳曉蘭又寫了一封檢舉信，連同那瓶過期失效的阿斯匹林一起交給上海市衛生局的糾風辦。她對糾風辦主任說，醫生吃的是蛋炒飯，病人喝的是稀粥。可是當今的一些醫生卻將匙子伸到病人的碗裡撈米粒。他們不是因為貧窮而宰病人，而是私欲的膨脹。

　　「你講得太可怕了，我汗毛都豎起來了，不至於吧？」

主任說。

「那麼請你到下面去看看。」陳曉蘭說。

結果，還是沒有查處。她失望極了，痛苦極了。她只不過是一名普通醫生，不想升官，不想發財，也不想轟轟烈烈。她本來性格內向，從不拋頭露面。從小到大，如果家裡來了父母的客人，她就躲在自己的房間裡看書，直到客人走了才出來。客人一天不走，她就悶在裡邊一天不出來。她愛幽靜，一杯香茗一本書。讀累了，拉一會兒小提琴。她想潔身自好，不再操心醫院裡的事。不過，每次給病人開完藥後，她都會叮囑他們取完藥後給她看看，以保證病人不服用過期失效的藥，不被醫院宰。她再也不把自己的病人介紹給其他醫生，怕他們被自己的同事宰。

可是，一年後，偏偏又冒出了「光量子」，她哪裡沉默得下去！如果她保持沉默了，她還是那個對病人滿腔熱血的陳曉蘭嗎？她對得起那些培養她的老師嗎？

陳曉蘭不斷地講紫外光不是激光，「光量子」是個騙局。院領導惱羞成怒地斥責：「誰再提紫外光不是激光，誰就下崗！」

陳曉蘭是一個眼睛裡容不得沙子的人，「光量子」成了她一塊心病。下班回家後，她跟父母講了。學化學的母親十分肯定地說，生理鹽水充氧後會變成酸性溶液。說著，媽媽

給她寫出化學反應式。學土木工程的父親說，氧微溶於水，把氧充入藥液是不可能的。

夜晚，她躺在床上，輾轉反側，不能入寐。給藥液充氧？不對！氧氣中不僅存有顆粒和有機微顆，還存有細菌，其中的一些細菌紫外線是無法殺除的，如枯草菌和芽孢，它們會污染血液。另外，那些無法溶解吸收的微粒會形成各種異物栓子隨血流動，對器官和臟器形成威脅。用紫外光照射藥液？也不對，紫外線能使葡萄糖分子的空間結構破壞，產生氧化反應。丹參、黃耆、魚腥草、頭孢拉定等藥物本身就要求「避光保存」，怎麼能光照呢？藥品經過這一系列理化作用後，原有的藥理活性會發生變化，除被激活或者滅活之外，還會有其他物質的生成。世界上沒有醫生會讓病人把藥品放進微波爐轉一轉，放在太陽下曬一曬，然後再服用。可是，光量子就是要把藥液用紫外光照射，然後再注入病人血液的。

藥物是把雙刃劍，既是生命的衛士，也是生命的殺手。據世界衛生組織調查，世界上有三分之一的病人不是死於疾病，而是死於藥物中毒。醫生怎麼可以隨心所欲地給病人用藥？病人找你看病的，不是花錢來送命的！

想到這，她不由打個寒噤，感到有點兒心驚膽戰了。每天那麼多病人接受「光量子」治療，萬一出現問題，那將危及多少病人的生命和健康？不行，必須把這事弄清楚。

週六值班，她買了兩瓶鹽水和丹參，從注射室借來一套

「光量子」。她先將丹參注入鹽水，然後給藥液充氧，經「光量子」的紫外光照射後，輸入一個代表人體的乾淨的密封藥瓶裡。下班時，試驗做完了，憑肉眼沒有發現什麼變化。她把「光量子」還了回去，匆忙趕去上課了。那時，她正在讀醫科大專自考，每週六晚上都去上課。

週一早晨上班，陳曉蘭目瞪口呆地望著那瓶經過「光量子」處理過的藥液，它不僅變得混濁了，而且裡邊還懸浮著絮狀物。如果把這種藥液輸入人體，那將會成為栓塞，還會造成免疫系統機制紊亂，產生各種各樣的免疫疾病。「光量子」不僅謀財，而且是害命！

她想，這回院長該讓「光量子」停下來了吧？結果，院長還沒等她把話說完就惱羞成怒地說，光量子是專家發現的，你算什麼東西！

「我不算什麼東西。我是醫生。醫生要為生命和健康負責！」陳曉蘭氣憤地說。

最可怕的就是法官失去了良心，醫生喪失了醫德。金錢可以是一筆財富，也可以成為萬惡之源。它不僅能改變一個人的地位，也可以改變一個人的智力和是非觀念。院長連「ZWG」是紫外光都拒絕承認，怎麼會承認「光量子」對病人有害？退一萬步說，就是對病人有傷害，她院長大人又有何責任？「光量子」是廠家生產的，又不是從她家廚房搬來的。出了問題，倒楣的是病人，醫院頂多被罰點錢。

中國對造假的行為太寬容了，寬容到了近乎縱容！賺一

百萬，罰三五千，這還能算是罰款嗎？而且罰的不是責任人，而是單位。倘若醫院故意使用假冒偽劣醫療器械，不僅要對院長本人進行罰款，而且視後果輕重追究其刑事責任，那麼院長不僅要對陳曉蘭感恩戴德，甚至早已被嚇得屁滾尿流了。

院長的態度像把鈍刃戳在陳曉蘭的心上。下班後，她把那瓶藥水拿回了家。爸爸看後，拍案而起：「病人的血管不是下水道，把這種東西輸進去後，讓它怎麼出來？」媽媽取出試紙，測試一下絮狀物的 PH 值，果然呈弱酸性。他們都是理想主義者，具有同一種基因——疾惡如仇。

「光量子」說明書說，這種「治療理論」是上海醫科大學陸應石教授發明的。一位醫學教授怎麼會犯如此低級的錯誤？

「我已經給上醫的一位同學打電話了，她說上醫沒有叫『陸應石』的教授。」一天，媽媽對陳曉蘭說。

「媽媽，您的同學都年近古稀了，可能對本校的年輕人不熟悉。」她不相信地說。

媽媽又打電話問一位同學的弟弟，他也說上醫沒有這麼個人。這怎麼可能呢！陳曉蘭親自跑到上海醫科大學人事處去查詢。工作人員把「陸應石」三個字輸入電腦，結果出來了：上海醫科大學根本就沒有叫陸應石的教工。

造假者可謂膽識非凡，居然發明了一個陸應石教授，而且還是上海醫科大學的。可能他認為在上海就不會有像陳曉

蘭這樣的醫生。這到底是對上海醫生尊嚴和責任心的蔑視，還是對上海醫生現狀的一種把握？

治療理論發明人是假的，那麼「光量子」會是真的嗎？如果是假的，這是一件多麼恐怖的事情？僅廣中地段醫院，一年將有4萬多人次接受「光量子」治療；那麼全上海呢，起碼有百萬人次；那麼全國呢，將是數千萬人次！這是多麼觸目驚心的數字，在這個數字的背後，將是震驚人寰的災難！

陳曉蘭再次跟院長彙報。院長還是置之不理。她跟同事們說，也沒幾人理睬，甚至有人用異樣的目光看著她，似乎她在那兒說謊，在嫉妒別人拿回扣。可是，用藥怎麼能當兒戲？這將會帶來多麼大的災難？

28年前，天若潑墨，寥落疏星掙扎地眨動著眼睛。17歲的陳曉蘭背著藥箱深一腳淺一腳地出診歸來，在路過一個村莊時，驀然，不遠之處飄來時斷時續的淒厲哭聲，陰森可怖，讓她毛骨悚然。為什麼會這麼哭呢？是家裡發生不幸，還是有人生病？她循聲而去。

在一間低矮的農舍，門開一道縫。昏暗的燈光似乎為逃避瘮人的哭聲，從縫裡擠了出來。她走進去，見狹窄的地上擺放一口新做的薄皮棺材，裡面躺著一個小男孩。一位農婦趴在棺材邊哭著。陳曉蘭摸了摸那孩子的脈搏，沒摸出來。她取出脫脂棉球，拽出棉絲放在孩子的鼻孔前。棉絲被吹動了，這孩子還沒死！她急忙把他抱出來。怎麼搶救呢？她有

點不知所措了。突然，她想起藥劑老師曾給休克病人注射過阿托品，她取出一支阿托品，用針管吸了小半支，注入小男孩的臀部。聽孩子媽媽說，小孩是拉肚子死的。她沖些淡鹽水，給他灌了下去，他肚子漸漸鼓了起來。她又給孩子針灸和按摩足底。四五個小時過去了，天放亮時，她已累得腰酸背疼，兩手麻木。突然，一線尿液噴射在她的臉上，接著孩子排出糞便。孩子被救活了，她笑著抹去臉上的汗水和尿液。

那年，她回上海探親時，放下行囊就跑到上海市第四人民醫院。「我在鄉下救活一個小孩兒。」她把搶救小男孩的過程聲情並茂地講給表姨的同事。開始時大家聽得津津有味，當聽她說給孩子注射了小半針阿托品時，一位醫生跳起來：「你怎麼給他用阿托品？你們看這個赤腳醫生，她給拉肚子的孩子用阿托品！」接著，那位醫生把她從二樓拽到四樓，拖到表姨的跟前。表姨聽說那件事後，瞪大了眼睛：「啊？昏了頭了，你？」表姨讓那位醫生把陳曉蘭拽到藥房，交給藥房主任開導。

藥劑科主任嚴肅地對她說，在 20 世紀 50 年代歐洲流行給孕婦用「反應停」。一年後，許多歐洲婦女生下了海豹胎——嬰兒像海豹一樣沒有胳膊和腿。後來發現這是「反應停」引起的，這時歐洲已經出生了 10000 多個海豹胎，而且大部分存活，給這些殘疾人和家庭帶來了無盡的苦惱。

3 年後，陳曉蘭回上海探親時，聽了一場專家的講座，

當聽説阿托品可以治療中毒性痢疾時,她差點跳起來。她跑到上海第四人民醫院,得意洋洋地把這事告訴了表姨。没料到,表姨卻冷面地質問道:「你用的時候知道嗎?你説你給孩子注射小半支阿托品,小半支是什麽概念?用完後,你跟蹤調查了嗎,作記録了嗎?他後來有没有不良反應,有没有併發症?你還想為自己平反昭雪?做夢去吧。作為醫生,你怎麽能夠胡亂用藥?」

怎麽能胡亂用藥?「光量子」倘若出現後遺症,將危及多少病人和他的家庭?「光量子」在廣中地段醫院已成為主打療法,不論大病、小病,醫生都要病人接受「光量子」治療;「光量子」成為一種醫療的高消費,治療費加藥費平均150元/人次。

「光量子」這是一座金礦,它使得醫院的收入直線上升,漸漸占到整個醫院收益的65%-70%,醫生的獎金如遇牛市,一個勁兒地往上躥,連小護士的獎金都飆升為每月1200元了。這麽好的東西,院長怎麽會放棄,醫生怎麽會放棄?哪怕它是假的,可是用它賺來的錢卻是地地道道的真金白銀。這些錢能使醫院富足,讓院長、醫生和護士的腰包變得鼓鼓的。病人有不良反應又怎麽樣?在市場經濟下,做任何事都需要成本,「光量子」治療的成本是病人付出的,醫院只管彎腰撿錢就是了。出了事故怕什麽?既不會有人丢官,也不會有人坐牢。

作為一個醫生,必須維護生命的價值和尊嚴!陳曉蘭不

放棄，不斷地宣講紫外光不是激光，「光量子」是個騙局。
這樣必然要遭人罵，可是不這樣，她要罵自己一輩子。人際
關係陡然緊張起來，她與同事間的和諧融洽不見了，許多人
對她恨之入骨。在醫院的大會上，院領導惱羞成怒地講：
「誰再提紫外光不是激光，誰就下崗！」年底，醫院給她的
評語不再是以往的優了，而是雪意淒淒，寒氣逼人：「不服
從組織的統一決定，反對把光量子說成激光。」

　　獨裁會讓人忘乎所以，權力會讓人變得弱智。

　　**醫院作出「關於陳曉蘭同志自動離職的處理決定」，她
下崗了。「光量子」卻沒有「下崗」。**

　　20 世紀 80 年代初，安靜的考場，分分秒秒都似拉圓的
弓，只能聽到筆和試卷的輕微摩擦聲和考生的清清濁濁的呼
吸聲。時間過半，有人滿面焦炙，有人一臉平靜，也有人滿
臉暢快。陳曉蘭左手捂著嘴，右手在不停地寫著。「叭」又
一滴殷紅的鮮血落在試卷上，像綻開一朵紅梅。她掏出手
帕，小心翼翼地將它拭去，接著答題。哦，她的臉掛彩了，
嘴唇在流血。

　　陳曉蘭在農村當了 7 年的赤腳醫生之後，終於返城了。
下鄉的第二年，她得了風濕性心臟病，按政策可以返城，不
過返城後就不能當醫生。她放棄了返城的機會，讓媽媽託人
將她從江西轉遷到生活條件較好、離家較近的安徽農村。可

是，她的病情越來越重，最後還是返回到上海。她進了一家小集體企業，當了工人。接著，她完成了女人一生中最重要的兩件大事——結婚和生子。

生活中沒有來蘇味，沒有病人，聽診器寂寞地守著抽屜，陳曉蘭感到鬱悶，心裡沒著沒落。她的病不僅沒有減輕，反而更加病病歪歪的了，一年要休半年的病假。突然聽說局裡要舉辦招賢考試，給當過教師、會計和醫生的返城知青一個重返原來崗位的機會，她跑到廠部報了名。可是，她要生火燒飯，照看剛剛兩歲的女兒，哪有時間復習功課。她心急如焚。在考試的那天早晨，夫妻發生了衝突，她被丈夫打了一頓。她顧不得臉面，捂著傷口進入了考場。

傷口在一跳跳地痛，血流不止，她清楚這傷勢很重，需要縫合。她不能管它，這是返回醫療崗位的難得機會，如果失去了，也許今生今世就無緣了。她埋頭答著，漸漸忘記了臉上的傷，忘記了挨打的委屈，卷面上的字像一個個痊癒的病人，笑臉盈盈地向她走來。鈴聲響了，考試結束了，她從卷面收回目光，交卷了。傷口好似醒了過來，疼痛難忍了，她急忙趕到醫院，縫合4針。

成績公佈了，陳曉蘭取得96.5分的優異成績，被安置到廠裡的醫務室，終於返回醫療崗位。

1981年，她爬出了痛苦婚姻的僵殼。當初結婚時，父母反對；離婚時，父母還是反對。在老人的眼裡，離婚是件很丟人的事，她應該「嫁雞隨雞，嫁狗隨狗，嫁根扁擔抱著

走」。可是，那不符合她的性格，她寧肯死,也不願跟他過了。離婚後，她沒有搬回娘家，領著 3 歲的女兒搬進老式弄堂的一間舊房子。那居室位於二樓，只有 11.4 平方米，沒有煤氣和衛生間，廚房在一樓，6 平方米，4 户人家共用。她自己動手，在居室搭一層閣樓，上面當臥室，下面做書房，在苦難中營造出一縷溫馨。

下班了，她匆匆離開醫務室，跑去接上小學的女兒。路上買點吃的，讓女兒填飽肚子。然後，她領著女兒趕到另一學校。她安頓好女兒，在教室坐下，從自己的書包掏出課本，跟一群沒有學歷的醫務人員聽老師講課。廠裡的領導本來不同意她報名參加醫科的中專自考。他們認為，陳醫生的醫術已經很厲害了，外科、內科、婦科都能治，還讀什麼自考？幹嗎要拖家帶口地跑去混那張輕飄飄的文憑？可是，對陳曉蘭來說，她為的不是那張文憑，而是渴望學習，渴望提高自己的醫術。最後，領導被她感動了，在她的報名申請表上蓋了章。

下課了，女兒手裡還拿著沒吃完的食物，趴在課桌上睡著了。女兒那麼小的年紀，上一天的學已經夠累的了，晚上還要陪媽媽讀書，想到這兒，陳曉蘭心酸酸的。她心疼地背起女兒，左肩挎著女兒的書包，右肩背著自己的書包，迎著一盞盞昏黃的街燈向家走。為省幾角錢，陳曉蘭要餓著肚子背著女兒走五六站路。沒辦法啊，每月只有 42 元的薪水，她要買油鹽醬醋，要支付水電柴煤的開支，要供女兒讀書，

自己還要學習。到家了，總算到家了，她疲憊地把女兒放到床上，給女兒脫去衣服。她真想爬上床，舒展開僵硬的四肢，可是不行，還要生火燒飯，慰藉轆轆饑腸。

經濟拮据，她常常為買不起一本醫學書而苦惱。在中專畢業前，她交不出那筆不菲的實習費，只好狠心賣掉奶奶的遺物——一套金首飾。她身體本來不好，加上營養不良，走路就像踩在海綿上似的飄飄悠悠的。在實習中，她昏倒在手術室裡。她就是這樣完成了學業。

工廠還沒挺到她中專畢業就倒閉了，36歲的她下崗了。倒閉的原因除經營不善之外，還有醫療的負擔過重。在改革初期，許多機構千方百計地將改革的成本劃給別人，自己坐享其成果。那時，醫院已有了醫療腐敗的萌芽，出現了「以物代藥」——藥品用飯盒、暖瓶來包裝，誘使不自覺的職工跑到醫院大開猛開藥物，然後把藥倒掉，將精美的包裝盒拿回家。醫院的這種做法無疑使不景氣的企業雪上加霜。陳曉蘭對此非常痛恨，在職工報銷醫藥費時，卡得很緊，不該做的檢查堅決不讓做，不該報銷的絕對不簽字。儘管如此，醫藥費還是像管湧洪水從工廠流向醫院，每年的醫療費數額大得驚人。企業倒閉了，好占小便宜的職工傻了，後悔去吧。

一個冬日的傍晚，陳家燈火輝煌，高朋滿座。這天是陳曉蘭父親70大壽，天南海北的親戚紛紛趕來祝壽。夜巷深處，一葉剪影獨自徘徊。夜寒襲來，剪影若冬日的柳枝瑟瑟縮縮，那是陳曉蘭。兩年來，她疲於奔命地四處尋找工作，

耗盡了自信和勇氣。醫院是全民的事業單位，而她是集體的編制，進不了全民；她又是企業編制，進不去事業單位。難道只有一條路——放棄做醫生嗎？她不甘哪，這份職業已融入她的生命，她就是為當醫生而活著，怎麼可能放棄？夜深人靜，席散客去，她踽踽踏入家門，含淚祝福父親。凌晨，她房間裡的燈還亮著，她飽蘸淚水給虹口區委書記寫信。

　　那封信改變了她命運，她被破格調入上海市虹口區同心地段醫院，被安置在理療科當醫生。那是醫院最好的科室，工作環境舒適，不值夜班，還擁有內科、外科、兒科等科室的處方權。6 年後，她隨同同心地段醫院合併到廣中地段醫院。

　　陳曉蘭啊，你已經 46 歲了，倘若為「光量子」下崗了，你該怎麼辦？你為何就不能變通一下，別那麼較真，同事們給病人開「光量子」，你不好也開嗎？別跟錢過不去，一針賺 9 元（後來回扣調至 9 元），一個月下來輕輕鬆鬆入帳三四千元，何必下班回家守燈熬油地一邊讀書一邊拆紗，搞得滿屋灰土飛揚，讓媽媽家的保姆都不高興。你要想潔身自好，也可以呀，只要對醫療腐敗視而不見，充耳不聞，裝聾作啞，就可以求得生活的安穩平靜。下班後，你可以繼續給人家縫鈕釦，拆紗，寫稿子，賺乾淨錢。你跟「光量子」過不去，就等於跟院長過不去；跟院長過不去，就等於跟自己過不去。你的飯碗掌握在院長的手裡。

　　可是，醫生是跟生命打交道的，是為病人而活著，看

病人受戕害怎麼能不管？

　　「光量子」的不良後果出現了，一些接受過 10 次「光量子」治療的病人出現了重度感染，用一般的抗菌素無效，只有用「新型」的三線抗菌素。一位叫施洪興的病人因咽痛咳嗽而接受「光量子」加先鋒 6 號治療，第一天不僅出現了輸液反應，而且牙齦和鼻腔出血。由於醫院不予退款，他選擇了繼續接受「光量子」治療，10 來分鐘後，再次出現牙齦和鼻腔流血。連續治療兩天，病人出現了血尿和昏迷。送進海軍 411 醫院搶救，人救過來了，病情轉為慢性尿毒症。他能夠活下來還算幸運，在陳曉蘭調查的 23 位接受過「光量子」治療的病人中，有 9 位死於腎功能衰竭和肺栓塞。

　　陳曉蘭將「光量子」事件舉報到上海醫藥管理局。舉報材料遞上去了，煩惱和麻煩接踵而至。院方先是通知她理療科取消，接著雇人把理療科的門撬開，將所有的理療器械和陳曉蘭的私人物品搬走。然後，院方讓她去某二甲醫院進修。她在院方的眼裡已是眼中釘、肉中刺，害群之馬。她把學習上的那股刻苦勁頭用在調查醫療腐敗上了，她溜進電腦室，破譯了醫院藥品的虛高；她在醫院除了工作就是搜集證據。有她在醫院，什麼貓膩能遮掩住？沒有貓膩，哪有暴利？那麼，最好的辦法就是讓她離開醫院。

　　「請你告訴我，讓我去進修什麼？是讓他們跟我進修，還是我跟他們進修？如果是讓我跟他們進修，你最好去打聽一下，他們的業務水平是否比我高？」陳曉蘭理直氣壯地對

領導說道。

院方黔驢技窮了，給陳曉蘭找個進修的地方還真不容易。最後，院方決定讓她回家「全脫產自學」，工資和獎金照發。讓醫生離開臨床，這是懲罰。她哭著回到家，把醫院的決定跟父母說了。爸爸沒說話，去書店買回一本《孫子兵法》。爸爸說，你的唯一目的不就是讓「光量子」停下來，不再坑害病人嗎？那麼，你可以同意在家脫產自學，利用這段時間去跟有關部門反映問題。最後她聽從了爸爸的勸說。

對於老病人來說，陳曉蘭的理療科就是一個溫馨的家園，在那裡不僅可以療治肌體的病痛，還可以得到心靈慰藉。理療科突然變成一間冷冷落落、空空蕩蕩的屋子，親人般的陳醫生也不見了，病人們憤怒了。他們不能沒有理療科，更不能沒有陳醫生！幾十位病人坐在醫院裡不走，他們堅持：「陳醫生不在，我們就不看病。」

醫院會在意他們看不看病嗎？他們大多數是中老年病人，是邊緣化的消費者，他們不吃醫院裡虛高的藥品，也不做「光量子」治療。可是，幾十號病人待在醫院不走，他們不像候診室的凳子一聲不吱，他們有頭腦，有嘴巴，要說話，要講述陳醫生多麼多麼的好，要宣傳「光量子」是如何的騙人，這會影響醫院收入的。醫院裡有人提議撥打 110，讓警察把他們帶走。一位在某檢察院當檢察長的病人說：「你們撥吧，不過請你們告訴 110，最少要來 3 輛警車，少了坐不下。」醫院束手無策了。

　　一位病人給有關部門寫了一封信，其他病人爭相簽名。信中寫道：「陳曉蘭醫生醫德高尚，她急病人所急，想病人所想，所有經過她治療的病人都會異口同聲地稱讚她：『當今社會像這樣的醫生確實難找！』她（對病人）態度好，醫術高，技術上精益求精，對病人提出的問題從來都是耐心解答。我們唯一要求就是：保證陳曉蘭醫生仍舊能以她的精湛醫術為我們廣大的患者服務。」在那封信的天頭、地腳、兩側白邊簽下了 68 位病人的姓名、住址和電話號碼。這哪裡是密密麻麻的簽名啊，這是病人們對陳曉蘭的肯定、信任和厚愛。現今的醫生，有幾人能享受到這樣的厚愛？

　　上海化工研究院的退休職工應先生也寫了一封信。他在信中講述了自己的所見所聞：「從八十多歲的老人到七八歲的小孩，都一致認為她（陳曉蘭）是一位罕見的好醫生。每天來她理療室的病人有 50 多人次，甚至經常高達 80 多人次。由於她的醫術高明，有的病人遠在仁濟醫院也專程趕來找她看病。有的小孩腳跌傷了，流著血，按理應該去看傷科或外科，但也來找陳醫生。可見她對病人的吸引力……陳醫生不怕髒，不怕臭。有的病人嘔吐，不僅吐一地，還吐在她身上，她一把一把揩洗乾淨。她對老人特別照顧，經常幫助他們下樓去付款和配藥……她經常（為病人）選用藥價便宜、療效好的幾元錢的藥，代替那些幾十元藥價的昂貴藥，來減輕病人的經濟負擔。她對來理療的各種病人經常講吃藥用藥的學問、理療的知識，病人不僅受益匪淺，而且如同到

家裡一樣溫暖。陳醫生把溫暖帶給病人，病人把心交給了陳醫生⋯⋯尤其可貴的是她疾惡如仇，對那些只要賺錢不講醫德的同仁同事，不講情面，毫不護短，有力揭露。因此，她得罪了一些人，所以有些人伺機打擊報復⋯⋯對這樣的好醫生，尊敬的領導請給予大大的表揚，並准許陳醫生留下來，（讓她繼續）為我們這一大批病人治病，賜准為祈，謝謝！再謝謝！！」

還有的病人在信中憤怒地寫道：「目前，醫院藉改革之名，把價格低、療效好的科室解散，讓我們這些患者去光顧那些昂貴的治療手段，這簡直是與改革的宗旨背道而馳⋯⋯」

陳曉蘭聽說後趕過去，勸他們回去。病人一見到她就像久別的親人，一擁而上，這個拉著她的手，那個撫著她的背，滿眼的親情與淚花。病人非常信賴她，對她的話就像醫囑一樣聽從。臨別，她對病人依依不捨，一一叮囑，如何繼續治療，服什麼藥，多食哪些食物，要注意什麼，還把自己家裡的電話告訴了他們，讓他們有事就給她打電話。離開了病人，她的心一下子變得空空落落，淚水潸然而下。此時，她只有默默地為他們祈禱，祝他們健康。

經調查，「光量子」的真實情況浮出水面，它是上海市某三甲醫院的實業有限公司盜用河南的「光子氧透射液體治療儀」的生產許可證號非法生產的，配套用的「一次性石英玻璃輸液器」也是非法生產的。1998 年 6 月，河南省藥監局

在來函中明確指出：「在使用『光子氧透射液體治療儀』治療的過程中，不得擅自加入任何藥物輸入人體」，「該產品的使用說明書中若有加入藥物輸入人體的內容，可按偽劣產品予以查處」。6 月，上海醫藥管理局責令廣中地段醫院停止使用「光量子」，並罰款一萬餘元。這家醫院使用「光量子」長達 23 個月，已賺得數百萬元真金白銀。失得相比，九牛一毛。這哪裡稱得上罰款，只不過是跟用假者討點兒小費而已！

醫療腐敗那是一張龐大的密實的網，從上到下，從裡到外，從衛生局到醫院，從院長到醫生護士，從廠商到銷售、到設備科主任，有多少人像貪婪的蜘蛛蜷伏在網上？陳曉蘭這樣做，無異於劃破了網，阻了他們的財路，他們怎會不對她恨之入骨？於是，院方一邊通知陳曉蘭中止自學，回醫院上班；一邊背地組織 3 名職工和一名家屬充當打手，想將她打昏後送進精神病院。幸虧四人中有一位有正義感的人怕陳曉蘭吃虧，悄悄地告訴了她。懷疑陳曉蘭精神有問題的又何止是醫院，甚至區衛生局的一位局長（後來其因涉嫌經濟犯罪而被捕）在跟她談話時，特意安排精神病院的一位副院長對她進行診查。

在他們的眼裡，陳曉蘭確實有病，她百讀不厭的書竟是《醫學倫理學》，不僅僅是看，而且按照書上說的去做；她掉進窨井後，醫院的賠償她不要，反而寫檢舉信。院裡的醫生們為躲避獻血服用阿托品，使得心動過速，體檢不合格，

她明明患有心臟病，反而主動去獻血；醫院為獻血者提供的出租車她不坐，卻帶著女兒騎自行車去血站；醫院給獻血者一週假，她第二天就上班了。別人利用「光量子」撈錢，她卻不顧一切地去反對。別人沒把選擇區人大代表當回事，她看得很神聖，在投票前特意燙了頭，穿得漂漂亮亮。她拒絕投組織者推薦的人物，而是認真地讀一遍候選人的介紹，將票莊重地投進選舉箱。離開時，有人告訴她，中午醫院招待大家一頓飯，她卻說：「選舉是我的權利和義務，吃飯是你們的事情。」轉身走了。他們認為，在這個世道，哪有不為自己著想、哪有不想撈錢的人；哪還有「毫不為己，專門為人」的白求恩？陳曉蘭有病，確實有病，而且病得不輕。

時代變了，過去私心過重被唾棄；如今沒有私心或私心太少被認為是不正常。這到底是陳曉蘭不正常，還是社會的不正常呢？

科學可以為權力服務，可是不會隨權力的意識而改變。那位精神病醫院的副院長說，陳曉蘭的精神沒有問題，她看問題是立體的，全面的，客觀的。陳曉蘭有精神病之說破滅了。

1999 年 1 月 31 日晚上，陳曉蘭躺在床上，輾轉反側。明天，她要去醫院接受「光量子」的「治療」，讓那經紫外光照後會產生絮狀物的藥液輸入自己的靜脈，隨著血液流入心肺肝腎。這有可能導致她隱性感染和栓塞、溶血、敗血症、彌散性血管內凝血功能障礙（DIC），甚至誘發紅斑狼

瘡……媽媽就是紅斑狼瘡的患者，在陳曉蘭體內可能潛在著紅斑狼瘡基因。她也許像那位姓施的病人由此而患上尿毒癥，也許會因此而不幸地死去。父母年邁體弱，女兒正值豆蔻，他們都離不開她。她猶如面對千仞懸崖，拍天海嘯，轉過身便可重拾安樂。可是，她不能轉過去，轉過去就會看見一批批的病人前仆後繼地去遭受「光量子」迫害。醫生，難道你的責任只是手持聽診器為病人斷病祛疾嗎？天降你大任是救死扶傷，你要像戰士一樣去保護病人的生命與健康，不論對手是病毒、細菌，還是「白衣魔鬼」。

可是，1998 年 11 月，她在那場較量中已失敗一次了——廣中地段醫院作出「關於陳曉蘭同志自動離職的處理決定」。她下崗了，失去了工作，離開了醫院。

可是，「光量子」卻沒有完全「下崗」，在其他醫院仍然火爆，它像外來的有害生物快速蔓延，在金錢的支撐下表現出旺盛的生命力。廣中地段醫院的要好同事也開始抱怨陳曉蘭了：「你呀，盡胳膊肘往外拐，現在我們醫院的『光量子』停下來了，其他醫院還都在用。過去，我們醫院每天收入兩萬多元，『光量子』一停，連 6000 元都不到了。」

陳曉蘭不相信，騎著自行車跑遍了虹口區各個醫院。她越跑腿越軟，越跑頭皮越麻，「光量子」果真在其他醫院盛行。難道這「光量子」像《晏子春秋》中所說的：「橘生淮南則為橘，生於淮北則為枳，葉徒相似，其實味不同。所以然者何？水土異也。」在廣中地段醫院是假劣器械，是非法

的、害人的，在其他醫院就會變為合法的、有醫療價值的嗎？否則，為何只查禁廣中地段醫院一家？陳曉蘭再次去上海市醫藥管理局反映。她得到的答覆是：人家那些醫院没人舉報，所以我們就不能查處。

這是什麼道理？執法部門明知假冒醫療器械在那些醫院泛濫，只因為沒有人舉報就允許它存在？如果警察看見有人搶劫殺人，是否因没有人舉報就視若無睹？這到底是病人的悲哀，還是百姓的悲哀？執法官員看得下去，陳曉蘭卻看不下去。

「那麼我來舉報好了。」她説。

「你不是那些醫院的職工，舉報無效。」官員説。

「那麼，除了醫院的職工之外，誰舉報有效？」她不甘地追問道。

「患者，病人是受害者。」

執法的官員啊，你明知道病人是受害者，為什麼就不能保護他們？為什麼非要等有資格的人來舉報？在中國，有多少醫生會像陳曉蘭這樣冒著下崗的風險去舉報呢？對於病人，有誰能知道醫院給自己用的醫療器械是假的，是對身體有傷害的？如果 5 年沒有病人舉報，你們就讓它泛濫 5 年；10 年没人舉報，你們就讓它泛濫 10 年？坑害的是誰？是病人，是百姓，是養活你們的人民！百姓對政府部門的最大不滿不是生活的艱苦，而是他們用自己血汗養活的官員不把他們當人！

　　只有先當受害者，才有資格當舉報者。陳曉蘭只有冒險接受「光量子」的戕害。「受害」前，她找上海市藥品檢測所的工程師諮詢，如何避免「光量子」的傷害，發生意外怎麼處理。工程師們紛紛勸她不要去做這個受害者，等大家想辦法來解決「光量子」的事情。可是，「光量子」每天都要戕害成百上千的病人，怎麼等得了呢？

　　從 2 月 1 日起，陳曉蘭在朋友的陪伴下，在 3 天內接受 4 次「光量子治療」，取得了有力的證據。她到上海醫藥管理局舉報，沒有立案；到上海虹口區人民法院起訴，也沒有立案。她走出那些機構的大門，心裡瀰漫著悲哀和淒苦，難道在這麼大個上海就沒有機構讓病人免遭「光量子」的戕害？最後，她只好去北京，向國務院、衛生部、醫藥管理局、工商總局等部門反映情況。

　　1999 年 4 月 15 日，上海市衛生局會同醫療保險局、醫藥管理局終於作出了在全市醫院禁止使用「光量子」的決定。在上海為害長達 3 年之久的「光量子」終於壽終正寢。據上海市醫療保險局的一位負責人講，上海市有 1000 臺「光量子」，以平均每臺每天治療 10 人次計，那麼一天至少要用掉醫保費用 40 萬元！

　　上海是幸運的，幸運的是出現了陳曉蘭。幾乎全國各地都把「光量子」列入醫保項目，直到 2005 年衛生部下文取締「光量子」。6 年，它騙去全國百姓多少錢，有多少人被它害得家破人亡？

　　沒過多久，又一種假冒偽劣治療儀進入醫院使用。到新醫院工作不久的陳曉蘭就像炒股被套上似的，欲罷不能啊！

　　2000 年 6 月 22 日，陳曉蘭經過長達 19 個月的艱難上訪之後，總算迎來了一道曙光：上海市信訪辦、衛生局等 7 個廳局就她在舉報過程中遭受的不公正待遇當面道歉，並獎勵人民幣兩萬元；同時決定將她調到閘北區彭浦地段醫院理療科當醫生，由廣中路地段醫院補發她兩年的工資，並補繳「四金」。

　　一位官員對陳曉蘭說，這是上海市信訪辦有史以來規格最高的一次道歉。

　　「你們不用給我道歉，應該給那些被『光量子』害死的人道歉，看看他們能不能爬起來原諒你們。」性情倔強的陳曉蘭說道。官員尷尬了，可是官員就是官員，不論什麼樣的尷尬都走得出來。一位官員意味深長地對她說，陳醫生，你可要珍惜這次工作機會啊。

　　陳曉蘭的委屈湧上心頭，忍不住放聲大哭起來。她怎麼不珍惜機會，怎麼不珍惜工作？不珍惜她那個醫生職業，會頂著如磐的壓力，艱難困苦地去舉報「光量子」嗎？她使多少病人免遭戕害，為社會和百姓減少了多少經濟損失？僅上海市一天就是 40 萬，那麼 10 天是 400 萬，一年就是 1.46 億元！可是，有多少人這麼想呢？連這位政府官員都不一定想到這一點。不過，她還是接受了他的好意。她告誡自己：反

腐，那是黨組織的事；打假，是政府的職責，自己別再管
了。

「給你查一下血好嗎？」2001 年 2 月 1 日，陳曉蘭身著
白大褂坐在彭浦地段醫院的理療科裡，對病人說。聽說她又
當醫生了，老病人紛紛趕來就醫。新醫院的院長待她不錯，
給她配備了一位護士。

「那麼你明天早晨來抽血。抽血前要 12 小時空腹，對，
對，連水都不要喝。」見病人點頭同意後，她叮囑道。病人
滿意地拿著化驗單走了。

「給你拍一張 X 光片好嗎？」每當病人需要器械檢查
時，她就跟病人商量。當年學醫時，老師教導她，看病是要
花錢的，你不問病人，怎麼能知道他在經濟上能不能承受
呢？病人驚異了，怎麼還有這樣的醫生？在商場顧客是上
帝，在醫院病人卻是僕人。病人在醫院是沒有話語權的，醫
生要他做 10 項化驗，他不能做 8 項。尤其是在這「以療養
醫」的年代，醫院賺的就是檢查化驗拍片的錢，往往藥還沒
配，病人幾百元的血汗錢已經扔了出去。

「你哪兒不舒服呢？我給你檢查一下。」她和顏悅色地
對一位病人說。西醫診病要視、觸、叩、聽，中醫要望、
聞、問、切。她採取中西醫結合，對病人看得認真，觸得仔
細，聽得專注，叩得用心。絕不會像有些醫生那樣，沒問兩
句就開了一沓檢驗單，把該醫生做的檢查統統交給儀器去
做。

「吃梅乾菜燒肉就可以降血脂。梅乾菜要切得很短，肉要燉三個多小時。連續吃兩週……」她對一位病人說。

「陳醫生，你還是給我開點兒藥吧。」病人說。

「你需要用藥，我會給你開的；不需要，我就不能開。醫生不能亂開藥，病人也不能亂吃藥。」她對用藥很謹慎，能食療的不開藥，哪種藥沒有副作用呢？

「你家裡有什麼藥？」她對另一位病人說。在給病人開藥之前，她總要問這麼一句。如果她要病人服的藥病人家裡有，她就叮囑病人每天服幾次，每次服多少，什麼時候服。

「陳醫生，我家有一大堆藥，究竟是什麼藥，我也說不清了。」病人比劃著說。

「家遠不遠？那麼，你回去取來讓我看看好嗎？」

病人把藥拿來了，她一一鑒定，這種是什麼藥，那種又是什麼藥，這種藥過期了，千萬不要再服了。

「陳醫生，我就這麼些錢，你按錢給我看病好了。」一位中年人對她說。他可能被醫生宰怕了，進了醫院心裡就沒了底，見到醫生就像遭遇打劫似的，先主動把自己包裡的錢「洗」了出來。

「該用的藥要用，不該用的再便宜我也不會給你開。」陳曉蘭感到臉像被人打了似的，心裡十分難過。醫生怎麼會把病人搞成這個樣子？她給病人看了病，開了藥。

「陳醫生，謝謝您，謝謝！」不一會兒，那位病人又回來了，給她深深鞠一躬。他做夢也沒想到沒花幾個錢就看了

病。

「別謝了，陳醫生不光對你，對所有病人都這樣。」旁邊的老病人說。

醫生首先要把病人當親人，他才能相信你，把他的心裡話都說給你。否則，你不瞭解病人，怎麼診斷？一天，老患者給陳曉蘭領來一位年過古稀的病人，她得了一種怪病，兒女領著她跑遍了上海的各大醫院，看了好多名醫，都說她沒有病。可是，她清清楚楚地感覺到自己有病，是心臟病，而且越來越重。兒女認為她是沒事找事，折騰家人，也就不再理睬她。我明明有病，我痛苦啊，醫生看不出來也就罷了，怎麼兒女也不理解呢？老人孑然獨坐街頭，默默流淚。

陳曉蘭一邊給其他病人看病，一邊聽她跟別人閒聊。她原來是自己過，後來兒子把她接過來。她不願意住在兒子家，又不好意思說。兒子媳婦上班後就把她一個人鎖在家裡，連個嘮嗑的人也沒有。陳曉蘭明白了，她是心理的問題。

「您心裡很難受是嗎？」陳曉蘭給她聽聽心臟，第一心音和第二心音改變不大，只是心跳略快。

「是啊，我心口難受死了。」病人說。

「哦，你心口難受是真的。你的心臟是有點兒問題。比方說，心臟是一扇門，你的門不是關不上，也不是卡緊了，而是沒關好，或者說關輕了，沒關嚴。不過，你的門沒有壞，門框也沒有壞，只要用一點兒藥就好了。」陳曉蘭和風

細雨地對老人說。

「專家都講我沒病。」老人悻然地說。

「專家講你沒病，是說你的心臟沒壞掉，它既沒缺少一塊，也沒多出來一塊。」

「對，你說得對，我的心臟不會缺少一塊的。」老人佩服得五體投地。

陳曉蘭給她開了一盒逍遙丸。

「陳醫生，你開的藥太好了，我的心臟好多了。」兩天後，老人來了，感激不盡地說。

「陳醫生，我的病好了。」幾天後，老人又來了，紅光滿面地說。

在病人的眼裡，陳曉蘭這個醫生很神奇，不管什麼病她都能看好。陳曉蘭說，我不是神奇，只不過注重跟病人溝通罷了。在溝通中，你就會找出他的病究竟在哪裡。他認為自己有病，你否定他有病，他認為你沒檢查出來。這樣，他心理壓力更大了，新的病又出來了。有些病是不需要治療的，只要心理疏導一下，用點兒安慰劑就行了。

第一個月，陳曉蘭的門診量只有 380 人次，連自己的工資都沒掙出來，她感到非常難為情。可是，情況很快發生轉變，她的門診量直線上升，沒幾個月就突破 6000 人次。

8 個月後，陳曉蘭自己卻有了心病。她發現醫院新引進的鼻激光治療儀是一種類似「光量子」的器械，病人治療一次也收 40 元。騙人的醫療器械又出籠了，她心裡矛盾重重，

管還是不管？管的話，還會陷入矛盾漩渦，遭受打擊和迫害。唉，別管了，自己已年近半百，學歷不過大專在讀，職稱還是初級的醫師，二者都不具競爭優勢，下崗後能重返醫療崗位已屬不易。可是，每當她的目光和病人眼中流露出的依賴相遇時，她就感到不安，心靈就遭受一次鞭撻……

不久，醫院出臺了新規定，要求醫生多開診療費和檢查費，限制藥費，「鼻激光」在醫院越來越火了。病人的有限的救命錢被這種偽劣器械吞噬掉了，疾病卻沒得到治療。陳曉蘭感到塊壘在心，覺睡不穩，飯吃不下，無論如何也說服不了自己不再去管偽劣器械。她寫了一份舉報材料，請上海的全國人大代表李葵南帶上市人代會，轉交給常務副市長。

鼻激光治療儀被取締了，輸液的「光纖針」又冒了出來。鼻激光是騙錢的，「光纖針」卻是圖財害命的。陳曉蘭就像炒股被套上似的，欲罷不能，只好繼續舉報……

2002 年 12 月 31 日，院方突然通知陳曉蘭：她已按「工人編制」退休了。

「你們錯了，我是幹部編制，不是工人編制。」在辦公室裡，她莫名其妙地望著對方。

院方說，廣中醫院是集體所有制的，彭浦醫院是全民所有制的，你在這裡只能享受工人待遇。她就這樣離開了醫院，「退休」了。

「我是工人編制，農民待遇。」她自嘲地說。「四金」被「強制封存」，她既領不到退休金，也享受不到醫療保

險。彭浦醫院說，在她調動時，兩個醫院有協議，她在崗
時，工資由彭浦醫院發；退休後，回廣中醫院辦理手續。有
人憤憤說，他們哪裡是給陳曉蘭安排工作，而是布下了一個
圈套。也有人說，陳曉蘭是一個小人物，她沒有「安分守
己」，得罪了掌有生死予奪大權的群體，所以不鑽進這個圈
套也得鑽進那個圈套。

「我不陪媽媽來，她就該遭受這樣的治療嗎？如果病人
和病人的家屬不認識你們，就應該回家等死嗎？你們這是醫
院還是火葬場？」她忍不住慟哭起來。

那是一個天寒地凍，雪虐風饕的冬日，醫療腐敗不僅讓
她失去了工作，還奪去了她親人的生命。父母離去後，留下
了一個個漫長的夜晚，讓她去內疚，去痛苦。如果不去檢舉
揭發醫療腐敗，而是精心照料年邁的父母，他們是不會走那
麼早的。可是，他們不走又會怎麼樣呢？會心安理得地活著
嗎？

「曉蘭，曉蘭！」呼喚聲夢囈般地細微，像枚樹葉被風
吹送進窗櫺。在媽媽去世 9 個月前，在家忙於整理舉報「光
量子」材料的陳曉蘭聞聲放下筆，趴在二樓的窗口向外一
看，啊，是媽媽。媽媽怎麼的了？腰弓成 90 度，蒼白的臉
艱難地仰著，一副痛苦的表情。

「噔噔噔」她慌忙跑下樓。看來媽媽虛弱得已爬不上 20

來級臺階了，要不絕對不會在樓下喊她。她把媽媽背上樓，安放在床上。媽媽長長喘口氣，綿軟無力地告訴她，媽媽又去醫院了，醫生給媽媽做了胃腸道鋇餐造影透影。第一杯硫酸鋇服下去後，醫生說邊緣模糊，看不清楚，又讓媽媽吃了一杯，最後確診了：幽門梗塞。

「媽媽，開什麼玩笑，那是不可能的。」她不相信地對媽媽說。怎麼會可能呢，懂點醫學的人都知道，幽門梗塞是外科急診病人，醫生怎麼會讓媽媽回家呢？

媽媽無力跟曉蘭爭辯，接著說，給她看病的醫生說，讓她下週一去做肝功，如果肝功正常的話，就可以給她開單做胃鏡了。媽媽多麼渴望做胃鏡，渴望把自己的病查清楚。她胃不舒服已經半年了，一次次去醫院看病，那些醫生連檢查都不肯做，給開點兒多酶片就把她打發了。可是，那藥媽媽服後毫無效果，只好再去看醫生。一次，媽媽問醫生，能不能換一種藥，比如嗎丁啉？醫生卻冷冷地說那種藥太貴了，不屬於你們公費吃的。媽媽請求做胃鏡，醫生又冷冷地說沒必要。媽媽是享受公費醫療的，似乎公費醫療的待遇就該如此。她多次要陪媽媽去看病，可是媽媽卻讓她先把「光量子」的事了結，那是關係千萬人生命和健康的大事。媽媽過去是中學教師，她教過的學生在那所醫院工作，可是她不找他們，她不願意也不習慣於走後門，不習慣給別人添麻煩。

儘管她不相信媽媽會是幽門梗阻，但她知道媽媽是不會說謊的。她給在那所醫院工作的同學打電話，請同學幫忙瞭

解一下媽媽的病情。很快那位同學就回話了：

「沒錯，是幽門梗阻。」

「是完全梗阻還是不完全梗阻？」她焦切地問。

「上面沒寫。」同學說。

「太過分！」陳曉蘭火冒三丈地趕到醫院，質問那位給媽媽看病的戴眼鏡的醫生：「這個病人已經好幾天沒吃東西了，你給她觸診沒有？你聽見振水音沒有？那麼，你現在告訴我：她的幽門已經梗阻，那麼喝進去的那兩杯 500cc 的硫酸鋇怎麼出來？你讓她 4 天之後再來做你的肝功，查你的胃鏡，你這不是糟踐人嗎？」

「這樣吧，你把她先弄過來。」那位醫生說。

「我還能相信你嗎？就憑你對病人這種態度，還把人弄過來！」她更加憤怒了。

她轉身去找院長，要求醫院組織內科、外科和胃鏡室主任會診。院長同意了。

「曉蘭，這是你媽媽麼？你為什麼不陪她來呢？」跟她稔熟的內科主任說。

「我不陪她來，她就該遭受這樣的治療嗎？如果病人和病人的家屬不認識你們，就應該回家等死嗎？你們這是醫院還是火葬場？」她忍不住慟哭起來。醫生啊，你應該全力以赴去拯救每一位病人，怎麼能將病人分出遠近親疏、貴賤貧富？怎麼能夠有關係就好好治療，沒關係就見死不救？中國幾千年的醫德醫風，難道就這麼喪失殆盡？

「不是，不是。曉蘭，別急，別著急⋯⋯」內科主任安慰道。

那是她的母親，她能不急嗎？如果醫生能夠把病人當親人，病患的家屬哪裡會這麼心急如焚？

最後，媽媽被確診為胃癌，是硬介細胞癌，那是癌中最猖獗的疾病，而且是中晚期。媽媽被誤診了，被延誤了。在那一刻，陳曉蘭感到天塌地陷，頭痛欲裂，噁心欲嘔，站不起來。她一測血壓，高達 200。她讓女兒給她倒水喝。她不斷地大量飲水，喝到一遍遍地去解手，這樣血壓就降下來了。她把家裡所有的錢都拿出來，去給媽媽買藥。

媽媽住院了，這位堅強的、可愛的、高尚的老人非常想讓自己的小女兒陳曉蘭守在身邊，可是她卻拒絕陳曉蘭護理，甚至以放棄治療來要脅。她要曉蘭去把「光量子」的問題儘快解決。她是女兒與醫療腐敗鬥爭的堅強後盾，不論女兒遭受多麼殘酷的打擊，面對黑雲壓城，媽媽都像一株堅定不移的大樹站立在她的身後。媽媽也許為自己的倒下，不能再給女兒以幫助和支持而感到不安，為不能跟女兒一起同醫療腐敗抗爭而感到遺憾。

「媽媽，『光量子』被取締了，信訪辦向我賠禮道歉了，市衛生局的領導說，要來醫院看您。我很快就要回到醫療崗位上去了。」一天，她對媽媽說。媽媽笑眯眯地望著她，不說話。「媽媽，怎麼的，他們確實跟我道歉了，你不相信嗎⋯⋯」她問道。媽媽搖搖頭，什麼話也沒有說。也許

媽媽知道女兒將面臨著什麼，也許媽媽不相信醫療腐敗會輕
而易舉地解決，「光量子」只不過是曉蘭的萬里長征的第一
步，以後的路還很長，將更加艱難。

「媽媽，我的內科學、外科學、老年醫學都通過了。」
陳曉蘭高興地對媽媽說。媽媽看著她，微笑著。媽媽不相
信，她也不相信。「媽媽，我真的通過了，而且分數挺
高。」媽媽越笑越開心，最後眼淚都笑出來了。媽媽的最大
心願就是女兒能成為最好的醫生，她不讓女兒來醫院護理自
己，要女兒去鑽研醫術，去復習功課，順利通過大專自考。

在那些日子，陳曉蘭哪有時間和心思去看書復習啊，那
本《外科學》幾乎沒有翻過。考試前，她坐在學校的大門
口，手捧著書和考試大綱卻看不進去。過來一位同學，她就
會問：

「我媽會不會診斷錯了，不會是癌吧？」

「病理不是都做了嗎？那不會搞錯的。」一位將要參加
給媽媽做手術的同學十分肯定地說。

「老師說，年紀大的人不大可能得惡性腫瘤。這種說法
對不對呢？」

「也會搞錯，也會搞錯的。」另一位同學望著失魂落魄
的陳曉蘭，不忍心再堅持下去了，安慰道。

鈴響了，陳曉蘭被人流裹進考場；考試結束的鈴響了，
她又被人流裹出考場。同學們紛紛問她一些試題應該怎麼
答。以往，她會很清楚地告訴他們，可是這次考的什麼，怎

麼答的，她無論如何也想不起來，腦袋裡一片空白。

自己這次肯定不及格了，她想。同學告訴她：成績公佈了。她懶得去看。老師打電話來告訴她，她的外科學、內科學和老年醫學都通過了。她不相信，認為老師在安慰她。直到老師通知她去取單科結業證時，她才相信。

「老天有眼，在人生低谷給了我安慰。這靠的完全是平時的基本功……」她捧著結業證說。

在媽媽手術後，陳曉蘭在病房護理媽媽 28 天。在那 28 天裡，她是一個很乖巧的女兒，白天精心護理媽媽，陪媽媽聊天；晚上，她在水泥地鋪上泡沫，睡在媽媽的床邊。媽媽雖然飽受疾病的折磨，卻享受著跟女兒朝夕相守的幸福。在媽媽手術的那一天，還有四位病人做了手術，這四人數媽媽的年紀最大，體質最差，病情最重。醫生、護士都認為那四位病情較輕的病人都能夠活下來，而媽媽是根本沒有希望的。

沒想到，那四位病人很快就相繼去世了，媽媽卻活著。這與陳曉蘭科學的、精心的照料有關。

在醫院，媽媽目睹了許多絕對不該發生的事情，給媽媽帶來很大的刺激：在一位病人急需搶救時，醫護將呼吸機推過來，插頭卻與插座不匹配，急忙換了一臺，還不行。一連換了 4 臺，最後總算插上了，呼吸機卻不工作，醫務人員圍著呼吸機團團轉。媽媽讓陳曉蘭去幫忙，她過去一看，呼吸機開關沒打開。她伸手將開關打開，呼吸機終於工作了，可

是病人早已死了。

在搶救另一病人時，醫生做人工呼吸的動作很不到位，角度和力度都遠遠不夠，陳曉蘭看在眼裡，急在心上，這哪是誠心搶救病人，只不過給活人看一看，讓家屬感到醫生已經盡力罷了。媽媽讓她過去幫忙，可她不是這家醫院的醫生，確切地說，她不過是一個下崗失業的醫生，病人的主管醫師怎麼會允許她去搶救呢？她只有轉過臉去不看。

那位病人死了。那是必然的。在中國，有多少生命在醫生的手邊流逝？醫療腐敗哪裡只是醫生多開藥，多拿回扣，而是無視病人的健康和生命啊！

媽媽數日沉默無語，心緒低沉。一天，媽媽突然讓陳曉蘭在病榻前跪下。她莫名其妙地跪下了，兩眼疑惑地望著媽媽，從小到大，不論她犯什麼錯誤，當初她不聽父母的話，執意要嫁給那個男人，媽媽都沒有讓她跪過。媽媽要她答應一件事：當媽媽病危時，放棄搶救。

陳曉蘭心如刀絞，淚水湧漾地跪在地上，說什麼也不肯答應。膝蓋麻木了，腰酸背痛了，她的臉頰掛著淚珠，嘴角緊閉。她是女兒，怎麼可以眼睜睜地看著媽媽死去？她是醫生，怎麼可以見死不救？可是，她不是媽媽的主治醫師，在醫院這種醫德醫風下，能搶救過來的可能性究竟會有幾成？她漸漸理解媽媽了，這是拒絕褻瀆生命，踐踏人格尊嚴啊！最後，她答應了媽媽。

癌細胞在媽媽的肌體擴散了，轉移了。母女間生死離別

的日子逼近了，陳曉蘭經常趴在媽媽的枕頭旁，享受那最後的融融母愛。媽媽不停地摩挲著她的頭髮，似要把所有的母愛都釋放出來。一天，媽媽突然語調輕微，卻字字如釘地說：

「曉蘭哪，你是醫生，患者不懂，你懂，你要保護他們的權利。」

她明白了，讓媽媽最後放心不下的是醫療的腐敗。她的心碎了，恨自己無能，不僅對不起病人，更對不起媽媽。

媽媽走了。陳曉蘭悲痛欲絕，不知道媽媽留給她的那麼漫長的抗爭醫療腐敗的道路，她能否有能力和氣力走下去。她後悔啊，後悔當初當了醫生，如果不當醫生也就不知道媽媽是怎麼死的了，就不會為那些醫療界的同道去背負沉重的十字架；她後悔自己對媽媽關心得不夠，陪伴媽媽的時間太少。過去，媽媽喜歡去的地方就是陳曉蘭的診室，靜靜地坐在一旁，看女兒給患者看病，喜歡聽病人誇獎女兒，讚美女兒。這是母親的最大快樂和享受。可是，陳曉蘭不願媽媽在那兒，攆媽媽回去，她是怕同事懷疑她「以權謀私」，給媽媽做理療。世界上，任何一對母女組合中，自私的是女兒，無私的是母親。想到這時，陳曉蘭為自己當年的自私而感到愧疚。

在媽媽去世 8 個月後，爸爸也走了。陳曉蘭聽爸爸的左肺有明顯的鑼音，領著爸爸去醫院看病。沒想到醫生居然連聽都不聽就給爸爸開「心痛定」。「心痛定」會使血壓降下

來，可是它會使心跳加快。爸爸已經心跳過速，再用「心痛定」是非常危險的。可是，不論她怎麼說，那位醫生就是不聽。這哪裡是醫生，這是殺手，是病人說的「殺人不償命的職業殺手」！她把醫生開的藥奪了過去，扔了。她跟醫生吵了起來，最後吵到院長那裡，「心痛定」才撤下來。這時，他們已給爸爸注射了半瓶「心痛定」，爸爸的心跳已高達170多次／分鐘，經過一番搶救才把爸爸搶救過來。

爸爸住進了監護室，14天後，醫生還沒查出病灶。在爸爸拍 X 光片時，她提出要把爸爸扶起來拍，醫生拒絕了。她認為，他們拍出的 X 光片模糊，看不清楚。醫生說，她的要求太高了。她一遍遍地問爸爸的主管醫師，「請你告訴我，我爸爸到底是心衰（心臟衰竭）引起的呼衰（呼吸系統衰竭），還是呼衰引起的心衰？」醫生說不出來，她要組織會診。醫生說，不能會診。她提出轉院，又被拒絕了。他們找不出病灶，不能對症下藥，只好一天天地拖著。最後，陳曉蘭忍無可忍地去找主任。

最終醫院同意請專家會診，她從胸科醫院請來兩位專家。兩位專家沒有要求拍片，分別用聽診器聽了很久，然後兩人會意地對視一下，不約而同地將手指指在爸爸左肺的位置：「感染的病灶就在這，後邊的鑼音都是傳導性的！」一位專家把爸爸扶坐起來，用空掌輕輕地拍打爸爸的後背，讓爸爸輕輕地咳嗽，突然專家重拍一下，爸爸的一口很濃重的痰咳了出來，爸爸的心跳好多了，呼吸也流暢了。爸爸的病

確診了，是肺部感染引起的呼衰，併發了心衰。

父親去世那天是週六，這時她已調到彭浦地段醫院，週末上午值班。在快下班時，來了一位要做理療的病人，對她來說，病人不做完理療，她是不會離開崗位的。當病人做完理療，已是 2 時 30 分，她收拾一下，下班回家，想吃口飯就去醫院看望爸爸。

她剛進家門，就接到外甥女的電話，急忙跑到醫院。她的同學、爸爸的主治醫生對她說，他已經竭盡全力搶救了，很遺憾沒搶救過來。為搶救爸爸，他們連午飯都沒有吃。他認為，爸爸的氣管進了食物，因此導致窒息而亡。她對那位同學千恩萬謝。

她無比悲痛地走進病房，昨天爸爸還在跟她聊天，今天卻再也不能說話了，想到此她淚如雨下。她打來一盆清水，想給爸爸洗洗臉，讓他清清爽爽地上路。突然，她發現爸爸那滿口的假牙戴得好好的。誰給爸爸戴的呢？這個人還蠻細心的，如果在爸爸死後不及時戴上，遺體僵硬時就戴不上了。弟弟說，「爸爸的假牙根本就沒摘下來。」原來在爸爸吃蠶豆時噎了一下，眼睛突然瞪大了。弟弟慌忙喊醫生。醫生過來就搶救。陳曉蘭感到眼前一黑，好像被人打了一悶棍。在搶救時，先要取出病人的義齒。爸爸的假牙不摘下來，吸痰器的氣管插管怎麼能插進氣管？難怪那位同學說吸上來的都是食物。他們肯定把插管插進了爸爸的食道，導致爸爸窒息而死。如果醫生能夠正確地搶救，能夠認真負責的

話，爸爸是不會死的；如果她那天正點下班，及時趕到醫院，爸爸也不會死的。

她喟然長歎，如果醫療制度改革不成功，醫療腐敗現象不改變，那麼不論有權人，還是有錢人，抑或有熟人，很可能一場小病進了醫院都會一命嗚呼，甚至留給生者一屁股的債！

「我在 1997 年就反映假冒醫療器械的問題，到現在一沒有立法，二對造假用假的機構沒有制裁。我不能再相信你們了。」一次次的較量，已把她打造成戰士。

在第一次下崗時，許多海外的親友勸她出國，別跟醫療腐敗抗爭了，甚至還幫她找好了工作，到媽媽一位同學的診所裡當醫生。她執著地說，出國容易，海外有那麼多親戚，隨時都可以走。可是，中國不強大的話，你跑到天堂又怎麼樣，還不是受人欺辱？20 世紀 50 年代，華僑在印尼受到了慘無人性的迫害，一位華僑不是只穿著一隻鞋子跑回祖國的嗎？

中國要想強大，想要建設一個和諧的社會，醫療腐敗不解決怎麼行？

醫療腐敗那不是某個人的問題，那是整個醫療體系和制度的問題。她清楚地意識到：「醫療器械企業製假，醫院用假，醫生為病人作假治療，這已成為一種潛規則。在醫療系

統中，這個過程幾乎就是各方牟取利益的流程圖。」對手太強大了，那不是某個醫院，某些醫生，而是一個龐大的利益聯盟，是有錢的造假廠商、有名望的專家、有權力的官人，還有那些藉用假器械撈錢的醫院領導和醫務人員。她一個沒權、沒錢、沒地位、沒了工作的醫生，一位跟女兒相依為命的弱女子，何以能與之抗爭？

通過一次次的上訪，她總結出了上訪的要件：上訪要具備專家的頭腦，無賴的臉皮，運動員的體魄，還需要有足夠的財力。對於她而言，除了清醒的頭腦之外，其他都不具備。

有人說，這是陳曉蘭一個人的戰爭；有人稱她是中國的唐‧吉訶德。在海外的弟弟很體貼姐姐，出錢給她請了一位保姆。那位從農村來的保姆在她家幹了不長時間，知道了陳曉蘭在做什麼之後，說，陳醫生那是拿石頭砸天……

在一次上訪中，一位官員很直率地問她，現在像你這樣的醫生還多不多？

「我從來沒有孤獨過。」她坦率地回答。是啊，她憑著一個醫生的良心，為全國老百姓做事，怎麼會孤獨？

陳曉蘭說，「我得到過不少人的支持和幫助，其中有醫生、記者、親戚、朋友，是他們給了我勇氣和力量。」在她要去上海市醫藥管理局舉報「光量子」時，跟一位醫藥管理局的離休幹部打聽路，老人先是勸她不要管，那事很複雜。她堅持要去，老人就搖著頭把醫藥管理局的地址寫給了她。

當她走出很遠時，老人託人追上她，捎話說，讓她去找某處長，這個人還比較正直。一次上訪時，接待室門前排著長龍，很多人都是前一天就來排隊。聽說她是為老百姓反映醫療腐敗問題的醫生，人群中讓出了一條路，大家紛紛把她讓到前面。在北京，一位陌生的老闆聽說她的事後，不僅幫她找一家便宜旅店，而且還叮囑旅店老闆，她是一個好醫生，你要保護好她。中專和大專自考班的同學，還有同學的家人、朋友和病人都幫她搜集各醫院的醫療腐敗的證據。一位博士生導師、醫療器械專家對她說：「你咬咬牙再頂一下，我們大家支持你。看病的事兒，我們替你做，舉報醫療的黑幕沒人能取代你啊！」一位朋友幫她在網上建一個主頁：「一個有良心的醫生——陳曉蘭醫生主頁」。一進入這個主頁，你就會發現她感動了多少人。許多人在網上留言，說她是英雄，真正的醫生，對她敬佩得五體投地；有人堅決支持她，願意為她提供幫助……

可是，在這個世界上，有多少人會相信陳曉蘭能贏得這場戰爭？

可是，她是一位醫生，一位真正的醫生。在醫療腐敗面前，她是沒有任何退路的，要像《英雄兒女》中的王成一樣與陣地共存亡。「你是醫生，患者不懂，你懂，你要保護他們的權利。」媽媽的遺囑，她不能辜負。

「第一，我不能放棄，我放棄了就沒人替病人說話了；第二，我不能輸，我輸了，全國的老百姓就都跟著輸了，那

些假的醫療器械、假的治療就要在醫院存在下去,全國的病人就要被其盤剝和戕害。」她把反醫療腐敗的重點放在假冒器械上。

那些造假的廠商對她恨之入骨,有人囂張地說,如果不是李葵南在前邊擋著,幾個陳曉蘭都讓她閉口。有些官人對陳曉蘭怕得要命,他們無法預料她能把他們的「天」砸出多大的窟窿。某區衛生局要求下屬的各醫院要像解放初期全民「防奸防特」那樣嚴加防範陳曉蘭,許多醫院還向醫生護士介紹陳曉蘭的長相和身高。上海市衛生局一位領導在寫給上海市委、市政府的信中說:「建議有關部門對原虹口區廣中地段醫院陳曉蘭醫生扭曲事實真相,混淆視聽的行為予以訓誡。」市藥監局的某位官員對採訪、報導過陳曉蘭的記者說,「陳曉蘭裡通外國,她找外國記者反映……」還有一位官員呼籲,對陳曉蘭要進行政治定性。那些有醫術沒良知的醫生,甚至於既沒醫術又沒良知的醫護人員,對她怨恨不已,稱她是醫療界的「叛徒」,一時間各種勢力黑雲壓城似的襲向陳曉蘭。

「我的原則是中國人的事情,中國自己解決,不可能找外國記者的。」她說。可是,這聲音太弱了,弱得遠遠不如媽媽當年站在樓下,腰彎成 90 度的呼喚聲。有誰能聽得見呢?

那些人會不會找什麼藉口對我進行迫害?她跑去找媽媽的同學、解放前曾是中共上海地下黨、解放後曾擔任過領導

幹部的王伯伯。王伯伯勸她，你要把所有證據存放到外灘的
銀行裡去，或者放到我家。否則，他們把你抓起來，搜查你
的家，把所有證據收走了，最後頂多給你賠禮道歉，賠償你
點兒錢。你要避開這場災難……

　　我又沒幹壞事，為什麼要躲起來？她心情灰暗地回到
家，揮筆給主管醫療的市長寫了一封信，要求市領導安排人
直接跟她談話。

　　主管醫療的市長安排市長辦公室主任、信訪辦主任接待
了她。他們告訴她，市裡始終在關注她的情況……

　　儘管那些人不能把她怎麼樣，可是在這場實力懸殊的較
量中，她怎麼能夠勝出？從反抗醫療腐敗那天起，她的處境
極其被動，歷經11個月的檢舉揭發，「光量子」被禁止了，
可是它的替代產品——「鼻激光」和「光纖針」出現了；她
把「鼻激光」舉報停了，「靜舒氧」、「傷骨愈膜」又出現
了，假冒器械層出不窮……表面看，陳曉蘭獲勝了，實質上
卻敗了，病人不受這個騙了，就受那個害，病人的權益根本
沒法得到保護。在這麼一種適合醫療腐敗滋生的環境裡，別
說中國只有一個陳曉蘭，就是有十個、百個陳曉蘭也無濟於
事啊！

　　在鬥爭中，她漸漸明白一個道理，假冒醫療器械之所以
能夠在醫院猖獗，其根本原因是：在中國買賣假幣、假煙、
假酒、假藥都是犯罪，而製造和使用假劣的醫療器械卻不是
犯罪。她決計進京，向衛生部、國家藥監局反映，呼籲為醫

療器械立法。有人勸她不要外出，勸她要注意人身安全，以防那些人狗急跳牆，對她下毒手……

　　2003 年的一天，陳曉蘭登上了開往北京的列車。她剛爬到上舖，整理好自己的舖位，一位陌生男子敲著她的舖位，用一種不容商量的口吻讓她下來。

　　「下來幹嗎？」她以為對方找錯了舖位，「你把你的票仔細看看呀，這是我的舖位啊。」

　　他仍然堅持讓她下來。他身材高大，可以平視上舖的她。接著又過來三四個男子，要取下她的旅行包，讓她下來。

　　她制止他們動她的東西，並要他們出示車票。他們說，X 在下面等她。

　　「我也不找 X，我下車幹什麼？」她明白了，他們是怕她進京上訪，想把她攔下。

　　「就是她，就是她！」又有許多人跑了過來。周圍的旅客也聚攏過來，有人讓那些男子出示證件。他們拒不出示，只是讓她下車。正值相持不下之際，她認識的官員 X 跑過來。

　　「陳醫生啊，我們可找死了。好好，回去吧，回去吧。」X 説。

　　「我又不找你，跟你回去幹什麼？我是醫生，我要把所發現的有關醫療器械方面的腐敗向國家藥監局反映情況。」1999 年 4 月，「光量子」在上海被禁用後，上海藥監局沒有

向國家藥監局反映,「光量子」在其他地方仍然泛濫。她給國家藥監局寫過信,發過傳真,可是一直沒有答覆。

「回去吧,上海能解決。」他說。

「我在 1997 年就反映假冒醫療器械的問題,到現在一沒有立法,二對造假用假的機構沒有制裁。我不能再相信你們了。」一次次的較量,已把她打造成戰士。

「走開,走開,不要影響我的工作。」列車員走過來說。那些人很無奈地下車了,列車員悄悄地拉一下她的衣角。

那些人不甘心地站在月臺威脅道:「陳曉蘭,你到不了北京!」

「我一定能夠到北京,而且還能到國家藥監局!」她回應道。

列車駛離了上海,滑入了夜幕,驀然,莫名的恐懼襲上她的心頭,父母去世了,親屬大部分在海外,萬一自己出了意外,誰來接替自己?那些歷經千辛萬苦收集的證據交給誰?還有,女兒託付給誰?近來,經常有素不相識的人問她:「你女兒好嗎?」她很驚異,也很敏感,他們怎麼知道她有個女兒?女兒過去很支持她,覺得她很偉大,為她而自豪。一次,女兒在公車讀到一篇關於她的報導,當讀到她為了取證竟然「以身試針」時,女兒放聲大哭起來。回到家,女兒摟著她哭著說:「媽媽,假冒偽劣的醫療器械層出不窮,你是抵擋不住的。媽媽,你不要再管了……」

　　陳曉蘭打電話給一直支持她的同學倪平：「如果我有不測，你一定要接替我幹下去。」倪平是全國「五一勞動獎章」獲得者，安徽省「三八紅旗手」，她非常爽快地答應了。陳曉蘭就把證據存放在哪兒都一一交代清楚了。接著，她又給王伯伯打電話，如果她回不了上海，請王伯伯幫忙做幾件事。這位可愛的老人多次為她的事去找市長，他曾經跟市長說：「我用黨性擔保，陳曉蘭是沒有私心的。」當老人聽完陳曉蘭的話後，堅定地說：「曉蘭，放心吧，你做的事，我老頭子一定會接著做下去的……」那夜，老人幾乎未眠，一會兒一個電話打過來，他勸她說：「曉蘭，下車吧，你的爸爸媽媽都不在了，你要聽伯伯的話，伯伯不想讓你發生任何意外……」他說，他有責任替她的父母保護好她，要她趕快下車，換一列車進京。陳曉蘭被說服了，去找列車員索票下車。這時，列車上的人知道了她就是那位同醫療腐敗決一死戰的醫生。列車員勸她不要下車，乘警對她說，陳醫生，你在我們列車上是絕對安全的。周圍鋪位的旅客爬起來了，要保護她的安全……

　　列車駛入北京站，還沒停穩，乘警就護送她下了車。當她走出車站時，身後的旅客還都沒跟上來。

　　第二天，倪平趕到北京，特意來保護陳曉蘭。在第三天，當她們要去國家藥監局時，發現了跟蹤者，那是一個男子。倪平亂了方寸，她們身帶重要證據，萬一被劫，那麼就無法去藥監局舉報。最後，她們分開，幾經周折，甩掉跟蹤

者，分別趕到國家食品藥品監督局（SFDA）。那天是局長接待日，一位副局長接待了她們⋯⋯

年過古稀的舅媽帶著沉重的藥液離開了人世，在沒有尿的情況下，醫生給她輸入 19 公斤的藥液，這讓她怎麼排出來？她怎麼會不死，脹也把她給脹死了。大輸液中的病人會帶來什麼？

年過古稀的張印月躺在病床上，臉色蒼白，雙目緊閉，渾身插滿管子，嘴裡還插著一支塑膠注射器，血水順著嘴角流下來，本來枯瘦的身體卻像充足氣的皮球——鼓脹脹的⋯⋯

2005 年 9 月 21 日晚，陳曉蘭接到表哥張怡打來的電話後，趕到上海某三甲醫院，看到的就是這一情景。張印月是她的舅媽，三天前老人因感染性休克被送進醫院搶救。老人出現心跳、呼吸和腎臟三項功能衰竭，經過一天的搶救，病情有所緩解，轉入急診住院部。

陳曉蘭當了 30 多年醫生，從來沒見過這種把注射器插入病人的嘴裡的搶救方法。醫生解釋說，呼吸機沒牙墊，他們發現用注射器代替效果挺好，於是就在院內推廣起來。看來他們頗具「創新」能力。呼吸機怎麼會沒有牙墊？陳曉蘭提出要看看產品說明書，說明書是醫療器械使用的法定依據。他們卻推說找不到了。

　　突然，醫生發現老人的血壓還有，呼吸還在，心電監護器上那條波動的曲線似乎被一種神秘的力量扯平了，怎麼會出現這種怪現象？醫生立即組織搶救。在「叭叭」的電擊中，老人的身體上下跳動。家屬看著老人被這般折騰，萬箭穿心。忽然，醫生停止了電擊，原來老人的心臟並沒有停止跳動，是心電監護器的導線被碰掉了。導線接上了，那道可愛的波動曲線復現了。這是多麼低級的錯誤，會有心跳停止，血壓和呼吸依然還存在的現象嗎？醫生怎麼退化到了只會看儀器，不會摸脈搏的地步？

　　「這種搶救藥在短時間內注入體內才有效，怎麼能選擇輸液？你們把藥放進 500cc 溶液中，那得什麼時候輸完？」陳曉蘭問道。

　　「我放了 10 支藥，肯定能達到療效。」醫生說。

　　「這樣就超劑量了，我舅媽還能醒過來嗎？」

　　「你們以前的醫生不懂，我們現在……」

　　「你懂什麼？臨床經驗是積累出來的，不是讀出來的。對腎衰的病人，你一天就給她輸液 6000cc。3000cc 就足以把她的所有血管脹開！在病人尿少和無尿的情況下，輸液要有所限制，用量應該是前天的出量再加 400-500cc，否則液體進去後，怎麼出來？脹也把病人脹死了。你這是治病嗎？你的目的就是把所有的藥都給輸進去，然後跟家屬收錢。家屬花錢的目的是搶救親人，你各種藥超劑量地都給她輸進去，她不是死於這種藥，就是死於那種藥！」陳曉蘭氣憤地

說。

老人住三天醫院，花了 8645.62 元，其中藥費 5591.46 元，治療費 460.34 元，化驗費 934 元。在搶救中，醫生給老人開了七支泰能亞胺培南（其中有三支不知去向），每支 218 元。在泰能藥品說明書的注意事項一欄明確說明：「過敏、嚴重休克或心臟傳導阻滯者禁用。不用於腦膜炎治療。腎功能衰竭時須調整劑量。」陳曉蘭認為，在舅媽住院搶救的三天，最能體現醫生技術水準和價值的花費只有 34 元。醫生卻認為：「對於她這種病人來說，這是個很一般的數字。」是啊，難怪病人不敢進醫院。

陳曉蘭請醫生檢查舅媽的瞳孔。沒想到，在這家現代醫療設備齊全的三甲醫院居然找不到一隻常用的診療用具——手電筒。陳曉蘭只好從手袋中取出手電筒遞過去。陳曉蘭已發現舅媽瞳孔擴散，對光反射已經不存在，手腳出現大片淤血，實際上已經死亡，心跳和呼吸之所以還有，那是在呼吸機與藥物作用下的一種假像。

「擴散沒有？」她問。

「沒看到邊緣。」醫生說。

這是什麼話呢？瞳孔擴散還是沒擴散，病人死了還是沒死，連這一點都判斷不出來嗎？陳曉蘭要求撤掉呼吸機。醫生說，只要病人心臟還跳就不能撤，要撤需要徵得上海市醫保局的同意。荒唐！陳曉蘭撥通醫保局的電話，得到的答覆是：我們不可能作出這種規定。

「你在撒謊。醫務人員是不能撒謊的！」陳曉蘭氣憤地說。

「我記錯了，是我們醫院的規定。」醫生說。

「你們哪位院長規定的？你講吧，我可以打電話問。」

「不不，是我們科主任規定的。」

「你們科主任我認識。」陳曉蘭說。

醫生不吱聲了，只好同意撤下每小時收費 8 元的呼吸機。當醫生拔掉插在張印月嘴裡的注射器時，鮮血和血塊從嘴裡噴湧而出。這又是陳曉蘭從來沒見過的現象。醫生解釋說，這是病人牙齒出的血。可是，她滿口的假牙，難道假牙也會出血？

老人死了，在醫院走完了最後的旅程。在去世的前五天裡，老人的尿量只有 40 毫升。可是在最後這三天裡，醫生給她輸液 1.9 萬毫升（約 19 公斤）。她是背著沉重的藥液離開人世的。

在 SFDA 的藥品法則裡寫著，100 毫升以上的輸液叫大輸液。國際醫生的用藥原則是：能口服的不肌注，能肌注的不靜脈注射和輸液。可是，在經濟利益的驅動下，大輸液卻成為當今醫生的首選。醫學專家認為，「輸液產品是直接進入人體血液的藥品，哪怕將 0.05 毫米直徑以下的不溶性微粒帶入人體，微粒也不會被排出，能造成靜脈炎、肺動脈炎、肉芽腫、栓塞等，滅菌不徹底的藥品還會造成中毒甚至死亡。」在國外，大輸液前需要病人和家屬簽字，病理科主任

簽字，藥劑科主任簽字。

在 80 年代中期，中國大輸液的產量只有 3 億瓶。據有關資料顯示，2003 年，中國大輸液的產量已達到 32 億瓶。「其中，一種新型包裝的大輸液產品，國內製藥企業一下子從國外引進了 37 條生產線，此外還有 10 多條生產線正準備投產。」大輸液成為中國製藥行業 5 大製劑之一。

「據世界衛生組織 2000 年的估計，全球每年人均注射 3.4 次，其中不安全注射的比例高達 40%，造成全球每年有 2170 萬人感染乙型肝炎，在新感染病例中占 32%；使 200 萬人新感染丙型肝炎，占新感染病例總數的 40%；使 26 萬人感染愛滋病，占新感染病例總數的 5%，在南亞，這一比例可能已高達 9%。另外，肝癌的 28% 和肝硬化的 24% 也可歸因於不安全注射。全球每年死於不安全注射的人數達 50 萬人。在全球，不安全注射使 130 萬人提早死亡，其中我國占 29.4%；造成 2600 萬壽命年的損失，直接醫療費用達 5.35 億美元，我國占 26.5%。」流行病學家、計畫免疫學家王克安說：「在發展中國家，每年大約有 160 億次各種注射，其中 95% 以上用於治療目的，約 3% 為免疫預防注射。據報告，70% 用於醫療目的的注射或是不必要的，或是可以通過口服途徑給藥代替的。」

陳曉蘭認為，大輸液的泛濫也是一種醫療腐敗現象。她正在收集有關大輸液的證據，準備向國家衛生部反映。

醫療腐敗如同從高山上滾下來的雪團，它越滾越快，越

滾越大，呼嘯著向病人的頭上砸來。如果説陳曉蘭父母的死是醫生的失職的話，舅媽的死則有點謀財害命的味道了。那麼後邊發生的「哈爾濱天價醫藥費」、「瀋陽的敲骨吸髓事件」等震驚人寰的事件則是醫療腐敗的「深入發展」。

醫療腐敗日益猖獗了，如制止不住將會出現雪崩，給中國的百姓帶來巨大的災難！

打假應該是政府的行為，是你們的不作為才導致假劣醫療器械泛濫成災，才逼迫她這位醫生下崗失業，耗七八年的寶貴時間去舉報啊！

「陳醫生，您又來反映問題了。」在 SFDA 的電梯裡，官員們跟陳曉蘭打招呼。她已經進京 34 次，SFDA 的門檻已被她踏平了，跟這裡的人也都混熟了。有時，她需要複印資料，不用像那些上訪者滿大街找複印社，在他們的辦公室就複印了。

「來了。」她回答道。不來怎麼辦？問題沒解決，偽劣醫療器械還在全國各地泛濫。

「在醫療器械領域，唯一執行的法律依據是《醫療器械監督管理條例》，可是，在這一條例中卻沒有對假冒偽劣醫療器械進行定義，也沒有相關的處罰條款。生產醫療器械的企業應該對其產品負責、承擔後果，不能只取利潤，不承擔風險，一邊行賄，一邊造假。另外，應該把在醫療機構內通

過醫療服務達到欺詐目的的案件，從普通的醫療糾紛、醫療事故中剝離出來，追究其刑法責任⋯⋯」這種話，她不知在 SFDA 說過多少遍。

「陳醫生，這些問題你最好到衛生部反映，讓他們解決。」一位 SFDA 的官員對她說。他是球技精湛的「足球門衛」，不論什麼問題都能擋在球門之外，或把它踢回，或傳給他人。

「不，不。到衛生部只能反映醫風醫德的問題，醫療器械的註冊、銷售、使用都歸你們藥監局管。你們的權力很大，連醫療器械的說明書都歸你們管。可是，你們連說明書都沒管好。幾乎所有醫療器械的說明書上都寫著『或遵醫囑』。遵醫囑意味著什麼？那就是醫生想給病人怎麼用就怎麼用。這樣，說明書還有什麼用？」她可不是一般的中鋒，不僅進攻性極強，而且對各部門的職責瞭如指掌。

她來到 11 層 01 辦公室門口，輕叩兩下，隨即推門而入。一位胖胖的、臉色黧黑的官員坐在一張大大的辦公桌前。他衣著樸素，看上去有幾分憨厚質樸，身後聳立一面共和國國旗，桌上插著袖珍國旗。他就是 SFDA 的醫療器械司司長郝和平。自 SFDA 成立，他就出任這個司的司長，在醫療器械領域是位呼風喚雨的人物。前不久，他還榮獲「中央國家機關防治非典型肺炎工作優秀共產黨員」的稱號，是中央國家機關工委表彰的 58 名共產黨員之一。這位司長並沒有因為她的貿然闖入而表現出不快，熱情地讓她坐下。她在

他的對面坐下，再次向他反映情況。他似乎在聽，可是對她既不反駁，也不首肯。她講累了，口乾舌燥了，停下來，望他一眼就把目光轉向了他身後的國旗。郝和平啊，你怎麼也應該對得起這面國旗吧！

郝和平這人很平易近人，不論陳曉蘭說什麼或怎麼說，都不慍不惱。不過，她是不說白不說，說了也白說，這位執掌醫療器械行政審批大權的官員這耳聽那耳冒。他可不像那些手下的小官吏去擋你的球，而是敞開球門讓你猛勁兒踢。當你踢完之後，汗流浹背地坐在地，再看一眼球門，立馬就傻掉了，裡邊空空如也，踢進去的球早已沒了蹤影。你還會爬起來繼續踢嗎？陳曉蘭卻踢了下去，她是一位百折不撓、執著不已的中鋒，一次次去攻郝和平的球門。

「司長的辦公室，你怎麼可以隨便亂闖？」SFDA 有人不滿了，指責她道。

「我反映的是人命關天的問題，應該他管他沒有管好，我怎麼就不能進去跟他說？再說，我已經象徵性地敲兩下門了。」她理直氣壯地說。

在 SFDA，陳曉蘭不僅只找郝和平，還先後跟四位副局長反映了八次問題。一次，一位副局長聽完她反映的情況後，讓身邊的郝和平和另一位司長把手機號碼告訴她，以便聯繫。這有何用？當面反映都解決不了，在電話裡談能解決嗎？儘管如此，她還是很感激那位副局長。

衛生部下文了，在全國範圍內取締光量子。可是，廠家

還在成批生產，一箱箱光量子銷售到全國各地，在一些醫院它還是主打治療。陳曉蘭專程去北京，要求 SFDA 撤銷「光量子」的註冊證號。郝和平不作為，他手下的官員說：「既然衛生部已經取締了，那麼就讓它自生自滅吧。」

「你們不撤銷它的註冊證號，它就是合法的醫療器械，生產廠家就要繼續生產，醫院要繼續使用！」陳曉蘭說。

可是，她人微言輕，球踢進去了，算不算數，官員們說了算。他們想管就管，不想管她又奈何？

在一次 SFDA 局長接待日，一位副局長端坐在會議圓桌的上首，身邊圍坐著郝和平和其他司的司長，陳曉蘭坐在圓桌的下首。當副局長聽完她所反映的「光量子」等醫療器械的情況後，當即給郝和平佈置了五項任務。

「以醫療器械司為主，以市場司為輔，根據陳醫生提供的證據，召開專家論證會。專家由 SFDA 和陳醫生分頭請，雙方數量相等。」副局長說。

「我不是專家，只不過是名臨床醫生。」陳曉蘭說。

「不，你就是這方面的專家。」副局長肯定地說。

陳曉蘭長長喘口氣，這次沒有白來，問題終於得到了解決。沒想到，郝和平一出門就把五項變成了兩項，到了下邊的處室兩項變成了一項半，副局長的指示還沒出 SFDA 就流失了 70%。

專家論證會終於召開了。郝和平沒有讓陳曉蘭去請跟她觀點一致的專家，而是在開會的前三天才通知她參加會。她

打的是一個人的戰爭，要孤軍對付那些專家和官員。為備戰，她連續 3 天帶著黃瓜和饅頭，跑北京紫竹院的圖書館去苦讀，去收集資料。

論證會開始時，在專家們面前，陳曉蘭不敢講話。聽北京的一位專家講某種醫療器械如何好，她憋不住了，對那位專家說：「您先等一下，不要說它好或是不好，如果您是中醫請告訴我，用這種器械治療半小時後，在望、聞、問、切上有什麼變化，比方一小時後脈搏有什麼變化，病人的舌苔是什麼樣的；如果您是西醫，請您告訴我，治療後血液的黏稠度是多少，列出伯努力方程式，把整個過程告訴我……」她說完，那位專家馬上坐下了，沒再發言。他並沒有因此而記恨陳曉蘭，在一次陳曉蘭沒有出席的論證會上，上海的某位專家攻擊陳曉蘭，說她是工人。這位專家拍案而起：「如果有像陳曉蘭這樣的工人，那麼我們這些專家就不必坐在這裡論證了！」

在討論光量子時，G 官員不准陳曉蘭提石英玻璃輸液器，因為它是藥監局註冊產品。陳曉蘭只好講氧加入生理鹽水或葡萄溶液中會有化學反應。G官員馬上對生產廠家說，「陳醫生對你們在鹽水和葡萄溶液中加氧有意見，你們能不能在說明書上不加那些文字？不加就不加了。」似乎他是他們的老闆。

陳曉蘭接著說，用紫外光照也不對。

「那麼把紫外光照射那部分的文字也改了。」G 官員

說。

「Ｇ官員，你這樣講就不對了。光量子就是由這些組成的。這就像一幢三層樓房，你不要一樓，也不要三樓，那麼那幢三層樓房還存在嗎？」陳曉蘭不快地說。氣氛頓時緊張了。

「陳醫生，你打這個比方我聽不懂。」Ｇ官員瞪著她說。氣氛有點兒劍拔弩張了。

「是啊，你現在聽不懂，回去琢磨琢磨就明白了。」她毫不讓步地說。全場寂然，時光似乎凝固，不再流淌。那畢竟是高層的論證會，與會者見過的世面多了，沉寂很快就被劃破。

「你不是有乳腺癌嗎？為什麼不用『光量子』來治療一下？你說它好，你自己不用讓別人用，你只能誆人家，誆不了自己。」當一位專家大談特談光量子好時，陳曉蘭忍不住質問道，流淌的時光又停頓了。

「她那癌症跟別人的不一樣。」有人打圓場說。

「有什麼不一樣？癌就是癌，跟癌不一樣那就是瘤了？」陳曉蘭想，你不要耍花樣，以為別人低能！

當論證光纖針時，Ｇ官員又喋喋不休地大講光纖針效果如何好。

「你不是有糖尿病麼？光纖針不是能治糖尿病麼？你為什麼就不試試呢？」陳曉蘭質問道。

「哦哦，我不試，我不試。」Ｇ官員把腦袋搖得跟撥浪

鼓似的說，在場的人都忍俊不禁了。

「你明知道那東西根本就沒有療效。你自己不用，卻讓全國的病人用！」陳曉蘭一針見血地指出。G官員尷尬地閉上他的嘴巴。

她對國家藥監局越來越不滿，對郝和平這種欺上瞞下的作為越來越深惡痛絕。醫療器械司的職責是起草有關國家標準，擬訂和修訂醫療器械、衛生材料產品的行業標準、生產質量管理規範並監督實施；負責醫療器械產品的註冊和監督管理；負責醫療器械生產企業許可的管理；負責醫療器械不良事件監測和再評價；認可醫療器械臨床試驗基地、檢測機構、品質管理規範評審機構的資格；負責醫療器械審評專家庫的管理；負責對醫療器械註冊和質量相關問題的核實並提出處理意見等。陳曉蘭懷疑郝和平等SFDA官員與醫療器械生產廠家、藥品生產廠家有著千絲萬縷的聯繫，甚至在某種程度上已形成利益的共同體。他們是故意不作為，利用相關條例的漏洞牟利。

一次，她對SFDA的一位副局長說，郝和平陽奉陰違，在監管上不作為。事後，SFDA的一位官員說，「你老告郝司長的狀，說他的壞話，這不對。要知道郝司長多次幫你的忙，開第二次光纖針的論證會時，你們上海的專家都攻擊你，有人說你是工人。郝司長用手指叩著桌面說，你們不要這樣評價陳曉蘭，我們是用納稅人的錢請你們到北京來開會，要論證的就是陳曉蘭提出來的問題。我接待過許多上訪

者，只有陳曉蘭不是為自己，她沒有私心，為的是病人利益。」

難道郝和平說她好，她就得說郝和平好嗎？中國醫療改革 20 年，「光量子」泛濫了 15 年，老百姓的數以百億的救命錢被它吞噬掉了，無數家庭被害得傾家蕩產，家破人亡，這能說跟郝和平這位 SFDA 的審批大員、醫療器械司的司長沒有關係嗎？

「絕對的權力導致絕對的腐敗。」陳曉蘭總結的是，SFDA 有 100%的權力，卻沒有任何責任；衛生監督管理局有 95%的權力，只有 5%的責任；醫療保險局只有權力，而沒有責任。這樣怎麼會不導致醫療腐敗，醫療改革又怎麼可能成功？

一次，陳曉蘭去 SFDA，經常接待她的官員大都不在。

「那幾位去哪了？」她問一位熟悉的官員。

「有出國的，有去獻血的。」那位年輕的官員說。

「那你怎麼沒去？」她奇怪地問。

「我才不去呢，那麼髒。」官員說。

這句話猶如搬起石頭砸在她的心，你們是監管醫療器械的權力機構啊，知道那些醫療器械髒，自己不去用，可是你們卻眼睜睜地看著全國的病人用。我的爸爸媽媽用的就是這些髒的醫療器械啊。她的心碎了，淚流滿面地走出 SFDA 的大樓。

她頂著寒冷的西北風，淚流滿面地走在街上。從 SFDA

到旅館只需 10 分鐘的路程，她卻轉悠兩個來小時。她傷心啊，委屈啊，打假應該是政府的行為，是你們 SFDA 的職責，是你們的不作為才導致假劣醫療器械泛濫成災，才逼迫她這位醫生下崗失業，耗七八年的寶貴時間去舉報！她在沒有工資，沒有醫保的情況下，為舉報假劣醫療器械花去了近 10 萬元錢。為節省幾個錢，往返於京滬她儘量坐慢車，一次從北京回上海，她站到濟南，腳腫得站不住了，狠狠心補了一張上舖，僅僅因為上舖便宜那麼幾元錢，年過半百的她要爬上爬下。她喜歡清潔和安靜，剛進京上訪時，她住的是 280 元的賓館標準間，後來降到 100 元的普間，後來降為 30 元的地下室。

這次，她原打算在京待 3 天，沒料到要找的官員出國了，她只好等了 10 天。帶的盤纏越花越少，她只好天天啃饅頭喝開水，甚至連 3 元錢的澡都不洗了。最後，只剩下買一張返程硬座票的錢了。可是，她一次次地跑北京，有多少次是有效的、是對那些官老爺那麻木、冷漠的心靈有所觸動的？有多少次是無效的，是勞民傷財的呢？她的淚越流越多，臉頰沙得難受。她感到自己無法面對死去的父母和支持她的女兒，也無法面對自己，還有那些病人。眼淚哭乾了，她回到旅館。她不願意讓旅館的老闆知道自己哭了。那位老闆聽說她是為舉報醫療腐敗而進京的，對她非常照顧，30 元宿費只收她 20 元。

她舉報的那些偽劣醫療器械，多數都是在藥監局註冊

的，在產品鑒定書上有專家簽名的。難道那些專家不學無
術，還是藥監局的官員被矇騙了？

　　2005 年 6 月，SFDA 的局長被免職。7 月的一天，陳曉
蘭去 SFDA 時，一位官員歡欣地告訴她：郝和平因涉嫌商業
受賄被刑拘。陳曉蘭沒有感到大快人心，而是感到了沉重。
2001 至 2004 年，經 SFDA 註冊的境內醫療器械產品平均每
年高達 7370 種。2004 年，美國食品和藥品管理局僅批准了
52 種使用新技術的新醫療器械，公佈了 3365 種使用現有技
術的醫療器械。在每年註冊的 7300 多種醫療器械中，哪怕
其中僅有一兩個偽劣產品，她就是一輩子也舉報不完！

　　6 個月後，SFDA 的藥品註冊司司長曹文莊等官員被「雙
規」，隨即被正式批捕。醫療器械註冊和藥品註冊是 SFDA
的兩大「主業」，隨著兩位行政審批大員的被捕，引發了一
場地震。陳曉蘭對北京市西城區檢察院的檢察官說，郝和平
等貪官不僅是經濟犯罪，更重要的是瀆職！他們放棄國家和
人民的利益，坑害了全國的百姓！

　　2005 年 9 月 5 日，SFDA 局長接待日，這次只接待陳曉
蘭一個人。一位副局長繞過長長的會議桌走過來，跟她握
手，真誠地說：「感謝你這 8 年來的堅持！」這是陳曉蘭第
9 次參加 SFDA 局長接待日，也是她第 32 次赴北京反映醫
療器械問題。這次她反映的是「靜舒氧」的問題。

　　「靜舒氧」這東西太有誘惑力了，就像一條傳送帶，這
邊放上它，那邊就傳過來一捆一捆的百元現鈔。陳曉蘭卻把

傳送帶割斷，將「靜舒氧」打入地獄。她冒著生命危險來到Y省。

她被一些人圍困在醫院……

陳曉蘭第一次見到被稱為「靜舒氧」的東西，是在上海一家醫院的高幹病房。那是一個綠色的塑膠小瓶，與之配套的是一根長長的針。據說這種東西很神，可以在呼吸系統之外，為病人「再架一條給氧通道」，「在病人輸液的同時使氧氣直接溶解到液體中，以溶解氧的形式直接供給組織利用，減輕組織缺氧，即內給氧，再配合吸氧，從而達到治療各種缺血缺氧性疾病的目的。」

陳曉蘭的同學L的父親接受的就是「靜舒氧」治療，在那次的2600多元治療費中，有2100多元被它吃掉了。他是具有相當級別的離休幹部，這些開銷由國家買單。

L和母親都是醫生，她們對「靜舒氧」表示懷疑，請陳曉蘭去看看。

「這肯定是個騙局。按生理學原理，氧氣吸入人體與紅細胞化學結合後，通過動脈和人體組織進行氣體交換。氧氣直接輸入靜脈怎麼能提高血氧飽和度？高氧血在靜脈裡是否會引起血管壁氧化脆性？」陳曉蘭說。

於是，L跟護士長說，不要再給父親使用「靜舒氧」了。

「沒事的，反正也不要你們出錢，給他用用也沒關係。」護士長堅持要用。

「我去買瓶敵敵畏請你吃，你吃嗎？我也不要你付錢。你肯定不吃，你知道有毒。可是，這種器械可能會對人體有害，你卻非要給人家用。」陳曉蘭氣憤地說。

可是，「静舒氧」是經過上海醫學會臨床試用准入論證的，五位專家均同意准入，無一人不同意。陳曉蘭在「静舒氧」的說明書上發現，那綠色塑膠瓶子裡充的根本不是什麼氧氣，而是潔淨空氣。可是，這潔淨空氣卻比氧氣還昂貴，一小瓶 37 元。

陳曉蘭一次次赴京向 SFDA 反映，在她的不懈努力之下，2005 年，SFDA 終於下文嚴肅查處「静舒氧」。她以為這下「静舒氧」可以壽終正寢了，不能再坑騙病人了，沒想到這時，她接到了 Y 省的醫療器械銷售主管 S 的電話。

S 說：「如果不是你舉報，在 2006 年全國每個病人在輸液時都會掛上一瓶『静舒氧』。你截斷了那些人的財路，他們恨死你了。不過，我卻認為你很偉大。」

「我沒有你們想像那麼偉大，我是一個很平凡的人，在不知深淺的時候，覺得是對的就跨了一步，沒有去想跨出去的那隻腳能不能站住，所以每一步都跨得挺艱辛。」她實事求是地說。

S 說，他們給省裡的兩位主管官員 20 萬元。可是，在論證會，七位專家卻沒有一人同意准入。他們原以為用 20 萬元搞定那兩個官員，讓那官員把專家搞定。沒想到，官員沒把錢分給專家。專家也不過是聾子的耳朵──擺設。他們

不簽字「靜舒氧」照樣進入了 Y 省。他說，Y 省的「靜舒氧」除了 7 臺之外，都是經他的手賣出去的，總共 600 多臺。

他說，他早就知道「靜舒氧」是騙人的。一次，他到下邊給當地的官員和醫院的頭頭送回扣，在那裡見到一對年邁的村民。老太太患有心臟病，老漢好不容易湊了百八十元錢，陪著她去看病。結果，醫生就給老太太開了兩針「靜舒氧」。老漢滿懷悲淒地說：「70 多元錢就扎這麼兩針，還不知道能不能治好，這針咋就這麼金貴呢。」老頭說著說著就老淚橫流。老人的話像巴掌似的打在他的臉上，S 轉過臉去，哭了。這哪裡是推銷器械，這是在作傷天害理的勾當啊！他決心洗手不幹了。

可是，「靜舒氧」太具誘惑力，就像一條傳送帶，這邊把它放上去，那邊就傳過來一捆一捆的百元現鈔。廠家以每針 6 元錢的價格賣給他們，他們以每針 23.17 的價格賣給醫院。他想，我不推銷「靜舒氧」別人也會推銷。對那些病人來說，又會有什麼不同呢？再說，我們這些人不從這些病人身上賺錢，從誰身上賺呢？於是，他又做了下去。

一天，在外地的母親來電話說，她病了，在醫院扎了幾針，很貴。他問媽媽，那針是什麼樣的？媽媽說，有一個綠色的塑膠瓶，還有一根長長的針……他立馬明白了，那就是「靜舒氧」。他叮囑媽媽千萬不要再扎那種針了。放下電話，他一拍大腿，真是報應！他推銷的「靜舒氧」用在了他

媽媽的身上。後來,「靜舒氧」給央視曝光了,他也就從醫療器械公司辭職了。

「Y省的一些地方還在用『靜舒氧』,尤其是C地區。不過,你千萬不要來,他們跟黑社會有聯繫。」

可是,不去就沒有證據,沒證據就不能舉報,不舉報「靜舒氧」就要繼續坑害那裡的病人!

2006年3月,陳曉蘭來到 Y 省的省會,隨同她前往的是央視的三位記者。

在賓館入住後,她就給S打電話。他很快就過去了。她說,還有兩位朋友,想一起聊聊。他說,不是兩位,而是三位,你們一起來了四人,一位住在外邊,兩位跟你住在賓館。入住後,你們調過一次房間。陳曉蘭驚呆了,突然感到有點毛骨悚然。

「在這裡,你不能出去,否則會有生命危險的。你在央視是露過臉,網上還有你的照片,他們會認出你來的。」

「可是,我又沒傷害誰,我只想讓病人不遭受傷害。我又不想得到任何好處……」她望著 S 說。

「誰攔了他們的財路,他們就要幹掉誰。你千萬不要去C地。」

可是,陳曉蘭他們還是去了遠離省城的C地區。他們晝伏夜出,一天,晚上出來吃飯時,突然陳曉蘭心酸地說:「怎麼那些造假、售假、用假的人變得光明正大,我卻變得鬼頭鬼腦的。」

　　在要回來的那天上午，他們去了一家醫院。聽說，他們在使用「靜舒氧」，可是在醫院轉了好幾圈兒也沒見到。陳曉蘭只好故意弄髒手，然後跟護士借肥皂，趁機查看護士的工作間。幾個樓層都看過了，沒有發現。在準備撤離時，她提出去跟醫生打聽一下。記者連忙阻攔，那樣太危險了。她說，我們不能白來。

　　「我是從上海來的，想瞭解一下『靜舒氧』的情況，聽說你們一直在用。」她走進醫生的辦公室，對一位醫生說。

　　「我們醫院這個月沒有用。不過，上個月還在用。」那位醫生很誠實地說。

　　「那麼器械放到哪去了？」她問。

　　他帶他們去找護士長，護士長又把他們帶到辦公室，從工作臺下邊取出三臺「靜舒氧」。央視的記者急忙進行拍照。

　　「你是哪的，銷售公司的？」突然，護士長覺得有點不對頭了，問陳曉蘭。

　　「不是……」陳曉蘭本可以哼哼哈哈搪塞過去的，可是她不會撒謊。

　　「那你們是幹什麼的？把拍完的帶子都給我留下來！」護士長變臉了，說著掏出手機撥打了一通。片刻，從四面八方跑來很多人，把他們團團圍了。

　　「你們不交出帶子就別想出去！」他們兇狠地說。

　　這時，一位個頭很高、穿著黑衣服的男子走進來，一眼

盯住了陳曉蘭。原來他是這所醫院的設備科主任。

「我在前天的電視上見到過你。我已經通知供貨商了，他們馬上就到了……」

供貨商來了，這意味著什麼？

「你知道造假是違法行為，你通知他們來是什麼目的？那樣的話，我不僅要打110報警，還要給你們當地的藥監局和衛生局打電話報案！」陳曉蘭氣憤地說。

那位主任有點害怕了，因為他們用的「靜舒氧」不是從醫療器械採購部門購的，而是廠家直接送進醫院的。這是違規的。

「到這裡來的不是我們三個，外邊還有一幫記者。我們事先約定，如果11點鐘我們不出去，他們就要進來。」記者嚇唬地說。

最後，那些人無奈地讓開一條路，陳曉蘭他們終於逃離醫院，當天帶著證據乘飛機返回上海。

尾聲

傍晚，上海嘉定公墓，碑碣如林，萬籟俱寂，光陰恍若輟止。

陳曉蘭坐在墓前，沉浸在手捧的書中。夕陽輕撫她憔悴而蒼老的面容，在風兒的撩撥下，花白髮根鑽出來。夕陽帶走了最後一道光線，她站起來，深情地望著眼前那兩座墓：一座墓是爸爸的，一座是媽媽的。這裡是她心靈的家園，每

當心情煩躁時，她來陪父母坐一會兒，跟他們嘮嘮，在墓前讀一會兒書。

她從來不給父母燒紙，只給他們讀報讀刊，將醫療領域的反腐敗情況告訴他們，甚至將一些文章燒給他們。她知道他們最關心的是醫療界能否清除污染，讓病人有一個安全的放心的醫療環境。

2006 年，她獲得央視「3.15 質量先鋒獎」。9 年來，在她的舉報下，7 種偽劣醫療器械被禁用。可是，她也為此付出很大的代價。抗擊醫療腐敗，她嘔心瀝血，飽經風霜。過去她不僅比實際年齡年輕許多，而且長得也漂亮；如今她比實際年齡老許多，臉上過早地出現了老年斑，她越來越害怕照相和上鏡頭，自己看了都心酸。她經常夜以繼日地寫舉報材料。一次，她想從電腦桌前站起來，突然感到心慌氣短，綿軟無力，摔倒在地，怎麼也爬不起來。她打電話給一位同學。同學不在家，同學的丈夫焦急不安地說：「你千萬不能去醫院啊，有些醫院和醫生都恨死你了，別讓他們再對你下黑手……」

「放心吧，我不會去醫院的。如果我生病了，我就挺；挺不過去，我就死。我絕不能帶著一身的藥去西天，讓女兒背下一身的債務……」

三年前，女兒在她的催促下結婚了。了卻她一塊心病，不用再為女兒的安全擔憂了。

「媽媽，你的話女兒一直銘記在心：『曉蘭，病人不

懂，你懂，你是醫生，你要保護病人的權利。』女兒不遺餘力去做了。爸爸媽媽，你們活著的時候女兒沒有陪好你們，沒有盡到女兒的孝心，總有一天女兒會來陪伴你們的，一直到地老天荒。」

她對女兒說，等媽媽死後，一定要讓媽媽穿著白大褂離去，另外，把媽媽的執業醫師證放在媽媽的身邊。哪怕到另一個世界，她還想做個醫生，一個真正的醫生！

醫療腐敗還存在，魔鬼還猖獗，天使還要戰鬥下去。

何建明

何建明小傳

何建明，1956 年出生，回族，蘇州人。報告文學作家，第一、二、四屆魯迅文學獎獲得者，中宣部「五個一工程獎」和國家圖書獎獲得者。主要代表作有：《落淚是金》、《中國高考報告》、《根本利益》、《國家行動》、《永遠的紅樹林》、《為了弱者的尊嚴》、《警衛領袖》、《國家日記》、《生命第一》等，及《何建明文集》（六卷本）、《何建明讀本》（十卷本）等。現任中國作家協會黨組成員、作家出版社社長。全國勞動模範，享受國務院特殊津貼專家。

評委會評語

一位獨臂部長的傳奇人生，一項共和國的宏偉事業，作者以揮灑自如的文筆再現了新中國石油工業的崢嶸歲月與不朽精神。

部長與國家（節選）
何建明

有人說你是一座巍峨的高山，

一頭頂著天，一頭立著地；

有人說你是一片奔騰的大海，

一面連著天，一面連著地；

有人說你是一注噴射的岩火，

把藍宇映成紅霞，將原野鑄成鋼鐵；

我說你是一座碑，銘刻在歷史和未來的時光中。

我說你是一首詩，抒寫在國家和民族的史冊裡。

我說你是一個魂，讓人民時刻感到力量和豪氣

並化成不朽的記憶……

——獻給我的主人公

第一章

共和國崛起的危難時刻，毛澤東一錘定音：我看余秋裡能當好石油部長。此人人才難得，是個將才！

世界工業史一次又一次地證明石油立國的理論。
不管你承認不承認，20世紀以來的世界，是石油將人
類引向了一個又一個輝煌。任何一國的領袖如果誰忽
略了對這一來自地心深處湧發的「地球之血」的重
視，誰就無法駕馭代表現代文明的本國工業社會的前
進巨輪。

老牌帝國的首相邱吉爾是這樣。

新興霸權帝國的總統羅斯福是這樣。

東方的人民共和國領袖毛澤東也是如此。

……這一段的「內參」讓毛澤東驚心和震怒了：共產黨
領導的人民政權已經走過七八年，農民從地主富農手中奪回
土地並實現了「土地改革」之後，城市的工商改造也已進入
徹底的脫胎換骨時，擺在他桌子上的「情況反映」竟然是：
河南、山東的黃河沿線出現大量因饑餓而逃亡的難民正以成
千上萬的人數向江南一帶乞討要飯，那些老弱病患者不得填
肚而棄屍於荒原……令毛澤東更不能容忍的是連四川這樣的
「天府之國」竟然也頻頻出現餓死人的現象！

到底怎麼回事？是我們的執政思想和建設方向出了問
題？

衛士長這一夜不敢回家睡覺，整宿地呆在豐澤園內的菊
香書屋外的那個四方小庭院裡，距毛澤東十幾米遠的地方看
著毛澤東一支又一支地吸著煙捲，那紅紅的煙火將長夜催出

了黎明之光。

「主席，都快天亮了！您回屋休息吧！明天，不，是今天了——今天上午十點您不是還要開個座談會嗎？您得先睡一會兒嘛！」

毛澤東緩緩地轉過臉，長時間地看著衛士長……

「主席，您還有事要我辦去？」衛士長低頭看了看自己的衣著，又摸摸自己的臉，不解地問，「主席，我、我……沒什麼不對吧？」

毛澤東突然似答非答地：「是不對。」說完邁開雙腿逕直向書房兼臥室走去，剛走幾步又回過頭，「銀橋，你通知總理九點前到我這兒來一趟。」

「是。」衛士長快步隨毛澤東進了房間，待他躺下後迅速回到值班室給周恩來辦公室搖去電話。

這一天午前兩個多小時發生在豐澤園內的事只有毛澤東和周恩來兩個人知道。後來有記載的史料使我們獲得了一個可靠的推測：二位共和國領袖一起研究了一件大事，這件大事後來對中國社會主義事業發展產生了重大影響。

這件大事基本上是一個主題：中國的石油問題和中國石油部部長的人選問題。

毛澤東已經是很著急了。這時期農村人民公社的問題已經夠他老人家操心了。時而不可遏的風起雲湧，時而因不可遏的風起雲湧所出現的一樁樁一件件出格離奇的事讓他思緒興奮而憂慮：他在河南視察時說了句「還是人民公社好」的

話後，一夜間從南到北、從東到西出現了千萬個各式各樣的「人民公社」。「吃飯不要錢」和「向共產主義過渡」成了當時中國的一陣狂熱的社會風潮。

但工業的形勢尤其是石油工業的形勢令毛澤東極不滿意。因為在「第一個五年計劃」中唯有石油工業部沒有完成任務。

早在中國共產黨人從國民黨手中奪取全國政權前夕的最後一個革命聖地西柏坡時，毛澤東一方面指揮百萬雄師追窮寇，另一方面已經著手謀劃新中國的建設大業了。當共和國國體確定之後，剩下的全部問題就是怎樣把一個一窮二白的國家建設富強的事。怎麼建設？列寧和史達林的蘇聯模式真的值得效仿，二三十年的歷史竟然把一個舊世界徹底摧毀後又迅速建立起了強大的社會主義國家機器和人民富裕的日子。蘇聯搞建設的模式自然在毛澤東印象中留下深刻的影響。但毛澤東是個絕對不願以一種模式照搬照抄別人東西來建設自己國家的領袖，尤其是通過第一、第二次國內革命戰爭和抗日戰爭的實踐證明，蘇聯人那種強加於人的思維方式早已令毛澤東生厭。他在思考未來新中國建設採取何種建設路途時，已經悄悄將某些注意力盯住了太平洋彼岸的那個僅靠二三百年歷史便迅速崛起的美利堅合眾國。

美利堅？合眾國？！哦，那麼意味深長的國名！伴著猩紅煙蒂，毛澤東坐在石磨旁的小木凳上，讀完列寧和史達林的一本本建設國家的著作的同時，打開了一本本美國建國歷

史教科書⋯⋯他在閱讀中吃驚地發現了這個新興帝國近百年迅速崛起的奧秘：石油！石油！

石油，石油是什麼東西？

衛士長李銀橋過來給毛澤東端上一壺開水，見毛澤東口中喃喃地念叨著，便湊過話：主席，石油是不是石頭裡流出的油？

毛澤東一愣，繼而哈哈大笑起來：不錯不錯，石油就是石頭裡流出的油！

李銀橋：可石頭裡哪能會流油嘛？

毛澤東站起來，將手中的書本往石磨上一放，說：石頭當然能流出油嘍！而且還能流很多很多的油喔！你沒見我們在延安時上延長那個油井那裡參觀看到的那黑烏烏的油？

李銀橋想起來了，說：那是洋油，能點亮馬燈的洋油。

毛澤東點點頭又搖搖頭，似答非答地：帝國主義害死我們中國人嘍，洋油洋油，連我們自己的石頭裡流出的油也給叫成洋油嘍！說完，一臉怒氣地走出小院子，向附近的小山坡走去。

衛士長著急了，迅速拿起毛澤東擱在小木凳上的外衣，隨後而至。

小山坡上，毛澤東神情嚴峻地在思索著，口中仍然喃喃著：洋油洋油，中國人用洋油的日子什麼時候才能結束呵？

李銀橋看著毛澤東一臉凝重的神情，覺得不便再打擾，便退到一邊。可有一個問題他實在不明白，便又忍不住上前

請教毛澤東：主席，你剛才為啥又把洋油說成是石油？這石油跟洋油是不是一回事？

毛澤東轉頭向自己的貼身衛士「嗯」了一聲，解釋道：外國人把石頭裡流的油叫石油，而我們中國因為沒有石油卻把從國外買進來的油說成了「洋油」。

「其實，這石油的發明權是我們中國人的。我們中國也是最早開採石油的國家之一。」毛澤東左手叉在腰際，右手向前一揮，用其濃重的湖南話說道：你不是也曉得我們延安時有個延長油井嘛！那口井就是宋代一個叫沈括的科學家發現的。那是 1080 年的事。所以沈老先生堪稱中國石油地質第一人，這在世界科學技術史上也是空前的。

那時的李銀橋跟隨毛澤東已有兩三年了，但他又一次被毛澤東的滿腹經綸所折服。

「那為啥我們還要用洋油，不自己讓那個沈……沈刮多刮點油出來？」李銀橋問。

毛澤東「哈哈」大笑起來：是的嘍是的嘍！等新中國成立後，我們就要依靠自己的雙手，多「刮」些出來，把「洋油」扔到它太平洋去！毛澤東最愛別人聽他談古論今，於是李銀橋又像聽天書似的從毛澤東口中聽得我國古人怎麼開採石頭裡流出來的油的故事……

唉，斯時已去，我們卻落後了！落後了啊！毛澤東對天長歎一聲。

李銀橋見景，有些著慌地一邊給毛澤東披上外衣，一邊

小聲說：主席，都怪我剛才問多了……

毛澤東搖搖頭，口氣緩和了許多：不，莫怪你。我是在想一個大問題喔：老蔣在南京呆不了多長時間了，我們也很快就要進城，放下槍桿子搞建設去了。可要搞建設就得用大機器，這大機器可不像我們紅軍戰士吃草根樹皮就能轉動得起來的，它可是要喝「洋油」才能動得起來的呀！而現在我們的同志多數跟你一樣連「洋油」為何物還都不怎麼知道，那我們以後搞建設要受多大的限制啊！

李銀橋看到毛澤東心情沉重的樣子，想找個話題有意讓毛澤東輕鬆輕鬆，便腦子裡閃出一件曾經聽賀龍司令員說過的故事：主席，我聽說賀龍司令員手下有位戰將在抗日戰爭期間，他們在繳獲小鬼子時看到了敵人扔下的幾桶機油，就以為是可以做炒菜的油拿回部隊去讓炊事員去用了，結果吃了這油炒出來的菜，拉得一塌糊塗哎！

毛澤東一聽，立即忍俊不禁地哈哈大笑起來：這事我聽說過聽說過。你知道這人是誰嗎？

李銀橋搖頭：賀老總沒說是誰。

毛澤東說：是三五八旅的政委，叫余秋裡。

李銀橋想了想：是不是那個獨臂戰將？

毛澤東點點頭：正是他。此人不簡單喔！我把蔣介石的幾百萬舊軍隊打敗並收歸到了我們人民解放軍隊裡來，就是此人幫我解決了改造國民黨舊軍隊的一個大難題喔！

李銀橋問：你說的就是在延安時向你彙報新式整軍經驗

的那個人哪？

毛澤東以欣賞的神情又一次點頭：是他。我的那篇〈西北新式整軍運動〉文章裡，講的就是他的做法。彭老總也是很喜歡此人的喔，現在正讓他帶部隊跟胡宗南幹仗哩！

「報告主席，傅作義將軍一行今天中午前要到西柏坡來。周副主席請你做好接見的準備。」中央辦公廳楊尚昆這時過來向毛澤東報告。

毛澤東一聽，滿臉喜色地：「好嘛！我可是已經等傅將軍多時了。走，中午我請他吃飯！」

回小院的路上，楊尚昆悄悄問李銀橋：「主席跟你在說什麼呢？」

李銀橋小聲告訴他：說「洋油」的事。

楊尚昆茫然地：「洋油？」

李銀橋：主席說，我們快要進城了，以後搞建設可少不了「洋油」！

楊尚昆笑了：主席已經在謀劃新中國建設大業了。

是的，新中國建設早已在毛澤東的心中醞釀，而告別「洋油」的事更是毛澤東在宣佈「中國人民從此站立起來」後一心想做的一件緊迫的大事。

中國必須擺脫「洋油」，要有自己的工業之血！毛澤東抱定信心。

為這，在日理萬機創建「人民公社」的烏托邦式的共產主義社會時，毛澤東關注石油工業的發展卻是實實在在的，

而且可以說是他使人民共和國在之後的近半個世紀裡所下的兩著最重要的棋子，另一著棋是他親自欽定的「兩彈一星」。前一著妙棋，再具體些可以歸結為日後毛澤東決策開發名揚天下的「大慶油田」及其他的大建設。

共和國成立不多時，在毛澤東的國家建設大賬上，他早已把中國所面臨的用「洋油」局面扔到太平洋去了。

為此，毛澤東在宣佈人民共和國成立後的第十八天，便以中央人民政府的名義簽發了成立國家燃料工業部的命令並親自提名資深工業革命家陳郁為部長。新成立的燃料工業部在第二年便設立了石油管理局，著名地質學家、我國第一個石油工業基地——玉門油田的發現者和開拓者孫健初先生被聘為這個局的勘探處處長。「茫茫大地，何處找油？」1950年 8 月 6 日，西北石油管理局成立，清華大學地質學者出身的老八路軍康世恩成了這個局的局長。而此時一代石油先驅的孫健初在中國共產黨的厚愛下正奮然全身心投入工作之時，卻不幸在寓所遭煤氣中毒，猝然長逝。新中國石油勘探業因此一度出現停滯。毛澤東和他的助手們不得不把眼睛放在成本極高、產出極低的東北人造油上，並在短時間內恢復了撫順製油廠（後為石油二廠）、錦西石油五廠、撫順西製油廠（後為石油一廠）、樺甸頁岩油廠（後為石油九廠）、錦州煤氣合成廠（後為石油六廠）等幾個人造石油廠的生產。所謂人造石油廠，是以一種叫頁岩的岩石，通過大量複雜的乾餾等工序，從中提煉出與天然石油成分相近的人造石

油來，其成本為天然石油的十幾倍。無奈，許多工業和國防建設需要石油，毛澤東等決策者不得不咬著牙關，勒緊褲腰帶從石頭裡擠「生命油」。此時朝鮮戰爭爆發，油的問題急壞了總司令員彭德懷。中央因此又不得不動用本來就少得可憐的外匯，並通過特殊管道從國外買回些「洋油」。

「油啊油，真是憂死人喲！」毛澤東和中南海裡的領導人們無奈地感歎著。

1952 年 8 月，毛澤東又簽發命令成立「中央人民政府地質部」。大地質學家李四光是在回國路上，就被任命為這個部部長了。可見毛澤東心頭對找礦找油的急切。

1955 年，中華人民共和國中央政府的一個新的工業部門誕生——石油部宣告成立。

關於誰來挑石油部長此擔的問題上，當時的中央只有一種選擇，就是從軍隊的將軍中找，因為李四光去了地質部，地質是地下礦藏的偵察員，是國民經濟的先行官，有了對地下情況的瞭解，才能找礦找油。有人曾經對成立地質部後還要不要成立一個專門的石油工業部而有過爭論，毛澤東後來和周恩來商議的結果是：雖然地質部裡也有石油普查部門，但石油開發太重要了，必須列出專門部門，以便加強此項工業的建設。於是 1955 年初的第一屆全國人民代表大會上，新中國的國務院裡就有了一個新成員：石油工業部。

這時的毛澤東對成立石油工業部寄予極大希望，在一系列宏偉藍圖中，就有石油產量搞到可以讓國家的整體工業建

設能夠「趕超英美」的水平之上這一目標。然而兩三年過去了，石油部的工作令他頗為失望。這是有客觀原因的。雖然說國內的轟轟烈烈「人民公社」運動，相比之下工業建設戰線在毛澤東看來顯然「死氣沉沉」。而最主要的是當時北邊的赫魯雪夫越來越不像話，南邊盤踞在臺灣島上的「老蔣」此時也不怎麼消停，總藉著美帝國主義時不時地叫嚷要「反攻大陸」，而且派出的飛機敢縱深大陸千里之遠，甚至連北京一帶都敢長驅直入。

「就是因為我們沒有好飛機！老蔣才敢如此猖狂地在我們頭頂拉尿。」元帥和將軍們憤憤不平。

毛澤東平靜而又帶幾分憂鬱地說：飛機是個問題，可飛機用的油解決不了，再好的飛機也沒有用啊！

總理、副總理和元帥及將軍們不約而同地回頭看著坐在正中沙發上一言不發的毛澤東，方才熱鬧紛揚的議論頓時戛然而止。他們面面相覷地猜測著毛澤東到底又在想什麼？

換人！得換人！毛澤東突然站起身，對周恩來說：總理啊，你跟彭老總商量商量，讓他推薦推薦誰更合適。說完，毛澤東揮揮手：今天的會議到此結束。

毛澤東走後，懷仁堂裡又開始熱鬧起來，有人過來問周恩來：哎，總理，主席要換什麼人呀？

周恩來臉上平靜地：暫時無可奉告。

眾副總理和元帥將軍們笑：又來外交辭令了！

不能怪周恩來，他是政府總理，中央最終沒有確定的

事，他不好信口言說。出了懷仁堂，周恩來對秘書說：請給國防部打個電話，我要見彭老總。

彭老總與周恩來見面並聽他講了毛澤東對石油部部長人選的新動議：其實不把石油產量搞上去，我這個總理壓力也是大啊！主席的心思是想找個能善於打開局面的人。

彭德懷聽後習慣地抬起右手，將張開的拇指和食指攔在下頷，又用左手扶住右胳膊，思索起來：這找石油就像打仗時啃塊硬骨頭一樣，還真得找個能打硬仗又得是會打硬仗的人喲！彭德懷自言自語起來：軍隊這邊還有這樣的人嗎？按說應該有吧！可到底誰能頂得了李聚奎這副重擔，又得讓主席滿意？彭德懷用右手拇指和食指構架成的「八」字形手姿，搓了搓粗壯的鬍碴。突然，他的眼裡放出光亮：他行！

周恩來忙問：誰？

彭德懷：我的總後政委余秋裡。

周恩來一聽，那兩道濃黑的眉毛頓時一展：好！好好！這位獨臂將軍年輕，又能幹，關鍵是他正是主席需要的那種能打開局面的人！這一點最關鍵。彭老總，你可不准後悔啊，我現在就去向主席彙報。

彭德懷笑笑：我有啥後悔的？老毛他要人，我彭德懷啥時候沒滿足過他？再說我的部隊也急等著要油！沒油，我的坦克飛機還有軍艦都成了一堆廢物嘛！

周恩來笑著與彭德懷元帥揚手告別，臨走時他說：我會在主席面前說他，你彭老總一直是最顧全大局的。

　　豐澤園。1958 年「立春」後的一個平常日子。

　　午後時分，一輛天藍色的華沙牌轎車悄然停在門外。一位中等身材、佩著中將軍銜的軍人從車內走出。等他仰頭看門口上方「豐澤園」三個字時，我們便可以看清他的面貌了：臉龐顯瘦，五官清秀，雖然年輕，卻依然可見久經沙場者的那種特有的穩重和大氣精神。他收回目光的同時，幾乎是邁出有力的雙腿往菊香書屋走去。只有他甩動的一左一右的兩個衣袖特別，一邊非常有力，能感覺「嗖嗖」生風。而另一邊那隻空洞洞的衣袖則耷拉在腰際的衣縫上，不見任何響動。

　　衛士長李銀橋此時正從菊香書屋的門內往外走，他先見到的正是將軍左右兩側兩隻完全不同的衣袖，衛士長甚至有些愣呆地看著那隻空洞洞的衣袖而吃驚……

　　「衛士長，主席在房間嗎？」將軍問。

　　李銀橋一驚，忙從那隻空洞洞的衣袖上收回目光，有些歉意地向將軍說：「噢，是余政委來啦！主席剛醒，正在裡面等你呢！請跟我來。」衛士長走到裡面的一個門口前止步，做了一個「請」的手勢。

　　將軍逕直往裡走去。

　　「報告主席。我來啦！」將軍畢恭畢敬地向裡面的主人敬了一個標準的軍禮。

　　坐在沙發上正在點煙的毛澤東，微微仰起頭：「好，是余秋裡同志！」毛澤東滿意地看了看站在他面前的年輕中

將，起身與其握手。雖然毛澤東沒有正面去看愛將左邊那隻空洞洞的衣袖，但他的眼裡分明顫動了一下：是啊，人總共只有兩隻胳膊，可他則少了一半……毛澤東的心頭一陣酸痛，但這是誰也不會覺察出的。這只有我們的主人公心靈裡感覺得出，並再一次深切感受到毛澤東那份對將士的慈祥愛憫之心。

「總理和彭老總推薦你當石油部長，聽說你有些想法喔？」菊香書屋的主人說話時雖然帶有濃重的湖南口音，但卻總有一種強大的磁性，能在瞬間把一個人的情緒掀到天上，也能推到十八層地底。將軍已經不是第一次有這種感覺了。

這是哪一年的事？對了，一晃就是 10 年了。將軍的腦海裡一閃，就像昨天的事。那是在延安窯洞裡發生的事。年輕的將軍在那會兒更年輕，30 歲才出頭無幾，卻已是身經百戰的驍勇指揮員了。

「今天把你從前線請到窯洞裡來，就想聽聽你的『訴苦三查』是怎麼搞的。」毛澤東那時抽的是駝牌煙捲，將軍當時記得很清楚，因為毛澤東在給自己點煙時問他抽不抽煙。

將軍那時雖也是久經沙場的「老長征」，但在延安革命聖地的窯洞裡，尤其是在自己的最高統帥面前，他是絕對的「小字輩」。毛澤東的問話，叫他有些不好意思。

「抽吧，煙酒不分家嘛！何況今天你是我們請來的客人！」說話間，毛澤東已經把一支駝牌煙放到了他的面前，

並且正欲拿火柴盒給他點上。將軍趕緊接過火柴，動作麻利地將火柴盒夾在左腿，然後右手抽出一根火柴，「刷」地劃著了火，將自己嘴上的那支駝牌煙捲點燃……「囉啊啊……」不知是猛一口吸得太猛，還是根本就不習慣抽煙味很凶的駝牌煙，反正有過幾年煙齡的將軍第一次在毛澤東面前抽煙就露了個嫩。

毛澤東和幾位老總哈哈大笑，連聲說「還是嫩」。

倒是蕭華出面給將軍解了圍：「人家江西佬表習慣吸自己捲的土煙葉嘛！」

毛澤東從第一次與余秋裡面對面接觸後，就有非常好的印象。尤其是看到這位年輕驍勇的旅政委、也當過很長時間軍事指揮官的獨臂愛將，其身上不僅有賀老總、彭老總對戰爭藝術理解和運用自如的作風，而且還是個善於思考、見地獨特、方法講究的優秀政治工作者。

「此人是個將才，以後必大有可為。」毛澤東在聽取余秋裡彙報新式整軍時，悄悄對身邊的幾位軍委領導這麼說。

「好。你們的做法，證明人民解放軍用訴苦和三查方法進行了新式整軍運動，將使自己無敵於天下。」毛澤東再次向余秋裡遞過一支駝牌香煙，然後帶著幾分愛憫地問，「你這左胳膊是在長征路上打掉的？為啥當時沒保下來？」

余秋裡聽了最高統帥的這句問話，下意識地抬起右手捏住空洞的左袖子，非常隨意地回答了一聲：「是的，那時天天打仗顧不上。」

倒是坐在余秋裡身邊的任弼時很動情地向毛澤東作了較詳細的介紹：「賀老總跟我說過，秋裡的這條胳膊掉得很可惜，要不是當時條件不允許，也不至於後來鋸掉……」

毛澤東聽後憾歎地：「我們的隊伍中還有幾位也像你這樣缺腿斷胳膊的，你們都是革命的功臣啊！」

余秋裡本來早已忘了自己比別人少隻胳膊的事，可看到毛澤東說此話時，眼裡閃著淚花，他的心裡跟著「咯噔」了一下。

「以後要多注意身體。」這是延安窯洞裡毛澤東的聲音，立即把余秋裡的思緒從戰爭中拉了回來。

「是。主席，我可以回部隊了？」余秋裡站起身。

毛澤東點點頭。

「敬禮。」那隻少了胳膊的空洞洞的衣袖，一直在毛澤東眼前晃蕩著，而另一隻有力的右胳膊甩動著有節奏的動作，也一直在毛澤東的眼裡，直到消失於延安棗園……

「主席，我是怕石油部長這個擔子受不起嘞！」現在，將軍又與最高統帥面對面坐著說話。不同的是這回只有他們倆人，又是在安靜整潔的房子裡說話。

「哦？余秋裡同志是這樣說的嗎？」毛澤東從嘴邊取下煙捲，眼睛直瞪瞪地看著筆挺坐著的中將同志，帶著他特有的幽默調侃語氣，笑言道。

「是這樣，主席。」余秋裡的表情嚴肅有餘。

衛士長輕輕地進來給倆人沏茶，又輕輕地退出。他聽到

身後毛澤東爽朗的自言自答：秋裡秋裡，你這個名字很有詩意呵！

主席，我這個名字其實很土。小時候家裡窮，請不起先生起雅名，所以家裡人就把我叫狗娃子。後來參加了紅軍，領導問我叫啥名字，我說不上來，又問我是啥年月日出生的，我回答說我媽說我是割穀子後的秋裡生的。領導一聽就說，那你就叫余秋裡吧。

將軍的話引來毛澤東一陣爽笑：好嘛！秋裡這名字蠻好的，秋天總是個豐收的季節，又是火紅的歲月……

「嘻嘻，主席你說好就好嘛。」毛澤東書房裡的將軍，這回又變成了一副實在又有些可愛的樣兒。可一想到剛才的話題，他又犟起勁來，「主席，我們的高級幹部多得很，您隨便挑哪個都比我強嘞！」

毛澤東彈了彈煙灰，順手給將軍遞上一支煙──這回是「中華」煙。而將軍見最高統帥現在住的屋子滿是書籍，也不再像當年延安窯洞裡第一次接受最高統帥遞煙後動作麻利地將火柴盒夾在勾起的左腿裡劃燃，現在他先將煙捲叼在嘴上，然後又用右手將火柴盒擱在茶杯底上頂住，再劃著火。這個動作顯然有些拙劣。

倆人開始對抽。

毛澤東思緒有些回閃。他對眼前這位人民解放軍總後勤部政委出任新的石油部長，是早已首肯的。一兩個月前的全國人大一屆五次會議籌備會上，當他詢問周恩來關於接替李

聚奎的石油部長人選確定了沒有時，聽周恩來說準備調余秋裡時，毛澤東就已經點頭說：「行，這個同志行。」現在，毛澤東需要親自跟他談一談，因為石油在毛澤東心中占的位置太重要了，他對新部長寄予厚望。

「人家選了你嘛！」毛澤東說的是「人家」，其實他心裡的意思是「你也是我選的人嘛！」

將軍聽出毛澤東調他出任石油部長的決心很堅定，好像已經沒有多少迴旋餘地了，於是來了個「苦肉計」：「主席，我聽說那地方很複雜，我又沒學過工業知識嘛！」

看著「小字輩」一副苦相，倒是讓毛澤東想笑，可他的臉上依然慈祥中帶著幾分威嚴：「我們這些人都是打仗過來的，建設新中國誰都沒幹過嘛！老祖宗那兒也沒啥可學的喲！當年我們長征時走雪山過草地，拖著一根破槍，許多人還是馬夫、炊事員，可後來革命需要，他們都成了大軍事家、戰略家！你可比他們強多了！二十多歲就當了紅軍團長、團政委，後來又當過獨立旅司令、政委，解放後又是軍校的領導、我們軍隊的總財務部長，會帶兵、會算賬，又能做政治工作，我看你當石油部長很合適。」

將軍不再堅持了，只是朝毛澤東憨笑。

毛澤東的神態也由慈祥中帶著威嚴變成了慈愛中夾著濃濃的和藹：「今年你多大年紀？」

「43 歲。」

「你年輕嘛！」毛澤東從沙發上站起，邁開步子在書屋

有限的空間裡走了幾步，將軍隨之跟著直挺挺地站在那兒，目光隨那高大的身體移動。「從戰爭中學習戰爭，從實踐中學習知識，總結經驗，是我們黨和軍隊取得勝利的法寶。過去我們的任務是打仗為主，現在不同了，經濟建設為中心了，所以我們必須放下架子，向一切內行的人們學習經濟工作，恭恭敬敬地學，老老實實地學。這搞經濟、搞油其實跟打仗也有些一樣，既要有戰略思想，又要有不怕敵人、勇往直前的決勝精神。哎，秋裡同志，你說對不對？」毛澤東突然立定，閃著炯炯有神的目光問將軍。

「對，主席。」將軍好像還有什麼話要說，於是不由得聳了聳兩隻肩膀，頓時寬闊肩膀上兩顆閃閃耀眼的將星照著了毛澤東的眼睛。

「呃，你是不是不願意脫軍衣噢？」毛澤東像發現什麼似的問道。

「不不，主席，我、我沒有那麼想。」將軍真的不是想這回事，他剛才腦子裡的一個閃念是：我會服從主席和總理的安排，可要是幹不好石油部長，就讓我還回部隊。他本想向毛澤東說這話。

毛澤東笑了：「你不這麼想，可我得為你們這些出生入死的將軍們想啊！你放心，中央已經作出決定：部長以上的幹部調動，不是轉業，是黨內的分工！」毛澤東說到這兒，又帶著幾分神秘之色向年輕的將軍湊過來，說，「不過你要是轉業，還可以發一筆財哩！」

　　將軍立即憨笑地：「主席，我可沒想過這事。」

　　「好，就這麼定了。你年輕，精力充沛，正是幹事的好歲數。」

　　這時，衛士長進門報告：「主席，總理和陳雲、小平等同志他們已經到了。」

　　毛澤東：「好好，請他們進來吧。」

　　將軍一聽，趕忙欲退出，被毛澤東拉住：「你留下留下，他們來找我，也是你的事喔！」

　　周恩來、鄧小平、陳雲，還有李富春，隨即進門。

　　「怎麼樣，余秋裡同志，主席跟你都說了吧？」周恩來笑呵呵地問將軍。

　　將軍只好如實報告：「主席都說了。我也只好服從嘞！」

　　李富春過來將將軍拉到自己身邊坐下：「你來石油部，我總算能愁眉見笑顏了！」

　　將軍謙遜地：「還要請李副總理多幫助。」

　　陳雲、鄧小平也過來與將軍握手：「我們都等著秋裡同志給我們幾個解難喔！石油上不去，主席會天天拿我們是問的。」

　　將軍挺了挺身板：「請各位領導放心，我一定全力打好石油這個仗！」

　　毛澤東高興地：「好，瞧見了沒有，我們的新石油部長有股打硬仗而求必勝的作風！」

周恩來接過話，說：「秋裡同志，國務院對你的新任命將在幾天後的人大會上正式通過。相信你一定能給我們的石油工業打開局面！」

「是，總理！」將軍抬手向總理、又向毛澤東等領導敬禮。

第二章

玉門、克拉瑪依、川中會戰，反右、「大躍進」、插紅旗⋯⋯首度出征的將軍部長如同風裡踩浪，顛簸跌墜，忽熱忽冷。

「余秋裡同志，情況怎麼樣啦？」毛澤東不知什麼時候在余秋裡的後面將他叫住，盯著這位上任一年零兩個月的石油部長，不輕不重地問了句。

余秋裡回頭一看是毛澤東，心頭「咯噔」一下：要命！越想躲越躲不過去了。原先，他以為此次在上海錦江飯店召開的黨的八屆七中全會期間，看著毛澤東整天忙著收拾去年「大躍進」留下的一大堆問題顧不上過問石油工作，心裡多少有些僥倖自己可以逃過一劫。現在看來完了！年輕的石油部長此刻叫苦不迭：毛澤東太厲害了！滴水不漏呵！

情況怎麼樣？糟透了！糟得不能再糟了！此刻的余秋裡，恨不得掘個地洞鑽鑽！可這是豪華的上海灘最有名的賓館，地面鋪設著嶄新的地毯，牆頂也是用的進口天花板，連

房子的四壁都用印花的布包著。此處無地洞，無洞之處可真苦了我們一生剛強好勝的余秋裡。

情況確實糟糕，比想像的還要夠嗆。

石油部新任部長知道毛澤東問的「情況」是什麼，當然是川中石油的情況嘍！余秋裡一生沒有閃失過，而這是唯一或者是讓他最難堪的一次丟盡臉面的「遭遇戰」。

臉面丟在他對上任石油部長後求勝太心切，丟在他對石油規律的陌生，也丟在川中地下情況「狗日的」太狡猾上！

那是什麼年代？那是中國人餓肚子的年代，那是「蘇修」領導人卡我們脖子的年代，那是美帝國主義拉著「蔣該死」不斷挑釁我們的年代，還有南邊的印度也在不安分裡想再咬我們肉的年代。

那時在毛澤東和第一代中國領導人的心頭，迅速讓人民共和國崛起，是他們的全部心思。當然這種心思在建國後因為太急切而造成了指導方向與措施上的一些過頭做法，但它的出發點和本意仍然令我們所有後人必須敬重。

余秋裡身為石油部長，他深知毛澤東、周恩來、劉少奇和鄧小平等中央領導對石油的關切。石油是國家工業經濟的血液，國家越向前發展，石油的作用越加顯現出來。

被四面封鎖又隨時必須應付戰爭考驗的新中國，更是如此。

建國伊始的毛澤東對中國石油的建設所傾注的心思可謂一片苦心。就在第一個五年計劃剛剛起步時，毛澤東為了石

油問題就多次找來地質學家李四光討教：先生，你說我們中國真的像外國專家說的是個「貧油大國」？

李四光搖搖頭，堅定地回答：主席，我們中國不是貧油國。我相信我們中華大地上也會有豐富的石油蘊藏在地底下，關鍵的問題是要進行調查和勘探出來。

一旁的周恩來聽後十分高興地對毛澤東說：主席，我們的地質部長是很樂觀的，他多次這麼對我們說，我想我們應該有信心在石油方面加強些力量和投入了。

毛澤東那天很興奮，一定要請李四光在他的家裡吃飯，而且又不止一次地說道：搞石油「普查是戰術，勘探是戰役，區域調查是戰略」，「我們只要有人，又有資源，什麼人間奇跡都可以創造出來！」

1956 年，在聽說玉門油田開發取得不斷進展、新疆地區發現新油田後，毛澤東約見石油部李聚奎部長和部長助理康世恩時又心切地說道：「美國人老講我們中國的地層老，沒有石油。看起來起碼新疆、甘肅這些地方是有油的。怎麼樣，石油部你們也給我們樹點希望吧！」為此，毛澤東還在一次會議上，對分管工業的副總理陳雲說，要給每個縣配上一臺鑽機，不信在中國大地上鑽不出石油來嘛！

就在 1958 年 2 月初的人大會議上余秋裡被任命為石油部長不久，中共中央在成都召開了工作會議。有名的「多快好省建設社會主義」的總路線就是在此次會議上確定的，從此中國走了一段近似瘋狂的「大躍進」歲月。

據中國老資格政治家薄一波回憶講：其實真正的「大躍進」是從 1957 年的農業戰線開始的。而當全國的農村被鼓舞起來後，毛澤東便開始了工業「大躍進」的考慮。大辦鋼鐵便是余秋裡上任石油部長後受到強烈衝擊和影響的第一波「滄海橫流」。

「十五年內趕超英美！」這是多麼豪邁的戰鬥口號和激動人心的目標啊！毛澤東看著冶金部送到他手上的一份〈鋼鐵工業的發展速度能否設想再快一些〉的報告，頓時心潮澎湃。

因為那報告上有這樣一段話：我國鋼鐵工業「基點是三年超過八大指標（1050 萬噸-1200 萬噸）、十年趕上英國、二十年或者稍多一點時間趕上美國，是可能的」。

毛澤東在這一年的政治局第 48 次擴大會議上這樣讚賞冶金部部長的這一個報告。

中南海，懷仁堂。黨的八屆二中全會在此隆重舉行。余秋裡連石油部裡有幾位副部長、部長助理和司局長都還不是叫得上名時，他就被拉到此次黨代會上與當時的「鋼鐵元帥」冶金部比擂。

「你去，還是你去。」部黨組會議上，有關誰代表石油部在此次黨的會議上發言的問題，引起了一點推讓。副部長李人俊被一致推薦是發言人，可他本人堅決推讓，並衝余秋裡這樣說。

余秋裡笑呵呵地對這位曾經當過新四軍供給部長、被劉

少奇和陳毅同志稱為「經濟學家」的年輕英俊的副部長說：「同志們推薦你，可你讓我去有什麼理由呀？」

李人俊振振有詞地：「第一，你是部長，發言有權威，我是副部長，人微言輕。第二，整個石油戰線的職工都等著新部長來鼓勁，你這個時候出來說話正是好時機。第三，你和中央首長熟，你講話他們聽……」

余秋裡聽完搖頭：「這些理由不充分，還是你去講。」

李人俊：「這……」他還想說時，余秋裡站起身，右胳膊一甩：「就這麼定了。散會！」臨出門時，又回頭對李人俊說，「今晚你到我家裡，我們一起聊聊怎麼個講法。」隨後又張大嗓門：「哎哎，你們幾位部長，也一起過來啊！」

北京東城交道口的秦老胡同。自余秋裡搬到這兒後，這條胡同的名字在石油戰線幾乎無人不曉，因為他和戰友們創造的「秦老胡同」工作方式，影響了共和國整個石油工業的發展方向。不誇張地講，石油部後來的所有重要決策都是在這「秦老胡同」的「侃大山」中形成和完美的。

余秋裡的家和幾位副部長的家大多在這條古老的胡同裡，他們將晚清重臣曾國藩的府第各自按所分配的房子住居切割成幾片，既自成格局，又相互關聯。余秋裡是部長，又是中將，當然院子比別人家大一些。特別是他的那間會客室，三十多平米很是寬敞。這是將軍當石油部長後除上班在辦公室和出差外，這兒是他最喜歡呆的地方，而幾位助手也樂意上這兒與他縱論中國石油江山。副部長們喜歡上這兒，

是因為這兒比部機關的部長會議室裡要隨便得多。「侃大山」嘛，侃到哪兒算哪兒，沒那麼多規矩。瞧瞧這獨臂「巴頓將軍」自己嘛，他也喜歡在這兒侃。在這兒，他可以不裝模作樣地拿部長架式。他可以把自己農民的本性毫無保留地發揮出來。他愛抽煙，一包包地扔在小桌子上不僅自己一支連一支地抽，而且積極鼓勵副手跟著自己學。他一上這兒，就「噌」上他那張木椅子，他不愛坐沙發，沙發讓給年事較大的周文龍副部長坐。這周文龍年歲高，常常撐不住他們整宿整宿的「海闊天空」亂侃，容易聽著聽著就在沙發上睡著了，而且呼嚕震天。每每此時，余秋裡看著睡夢中流著哈喇子的周文龍時，就會哈哈大笑。震天的笑聲會把周文龍驚醒。「什麼事？什麼事？你們、你們是不是又有新的決策了？」周文龍在夢中驚醒後總會這樣問余秋裡。這時的余秋裡更高興，親自給周文龍點上一支煙，然後對秘書說：送周部長回家休息吧！

李人俊副部長不愛抽煙，他對煙味有些敏感。「這幫煙鬼！」實在受不了時，李人俊連招呼都不打就走了。

侃大山侃得最晚，與余秋裡侃得最投機的是康世恩。余秋裡欣賞康世恩的才思和滔滔不絕的話題，尤其是他對石油和石油地質的見解。他們倆人可以侃幾小時、十幾小時，如果不是白天工作和開會，他們可以侃幾天幾夜。

余秋裡與康世恩在他們一起工作時，是侃得最多、最深刻也是最親密無間的一對兒。余秋裡與康世恩侃時，聽人講

也自己講。那情景令人傾情和難忘：你瞧，他認真時會將頭和身子儘量地前傾著，一個字不漏地把康世恩倒出的石油知識和地質知識吸進自己的腦子裡；他高興時會從椅子上「噌」地跳下來，直用那隻有力的右胳膊，敲打著康世恩：「好好，老康，就照你的意思辦！」

康世恩呢，這位清華大學地質專業學生在未畢業時就參加了八路軍，骨子裡有點知識份子的性格。他對從裡到外都透著將軍氣質的余秋裡部長，也是特別的喜歡，甚至有些崇拜。他喜歡余的雷厲風行，也欣賞余對出了問題後的那種雷霆萬鈞、乾脆麻利的處理方法，更佩服他在決策時那種堅定果斷和決策後為實現目標時所表現出的不達目標不甘休的銳氣和戰無不勝的作風。

我採訪一位在康世恩身邊工作過的同志，他回憶說康世恩生前曾不止一次感慨地說：「沒有余秋裡，就沒有我康世恩。」

石油系統無人不知「余康」二人。「余康」二人在石油工作上幾十年如一日的默契配合和相互支援，以及彼此的互補，使他們承擔的共同事業也變得完美。余和康倆人可稱得上中國政壇楷模和中國經濟戰線的兩面鮮艷旗幟。

中國石油工業因「余康」而光芒四射。共和國五十年前的經濟歷史，也因「余康」而光彩奪目。

現在我們回到余秋裡讓李人俊上中南海八屆二中全會上發言的事。就三千來字，余秋裡和李人俊整整折騰了五個晚

上，而且也讓康世恩等另外幾個副部長一起討論了好幾回。石油部的人都知道，余秋裡雖說沒上過幾天學，把後來抗大裡學的時間加起來也只能算馬馬虎虎的「初中文化程度」吧，可他寫起文件來呀，能把大學中文系的高材生都折騰死。為了一個字、一段話，他能讓你推敲幾天幾夜。

「文件、決議可不是鬧著玩的。不是像吃飯那樣少一口多一口沒關係，文件、決議可是關係到大局的事，少一個字、多一句話都不行。那會把路走歪的！」余秋裡這樣斬釘截鐵地說。

我到大慶採訪時在查閱當年大慶會戰的《戰報》時看到石油部關於學習毛澤東《實踐論》和《矛盾論》決議，全文只有四百個字，一字不多，一字不少，據說為這四百個字，當年起草的宋惠同志有好幾天沒睡覺。這是後話，在此不表。

李人俊的此次發言，意義重大。尤其是對上了「黑牌」的石油部來說，這既是在全國人民面前「改過自省」的一個機會，也是他余秋裡上任石油部長後在石油系統外的一次亮相。但余秋裡把機會讓給了李人俊。

李人俊知道肩上的擔子。將軍給他撐腰：「沒啥怕的。你只要記住：我們石油部首先承認落後，但我們不甘落後。我們要在毛主席面前保證：我們誓在第二個五年計劃裡趕上鋼鐵大王，他一噸鋼，我們一噸油！」

一噸鋼，一噸油，我們行嗎？李人俊底氣不足。這底氣

不足是有道理的，因為當時「鋼鐵大王」的冶金部已經實現
了年產 530 萬噸，而且他們的口號是要在「十年之內趕超英
國」，比毛澤東提出的「用十五年左右的時間趕上英國」還
要提前了幾年指標。

當然行嘛！他冶金部是人，我們石油部就不是人啦？他
能搞一噸鋼，我余秋裡就不信我們搞不出一噸油來！他娘
的，我們總有一天要掘穿地球，抱他幾個大油田出來，讓石
油「嘩啦嘩啦」地湧！將軍給李人俊打足氣。

中南海的「打擂」開始了！

主席臺上，坐著毛澤東、劉少奇、周恩來、朱德、陳
雲、鄧小平……他們笑容滿面地看著臺下 1360 多名代表和
列席代表。而臺上代表們則被主席臺上的領袖們一次又一次
讚許的目光調足了情緒。有關這場驚天動地的中南海「打
擂」比賽，作家陳道闊作了如下描述，在此引以一用：

> ……河南、湖北、安徽的代表相繼登上主席臺，
> 宣讀發言稿。他們一個比一個精神抖擻，慷慨激昂。
> 臺下的掌聲又為他們烘托起熱氣騰騰的彩雲，使他們
> 一寸寸地離開地面，登上那俯視環球的空中樓閣。
>
> 冶金工業部代表的發言，把會議上的激情推向了
> 波峰浪尖。他宣佈，今年的鋼產量堅決達到 850 萬
> 噸，七年趕上英國，第八年最多第十年趕上美國！
>
> ……

按照會議程序，下一個發言的是石油工業部的代表了。

李人俊登上主席臺。他身個不怎麼高，其貌也不怎麼揚，但噔噔的頗有精神。他來到蒙著紅布的講臺後，按了下麥克風，因為剛才冶金部的代表是個高個子。他抬起頭來，似乎把什麼忘到臺下了，目光在會場上搜索了一下。

余秋裡直起了身板，緊緊地盯著主席臺。

「主席，各位代表。」李人俊口齒清晰，聲音雄厚。

一千多人的會場，寂靜得猶如曠古空壑，只有李人俊的聲音在嗡嗡轟鳴，似乎震落這古老屋樑上的塵埃……

突然，李人俊的嗓門猶如天崩地裂：

「我們打擂！我們和你們冶金部打擂！」李人俊刷地戟指臺下冶金部的代表，卻像是指向整個會場的，「你們冶金部產一噸鋼，我們石油部，堅決產一噸油……」

這是掌聲嗎？聽不出是手掌拍出來的聲音。山呼，海嘯，雷鳴，等等，小學生做作文都是這麼形容的，可見這些形容詞是多麼幼稚。但可以肯定，這種令余秋裡耳膜脹疼的聲音，很難相信是兩片骨肉製造出來的。

這個口號是余秋裡和他的同僚們在秦老胡同「侃」出來的。當時冶金部長王鶴壽在場，講他的鋼鐵生產形勢和計畫，頗有特色。余秋裡不服氣，順口吹了這個牛。王鶴壽聽了直笑。因為當時鋼鐵產量已達 530 多萬噸，而石油僅 140 多萬噸，還不到鋼鐵產量的三分之一。王鶴壽俠氣十足地說：「你們是小兄弟，以後有難處找我王鶴壽好了！」他說

話算數。在後來余秋裡組織石油大會戰時，儘管他的日子已不大好過，但仍然全力以赴地支援。

李人俊把雙手舉過頭頂，頻率很高地拍擊著，如被捆著手腕吊著一般。

會場終於平靜下來。李人俊拿起講臺上的發言稿，正要講話，一個湖南人的聲音突然出現：

「你們行嗎？」

李人俊一怔。

余秋裡也一怔。

毛澤東，笑容可掬地望著李人俊。

余秋裡刷地站起來……

「行——」

人們聽到的是李人俊的聲音。因為他對著麥克風，或者，余秋裡根本就沒說。

毛澤東鼓掌了，而且是帶號召性地示意臺上臺下的人們陪著他一起鼓掌。

周恩來可能一直留意著他的國務院代表們。他鼓掌時，衝余秋裡直笑，他大概看見余秋裡罰站似的起立過。

那會兒的掌聲和這會兒的比起來，簡直是小巫之於大巫，河泊之於汪洋……

其實余秋裡八屆二中全會上出頭露面，是有他的深思熟慮的。他是想日後在中央領導和那些打「擂臺」的兄弟省長、兄弟部長面前打個出奇不意。這是軍人慣用的手法。你

嚷嚷時，我默不作聲；你取小勝時，我依然默不作聲。你欲取之大勝時，我則來它個驚天動地。這才叫英雄本色，將帥之氣。

多少年過後，我們再審視一下余秋裡上任石油部長時的形勢，就會看到一個事實：這位獨臂將軍部長其實一上任就被推上了一匹飛跑的戰馬。你不快跑是不行了的，你不飛奔也是不行了的，你只有豁出命乘勢飛跑才行。

此間，余秋裡在北京六鋪炕石油部大樓裡召開了一次重要的黨組會議。會議是根據鄧小平的指示，確定石油部第二個五年計劃戰略重點的一次非常具有歷史意義的會議。因為在這次會議上解決了兩個特別重要的難題：一是中國石油要以開發天然油為主攻方向，二是石油勘探向東部轉移的思路。同時在全國確立了 10 個戰略勘探區，除準噶爾、柴達木、河西走廊、四川、鄂爾多斯和克拉瑪依外，要開闢 5 個新區，它們是松遼、蘇北、山東、貴州及吐魯番，其中松遼、蘇北是重中之重。

「東方不亮西方亮。國家不是現在非常缺油嗎？那我們就挑肥肉吃！哪兒有肥肉，就往哪兒衝！」余秋裡愛吃肥肉，所以用「挑肥肉吃」來鼓舞他的同事們。這讓原先在石油系統占少數派的康世恩特別受鼓舞。

「余部長，我告訴你啊，四川那兒有肥肉吃！」白天在部機關開完會，晚上康世恩沒來得及進自己的家，就直奔余秋裡的家。進門就往沙發上一坐，指手畫腳地給新部長擺起

「龍門陣」來,「你可不知道,那兒的油可是大有希望!去年春節,我上巴縣石油溝,正好巴9井發生井噴,火柱從地底下一千多米深直噴到地面近百米高,那氣勢大呵!」

余秋裡像是真見了肥肉一樣,張著嘴巴,滿臉驚喜地問:「這麼高啊!後來呢?這火天天這麼燒啊?把它弄住多好!」

康世恩端起余秋裡的茶杯,往自己的嘴裡倒:「後來、後來正好我陪同蘇聯專家上那兒去了。可我們自己不懂呀,看了這衝天大火,又是高興又是心疼,高興的是看到了油,心疼的是大火把多少油氣給燒掉了呀?可又不知怎麼辦!蘇聯專家阿魯德熱夫說,可以用空中爆炸滅火的辦法制止油氣。」

「空中爆炸?怎麼個爆炸法?」身經百戰的余秋裡還是第一次聽說這樣的事,便異常好奇地追問康世恩。

「就是把幾百公斤的炸藥吊到火柱的頂端,然後猛烈一爆,壓住井口的油氣,再用泥沙等物封住井口……」

「成功了嗎?」

「成功了!」

「好嘛!哎,老康,現在那兒的情況怎麼樣啦?」就在余秋裡詢問康世恩時,秘書匆匆從外屋進來報告:四川方面有捷報。

「快說快說!」余秋裡「噌」地從木椅上跳下來,連鞋都沒顧得穿。

秘書：「龍女寺 2 號井今天噴油，一天噴了 60 噸！」

「哈哈哈，老康，那兒真有油啊！」余秋裡興高采烈。

康世恩則忙著問秘書：「其他幾口井的情況呢？」

秘書：「正在緊張施工之中。」

康世恩一聽，臉上掛滿勝利的期待，伸手抓起余秋裡的煙盒，點上一支煙後，轉身就出了門。

「哎哎，老康，你別走嘛！今晚我請你吃紅燒肉嘛！」余秋裡抬起右手想拉住他，卻沒拉住。

門口外，傳來另一個聲音：「讓他走吧，肥肉留給我吃。」余秋裡探頭一看，是後院的胡耀邦同志進了他的門。

「哈哈，是我們的青年團書記啊！好，今天我請你吃紅燒肉！」余秋里拉住胡耀邦就往廚房裡走，「素閣，紅燒肉做得怎麼樣了？」

吃完紅燒肉，黨組的會議繼續開。那時，從上到下的會議特別多，會議也是工作嘛！毛澤東的工作就是主要靠會議來完成的。余秋裡繼承了毛澤東的某些風格。而此刻的四川方面也像是有意給新來的部長添喜，幾天內捷報頻傳：繼龍女寺 2 號井噴油後，12 日南充 3 號井又見油噴，日產達 300 噸！16 日，蓬萊 1 號井也出現噴油，日產 100 噸。三井所處三個構造，相距 200 多公里，這意味著石油部上下盼望已久的「大油田」就在眼前出現啦！

「我們找到大油田啦！」

「毛主席萬歲！」

「共產黨萬歲！」

「祖國萬歲！」

石油部大樓裡沸騰了！鞭炮和鑼鼓齊鳴，震得四周居民跟著熱鬧了好幾天。那時石油部還有一幫蘇聯專家，他們同樣一個個欣喜若狂。因為在這之前一直沒有幫中國人打出油來，很沒有面子，連自己國家的部長會議主席都批評了他們。這回四川頻頻報捷，蘇聯專家們總算一掃臉上的陰雲，他們把康世恩叫去暢喝伏特加酒，把不勝酒力的康世恩灌得大醉，然後抬著他滿街跑……

3月27日，正在成都主持中央工作會議的毛澤東，在事先沒有打招呼下，突然興衝衝地趕到四川隆昌氣礦視察，並且欣然題詞：「四川大有希望！」

余秋裡得知後，稍稍安排部裡的工作，立即與康世恩於4月初趕到四川的三個噴油現場。

這是余秋裡上任石油部長後首次到石油勘探現場。當他看到隆隆的機臺和飛旋的鑽機，尤其是仍在壯觀噴油的景觀，興奮不已。他從一個井臺走到另一個井臺，見什麼便問什麼，恨不得把鑽井和勘探知識一下全部裝進自己的腦海裡。

「來來來，抽煙抽煙！」每到一個井臺，余秋裡便把頭上的草帽往旁邊一扔，不管髒不髒，一屁股坐在工人的床舖上，毫不見外地盤起雙腿，掏出口袋裡的「中華煙」滿屋子撒……

「這就是部長啊？」工人們用油乎乎的手一邊吸著難得見到的「大中華」，一邊竊竊私語。

「啥部長不部長的，到你們這兒，我就是小學生。你們可得給我好好講講這兒的油是怎麼打出來的。講好了，我再給你們抽中華煙。另外還有肥肉吃！」余秋裡一番套近乎的話，說得工人和技術員心裡熱乎乎的。於是你一言我一語，給丘巒碧野的南充大地帶來無限春意。

「立即通知各地的局長、廠長都上南充這兒開會！我們要好好研究研究如何集中兵力在四川這兒打個找油殲滅戰！老康你說呢？」余秋裡聽完彙報和幾天的現場學習調查，對康世恩說。

「我贊成。」康世恩早已求之不得，這四川的勘探工作是他近年花的最大心血，如今已見油了，下一步怎麼把地下的儲量搞清楚是關鍵，所以當余秋裡部長提出要開「南充現場會」，便立即讓隨行的唐克司長向各地發出通知。

「老張啊，你的任務有兩個：一是等開會的代表來了，你要好好介紹介紹這兒的勘探情況，二是把伙食搞得像樣點。」余秋裡對四川石油管理局的張忠良吩咐道。

「是，首長！堅決完成任務！」張忠良把腰桿挺得直直的，向余秋裡敬了個標準的軍禮。

余秋裡瞅著非常滿意，說：「我知道你是石油師的副師長，身經百戰的紅軍老戰士！哎，抽時間你給我講講石油師的情況，你們是毛主席親自批准的一支集體轉業到石油戰線

的鋼鐵部隊。中國石油的希望主要靠你們了。以後碰到最艱巨的任務，我可要用你們去衝鋒陷陣啊！」

「是。首長，只要你指向哪裡，我們就衝鋒到哪裡！完成不好任務拿腦袋見你！」張忠良又一個軍禮。

余秋裡有些激動了，雖然自己也才脫幾天軍裝，但他喜歡部隊，更愛聽這樣的話。部隊嘛就要勇往直前，所向披靡，戰無不勝！此刻他想起了毛澤東在菊香書屋那天找他談話時曾吩咐他：找石油就像打仗一樣。要把石油師用好，用在刀刃上。如果什麼時候再需要部隊，我負責給你！

毛澤東是軍事家，是用兵如神的大軍事家。在建設共和國時期，毛澤東作為領袖和統帥，仍經常喜歡用當年推翻蔣家王朝和打日本鬼子的方法，使用軍隊和軍隊幹部來參加承擔艱巨任務和特殊行業的戰鬥工作。他用獨臂將軍余秋裡當石油部長，其本身就是和平建設中的一部分「軍事藝術」。

余秋裡來到石油部後，深知這支擔負國家經濟建設特殊任務的找油隊伍，常年在野外作戰，既獨立又分散，以一個機臺或一個地質普查隊為單位，如何有效組織和指揮這樣的隊伍，引起了余秋裡深深的思考⋯⋯

「我們的找油是以井隊為生產單位，所以一切工作在於井隊，一切躍進在於井隊，各個地區工作做得好不好，也都集中反映在井隊。所以，加強井隊建設，是我們石油勘探能否取得成功和部、局工作意圖能否獲得順利執行的關鍵。毛主席早就說過，紅軍之所以艱苦而不潰散，支部建在連上是

一個很重要的因素。我們的井隊當然還有地質調查隊，也應該把黨支部建設好，每個井臺都有政治指導員，這是完全必要的，完全正確的……」南充會議上，余秋裡以其軍事政治家的真知灼見，提出了石油隊伍建設的一個開創性思路。從此，中國石油部隊有了「支部建在隊上」和「指導員制度」，這是余秋裡的創造發明，也是我們黨和軍隊光榮傳統在石油隊伍中的繼承發揚。幾十年來，中國石油隊伍南征北戰，石油部的領導換了一任又一任，但余秋裡的「支部建在隊上」和「指導員制度」從未更變過，即使在 80 年代曾經出現工業部門統統取消「政治機關」的風潮與機構改革中，保留「政治部」編制的只有石油部。實踐證明，像石油部這樣執行特殊任務的經濟工作戰鬥隊，支部建在井隊和政治指導員制度，是符合中國國情的，也是一條使隊伍取得勝利、隊伍堅強有力的政治保證。

「既然四川已見油，我們希望儘快地打到大油田。那麼用什麼辦法？我看集中我們的優勢兵力，像毛主席指揮打三大戰役一樣，打大會戰是可以實現的！你們說呢？」余秋裡揮起有力的右胳膊，詢問部下。

那時的部下們，幾乎都是清一色的從部隊裡來的指揮官，他們太熟悉打仗了。轉業到石油戰線後，已經好久沒有聽到這樣熟悉而親切的軍事用語了。經將軍部長這麼一說，頓時一個個熱血沸騰，彷彿又可以回到那個戰火紛飛、殺它幾百個回合的大決戰了！

「行！我看行！」

「我們贊成部長的建議！」

「對頭，要幹，就痛痛快快地幹！」

局長、廠長們個個摩拳擦掌。就連整天戴著寬邊眼鏡、看上去文質彬彬的康世恩也把袖子一捲，高喊著說：「我看行！就打大會戰！」

現在輪到余秋裡笑呵呵了。突然，會議代表又見他臉色一變，揮起拳頭，重重地砸在那張長條桌上，近似吼著說：「好！現在我提議：中華人民共和國石油工業部川中石油會戰成立領導小組，組長康世恩，副組長張忠良、黃凱，參謀長唐克！」

「是！」康世恩和張忠良、黃凱，還有唐克，齊刷刷地站起來接受任務，並向余秋裡敬軍禮。

「新疆局的張文彬、玉門的焦力人、青海局的楊文彬，你們回去以後，要迅速組織最強的兵力，參加川中會戰！」

「是！」張文彬、焦力人、楊文彬以同樣的標準軍禮接受將軍部長的指令。他們無一例外都是軍人出身。張文彬，原中國人民解放軍第十九軍 57 師政委，是他和師長張復振帶領全師官兵於 1952 年接受毛澤東主席的命令，集體轉業到石油戰線，成為新中國第一代石油工業的開拓者和領導者，離休前曾任石油工業部副部長；焦力人，1938 年入黨的「老延安」，離休前任石油部常務副部長；楊文彬也是位「老八路」，離休前為石油戰線的領導者之一。

　　一群戰爭年代走過來的將士們，以其軍人的特有風格，以其排山倒海之勢，拉開了新中國石油工業史上的第一場會戰序幕——

　　一時間，來自共和國幾支石油主力部隊的勘探隊分別從玉門、新疆和青海的油田上揮師「天府之國」。余秋裡與康世恩商量後，又作出在成立由張忠良為局長的四川石油管理局基礎上，再成立川中、川南兩個礦務局，並從玉門石油管理局調來一名大員，名曰秦文彩，與四川有名的大地主劉文彩只差一個姓，但秦文彩是位地道的赤貧出身的革命者，後任石油部副部長、中國海洋石油總公司總經理。柴煙白塔，綠肥紅瘦，嘉陵江畔的川中土地上，一百多臺鑽機，在七條地質構造上威武雄壯地擺開戰陣。而康世恩對秦文彩下達的命令是：必須在已經見油的南充、蓬萊、龍女寺三個地質構造上迅速拿出 20 口關鍵井，作為整個會戰前的勘探主攻任務。

　　「大油田、小油田，就看這 20 口井出油情況了！」康世恩雄心勃勃地說。

　　「可我覺得川中這樣的地方，地質複雜，不宜如此大動干戈搞會戰。最好再等等已經出油的幾口井觀察一下為妙。」年輕的四川石油管理局總地質師李德生面對一群將士出身的軍人指揮員摩拳擦掌的架勢，提出了不同看法。

　　康世恩的眼睛一下瞪大了：「你再說一遍！」

　　李德生挺著脖子，說：「我還是堅持等地質情況弄弄清

楚再大幹也不遲。」

康世恩一下火了：「不遲？你不遲我還覺得遲呢！」然後問余秋裡，「你是部長，你說呢？」

余秋裡本來是坐著的，聽康世恩一問，便「噌」地站起來，大步走到李德生面前，兩隻眼睛兇狠狠地盯住對方，聲音是從鼻孔裡出來的：「你再說一遍！」

李德生是知識份子出身，哪見過這陣勢？嚇得直冒冷汗：「我、我是說不能蠻幹，要幹也得等地質資料都收集齊了才好決定怎麼幹嘛！」

「那你說要等到什麼時候？」看得出，將軍部長是硬壓著心頭不滿。

「這個我說不準，或許半年……也可能一年、兩年……」

余秋裡一聽就火了，拳頭猛地砸在桌子上：「扯淡！等你資料收集齊了，人家鋼鐵大王都已經把英國美國趕超了。我們還幹個鳥！你這叫動搖軍心知道嗎？油都噴到天上了，這是最好的資料，虧你還是個總地質師呢！」

李德生大汗淋漓。

康世恩在一旁對生產一線的幹部們揮揮手：「該幹什麼還去幹什麼！戰場已經擺開，不能有任何動搖！」

兩位軍人出身的指揮官深知決定了的事不能有半點馬虎，否則就實現不了戰役意圖。

余秋裡見川中戰局已佈置就緒，便對康世恩說：「老

康，看來我們得抽出時間專門關注一下東北那邊的事了。」

康世恩頻頻點頭：「我也這麼想。聽說地質部那邊已經有了不小的進展。」

余秋裡一聽又來勁了：「是嗎？既然這樣，咱們也得趕緊動作！小平總書記不是指示我們千萬要注意做好戰略、戰術和戰役三者之間的關係嘛！川中會戰可以說是我們今年爭取拿出產量趕指標的戰役，而玉門、克拉瑪依和柴達木三個主力油田生產基地是我們只要採取有效的戰術就能抓穩產的地方，東北松遼則是我們今後有可能搞到大油田的戰略方向。與戰術和戰役相比，戰略更對我們石油工業發展具有關鍵性意義。走，立即回北京研究松遼的問題！」

早期的找油，有點像瞎子捉迷藏的味道。浩浩九百六十萬平方公里的面積，千把臺鑽機，幾萬地質隊伍就像天上撒下幾粒芝麻粒兒，真可謂微不足道。但不管是瞎子捉迷藏，還是天女撒花，毛澤東和中國共產黨人要在自己腳下開出「嘩嘩」直冒的大油田，既是做夢也是在想的願望，也是國家經濟發展的迫切需要。還有便是國家安全的緊迫需要。那會兒美帝國主義剛在朝鮮戰場丟了面子，仍不甘心，便不斷借臺灣小島上的蔣介石殘餘勢力，在我東南沿海進行搗亂和挑釁。毛澤東決意要給美國人和「老蔣」一點顏色看看，金門一帶變得戰局十分緊張。現代戰爭，特別是海戰，艦船和大炮離不開用油。余秋裡雖說已離開軍隊，但老帥和國防部的統帥們時不時地詢問他：油找得怎麼樣了呀？這無疑給將

軍部長的他增添了很大壓力。這種壓力是石油部門的一般幹部和普通職工體會不到的。

余秋裡承受的壓力還在於當時風起雲湧的「大躍進」的政治壓力。

「乾脆，今年的鋼鐵產量比去年翻一番！何必拖拖拉拉嘛！」余秋裡在川中剛剛安排好戰局，欲求本年度力爭完成好國家交付的年度石油計畫，而毛澤東此時又在北京下達了這一新指標。

石油部長叫苦不迭：本來李人俊代表石油部黨組在中南海向毛澤東和全國人民喊出的「一噸鋼一噸油」還可能有點兒戲，這回毛澤東又把鋼鐵指標「翻一番」了，不等於要他余秋裡命嘛！更嚴重的問題是，那股山雨欲來風滿樓的「全民煉鋼鐵」狂潮，已經刮到連搞石油的人也不得不放下手中的鑽機與地質錘的地步了。

余秋裡回到北京，見自己的石油部大院內煙霧瀰漫，人聲鼎沸。一邊是一群機關幹部架著幾口大鐵鍋說是在「煉鋼」了，「原料」來自各家各戶包括機關後勤處那兒搜集上來的一些破銅爛鐵，甚至是做飯的鍋、燒水的壺；一邊是勘探司的人在後院搭著幾臺像食堂灶臺一樣的人造煉油爐……真是好不熱鬧！

「煉了多少鋼水出來啦？」余秋裡瞇著眼，走到「煉鋼」同志那兒問。

「煉鋼」者皺皺眉頭，踢了踢甩在一邊的幾塊像馬蹄形

的鐵塊，膽怯地：「部長，就這麼點兒，可我們已經幾天幾夜沒休息了⋯⋯」

余秋裡又皺著眉頭走到「人造油」煉場，問：「搞出幾滴油了？」

煉油者提出一個鐵桶，不好意思地：「部長，我們可沒有馬虎過，這玩意兒它不怎麼出油呀！」

余秋裡臉色一板，站在大院內吼道：「你們聽著，立即給我把這些破破爛爛的玩意兒統統扔了！有力氣就給我使在找油上！以後誰再吃飽了撐著幹這些玩意兒，我就把你們趕到玉門、趕到青海去！」

石油部大院頓時重新變得清靜和乾淨了。幹部和職工們重新回到了自己該幹的本職工作：找油。

5 月 27 日，在他主持下，石油部黨組作出幾項重大決策：成立松遼石油勘探局、華東石油勘探局、銀川石油勘探局和貴州石油勘探局。這樣，就全國的石油佈局而言，基本實現了鄧小平年初確定的戰略轉移目標。這其中後來對中國石油工業產生決定性作用的要算松遼石油勘探局的成立。這是後話，現在我們跟著余秋裡的目光一起關注四川的戰場吧。

大將軍余秋裡給我們玩了一個戰略家的遊戲，他這回沒上「天府之國」，而是搭上飛機去了西北那個人煙荒蕪的玉門。將帥畢竟是將帥，在考慮戰略時的高明之處終有其高屋建瓴的思維方式。四川方面剛剛佈置完畢，千軍萬馬調向

「天府之國」時，余秋裡的目光已經轉到了西北正在擔負國家石油生產主要任務的玉門和克拉瑪依油田。

此時此刻，北京城裡的毛澤東已經連續不停地向政治局的同志講「破除迷信」的問題，同時又提出了著名一時的「插紅旗拔白旗」的「反右傾」號召。

余秋裡出北京前暫時讓秘書把毛澤東的這些講話精神材料放進了皮包，他現在的全部心思是渴望儘快地早一眼看到被朱德元帥稱為「中國石油搖籃」的玉門油田。

玉門油田在 50 年代中期太出名了。幾乎在整個 20 世紀 50 年代，國家對玉門油田關愛有加。毛澤東、周恩來對玉門油田有過數次專門的運籌與謀劃。1952 年 2 月，毛澤東以中共中央軍委主席的名義，簽署了一道特殊命令——

> ……我批准中國人民解放軍第十九軍第五十七師轉為中國人民解放軍石油工業第一師的改編計畫，將光榮的祖國經濟建設任務賦予你們。你們過去曾是久經鍛煉的有高度組織紀律性的戰鬥隊，我相信你們將在生產建設的戰線上，成為有熟練技術的建設突擊隊。
>
> 你們將以英雄的榜樣，為全國人民的，也就是你們自己的，未來的幸福生活，在新的戰線上奮鬥，並取得輝煌的勝利……

　　在毛澤東的這份充滿激情和期望的命令下，五十七師8000名官兵在師長張復振和政委張文彬的帶領下，隨即成建制地奔赴石油戰線。「石油師」的光榮名字和光榮傳統，幾乎佔據了中國石油工業發展的主要光榮和歷史。如今依然在北京健康生活著的原「石油師」政委張文彬老人，經常拿出一張幾十年前他和戰友們接受毛澤東主席改編命令時的老照片，十分自豪地扳指頭數著從「石油師」成長起來的部長級領導幹部的名字：除他本人外，還有宋振明、陳烈民、李敬、秦文彩……而當時「石油師」的官兵基本上都分配到了玉門油田。那時的玉門就是新中國的「工業聖地」，吸引了大批優秀社會青年和支邊人員前來投身社會主義建設。新中國首批進口的汽車、拖拉機、無縫鋼管等大批設備器材，更是源源不斷地運抵玉門……沉靜幾萬萬年的祁連山下，成為了全中國人民嚮往和矚目的地方。朱德、陳雲、鄧小平、彭德懷、葉劍英、聶榮臻等開國元勳先後到過玉門視察。1958年7月，余秋裡上任不到5個月，在安定四川戰局後，與康世恩等人來到當時占全國產油51%的玉門油田。

　　將軍部長第一眼看到玉門油田時就非常激動。一路上問遍了康世恩無數問題。作為新中國接管玉門油田的「欽差大臣」，康世恩更是興致勃勃、如數家珍地向將軍介紹了玉門的全部歷史和現狀——

　　玉門位於祁連山北麓的山腰地帶和山腳的戈壁灘上，西距玉門縣100公里，東距酒泉市80多公里，海拔2500米。

與萬里長城西端終點的嘉峪關城樓遙相呼應。早在 1600 多
年前的西晉時，祖先就發現這裡有石油。清末名將左宗棠坐
鎮酒泉時，曾派人去玉門取油樣送往法國化驗，證明油質十
分理想。但當時條件不具備，無法開採利用。到了 20 世紀
初，在中國石油事業的開山鼻祖翁文灝及他的弟子、「中國
陸相生油論」創立者之一的謝家榮到甘肅玉門考察後，才真
正開始了玉門石油的開採工作。20 世紀 30 年代，在翁文灝
安排下，時任中央地質調查所地質師的孫健初三次來到玉門
考察石油。1937 年 10 月，孫健初在西北勘探隊隊長史悠明
的引領下，從酒泉向西行進，相繼在玉門縣幾個地方考察，
結果在一條名曰「石油河」的老君廟一帶見有幾個農民在河
裡撈油。這讓孫健初他們大喜，「玉門有油」，很快報到南
京的中央地質調查所。

　　這時的中央地質調查所所長是一位與鄧小平同齡同鄉的
四川人、1928 年畢業於北京大學地質專業（北大首屆地質專
業畢業生總共才有 4 名學生）、從瑞士伯爾尼大學留學回國
不久、年僅 34 歲的著名大地地質構造學家黃汲清（黃後來
是大慶油田的最主要發現者之一，名列李四光之後）。瘦小
的黃汲清一聽「大胖子」孫健初的報告，欣喜若狂。因為他
接手中央地質調查所後，所裡捷報頻傳，北京周口店猿人遺
址發現的挖掘工作剛剛完成，玉門又發現大油田，能不讓這
位當時中國唯一一個科學技術專業部門的年輕領導者高興
嗎？黃汲清迅速將玉門的消息報告了時任行政院秘書長兼經

濟部長和資源委員會主任的翁文灝。翁氏聽後大喜，連忙向
「蔣總裁」報告。哪知此刻的「蔣總裁」根本沒有工夫管這
類事。「九一八」事件，弄得他焦頭爛額。說蔣介石在日本
人侵略中國時一心就想投降，似乎不太符合歷史事實。蔣介
石開始確實也想「娘稀匹」地跟日本人幹一場，他甚至命令
「外交部長」顧維鈞想法爭取內外力量與日本人「抗爭一
番」。顧外長接受任務後，在國際上到處找「朋友」聯絡，
但「朋友」不夠意思的占多數。顧維鈞只好把目光轉向國
內。那時東北三省吃緊後，關外的中國整個局面都出現了能
源的嚴重緊缺。顧維鈞甚至不得不親自出現以「顧少川」的
名義，串聯財界巨頭周作民，組織了一個「中國煤油勘探公
司」，以求一線希望。而顧的公司雖不乏財力，但卻缺少技
術，於是便來援助黃汲清的中央地質調查所。

　　此事非同小可，關係到國家存亡大事。黃汲清便與政府
實業部國煤救濟委員會委員、勘探隊長史悠明商議。

　　「既然玉門見油花了，那就幹吧！」史隊長倒是個痛快
人，說，「過去你先生想和我幹也幹不成，現在財神爺給撥
錢了，時不再來呀！」

　　於是黃、史二人商定，組織一個以「中國煤油勘探公
司」和中央地質調查所共同攜手的混合普查勘探隊再往玉門
一帶進行普查工作。

　　就這樣，這年 11 月，孫健初帶領隊伍再次赴老君廟，
並在冰天雪地裡苦戰六個月，全面徹底查清了這一帶的生油

層地質情況。剩下的就是打鑽出油了！當「孫胖子」寫完
〈甘肅玉門油田地質報告〉時，他猛然發現自己仍是在紙上
談兵，說找油找油，可連臺鑽機都沒有啊！

這事也難住了遠在南京主持調查所工作的黃汲清。他急
步跑到翁文灝那兒求助，翁對他說：「老蔣的家底你不是一
點不知道，時下又臨全面抗戰，哪來鑽機可調？」

翁的話使黃汲清大失所望。對呀，有一個地方有鑽機
哎！黃汲清突然腦袋一拍，興奮地跳起來：「我聽嚴爽（另
一位地質學家——筆者注）說過，延安那邊也在打油井，他
們那裡有鑽機，不妨借來用一下！」

翁文灝點點頭，說：「是聽說過。不過共產黨肯不肯借
又是另一回事！」

急脾氣的黃汲清嗓門大了：「試試再說唄！」

「那就試試吧。」翁文灝說。

幾天後，翁文灝專門前往漢口的十八集團軍辦事處會晤
了中共代表周恩來。周恩來當即表示：同心為國，絕無異
議，同意拆遷。並指派漢口八路軍辦事處主任錢之光具體辦
理，後由中共駐陝代表林伯渠親自安排，陝甘寧邊區的延長
油礦派出鑽井工程師等 15 名技術骨幹，兩臺「頓鑽」鑽機，
還包括兩套鍋爐、兩套汽機、12 根套管，還有鑽頭、鋼絲繩
等物資共 30 餘噸，由武裝的八路軍一路護送，輾轉運到千
里之外的玉門老君廟地區。鑽機一到，工人們就日夜開始奮
戰起來，並於 1939 年 8 月 26 日打出了第一口冒油的井。苦

於為資源走投無路的國民政府上下大喜，連蔣介石都當眾説：毛澤東也是做過一些有益於民族的好事嘛！高興之餘，蔣介石還批准了經翁文灝提名的玉門油田領導成員，任命著名實業家孫越琦為總經理，嚴爽為玉門油礦礦長，金開英為玉門煉油廠廠長。這三人中，金開英後來到了臺灣，成了「中國煉油第一人」。嚴爽成為中國石油事業的開拓者之一，而孫越琦則成為新中國建設事業值得人們尊敬的重要功臣。

「這麼説，在我們石油工業史上，也有很精彩的一段國共合作歷史啊！」余秋裡聽到這兒，不由舒心一笑。隨後又問康世恩，「哎，説説當年你接管玉門油田時是啥情形嘛。」

康世恩深情地回憶道：經過解放前 11 年的建設，我們奉彭總司令之命，於 1949 年 9 月 28 日正式接收玉門油田。當時玉門的原油年產能力 8 萬噸，煉油年加工能力 10 萬噸的規模，是當時中國規模最大、產量最多、工藝技術最為領先的現代石油礦場。有職工 4000 多人，大部分人對石油勘探和開採及煉油技術頗為熟練。國民黨政府對這塊「肥肉」是不會輕易送給我們新中國的。在我們接管前夕，國民黨西北長官公署的馬步芳對時任油礦經理的鄒明不斷施加壓力和威脅，要求他做好破壞油礦的計畫。鄒明一想，這怎麼行？玉門油田為國家和抗戰作了多少貢獻不説，這真要把油田炸了，幾千名職工咋個活法？他不幹，於是決定團結廣大員工

進行護礦守礦。這個時候，我軍在彭德懷大將軍的直接指揮下，加快前進。余部長你的老戰友、第三軍軍長黃新廷率領的機械化裝甲團以迅雷不及掩耳之勢，於 9 月 25 日上午到達了礦區，才使玉門油礦免遭破壞。黃軍長他們解放玉門油田的第三天，即 9 月 28 日，王震司令員就向朱德總司令建議並獲得批准，我就奉彭德懷司令員的命令做了玉門油礦軍事總代表。

「那時你 34 歲對不對？」余秋裡以欣賞的口吻對康世恩說，「你算是我們新中國最早的石油工業領導幹部之一了！」

康世恩推推眼鏡，謙遜地：「不都是服從命令聽指揮嘛！」

余秋裡感慨地：「是啊，幹石油毛主席和彭總推薦我們倆來到了石油前線，我們的責任不輕啊！」

踏上玉門油田的第一步，余秋裡迎著西北高原的習習清風，心潮起伏。現在，他是來領略和指揮新中國最重要的油田開採新高潮的。

「這就是余部長啊？怎麼一點兒架子都沒有？」工人和幹部們對新部長的到來，懷著十分好奇的心情，他們驚喜地發現，這位「少一隻胳膊」的部長，所到之處，毫無官樣，該說的該笑的，跟他們鑽井工人沒什麼兩樣呀！至於吃的睡的，工人們是啥樣，他「少一隻胳膊」的人也啥樣。有一回，「少一隻胳膊」的人還提出要跟鑽機工人上一天班。工

人們哪好意思讓「少一隻胳膊」的人幹一樣的活嘛！於是提
鑽起鑽時便將「少一隻胳膊」的人擋在一邊。「少一隻胳
膊」的人急了：「你們這是幹啥？我又不是來吃閒飯的！」
說著，就撥開人群，上前抓起鑽桿就抬。工人發現這「少一
隻胳膊」的人力氣一點兒不比他們小喔！

「少一隻胳膊」的人看到自己扛上的鑽桿，順著隆隆轟
鳴的鑽機徐徐下至千米的地心深處時，站在機臺上「呵呵
呵」地笑個不停。

一個西北漢子悄悄上前握了握「少一隻胳膊」人的那隻
右胳膊，不想被對方緊緊握住捏在手心裡。「哎喲喲——」
那西北漢子頓覺自己全身發酥。

「部長，你的一隻手挺厲害的噢！」西北漢子漲紅著
臉，對「少一隻胳膊」的人說。

余秋裡風趣地揮動右拳，說：「你可別小看我只有一隻
胳膊，打仗時我就靠它抬起機關槍噠噠噠地掃哩！」

從此西北油田上，大夥兒都知道他們的部長雖比別人少
一隻胳膊，但論力氣還是蠻大的喔！

工人和幹部們最欣賞他們部長的還是看他在開會時的那
種神態：個頭不高，站在那兒，卻像鐵塔那麼敦實。說起話
來，聲音卻像山廟裡的銅鐘，聲一出，震天動地。再看他揮
胳膊時的氣勢，比沙漠裡刮起的沙塵暴還厲害！一切擋路絆
腳的亂石，在他鐵臂揮動之間，都會驚得滿地亂滾，無地藏
躲。要說他表揚你時，定叫你熱血沸騰，鬥志高昂百倍。他

要批評你，那非令你渾身刺骨冒寒……

這就是余秋裡。

余秋裡這回到玉門不是想表揚誰，更不是想批評誰，用他自己的話「是來學習的」。所以一連數天他不是上機臺就是鑽到「乾打壘」裡與工人們促膝傾談，海闊天空地談。瞧他盤著雙腿，抽著煙捲，一坐就是四五個小時，那麼開心，那麼傾情，那麼專注。

「部長，北京來電，請你立即起程回去開重要會議。」秘書李曄過來悄悄對他說。

余秋裡只好起身，與工人們一個個握手，然後頗為遺憾地對大家說：「時間短了些，短了些，等我開會回來，大夥兒再嘮嘮！」

但等余秋裡再回到玉門時，他的臉上不再那麼整天露著笑容。「是來學習的」話也不說了。整天找幹部開會，討論油田如何增產的事。

這當兒，中國南邊發生了大事，8 月 23 日下午 5 點 30 分，我軍 3 萬發炮彈，以雷霆萬鈞之勢，射向金門島，令全世界震驚。毛澤東則在北戴河的別墅裡笑談風聲，繼續他的「鋼鐵指標問題」。

軍事用油，彭老總緊催不休；經濟放衛星，「小弟弟」的石油部被逼得無處可躲。余秋裡的壓力別人無法理解。

上，必須盡全力上！就是盡全力，咱石油部也就是吃奶的那點力氣！

「咋呼什麼？就是吃奶的力氣也得給我上！」余秋裡發威了！打娘肚子裡出來後，他什麼時候服過輸？

王鶴壽在冶金部當了「鋼鐵元帥」，全國人民跟著他們去煉鋼。石油部有啥資本？充其量就是玉門、柴達木和克拉瑪依這麼幾個油田。四川的情況剛剛佈局，百臺鑽機還不知什麼時候見成效。余秋裡可以發威使勁的就是這大西北了！

「立即通知各礦廠負責人到克拉瑪依開現場會！」與康世恩一商量，余秋裡命令部機關向全國石油系統發出緊急通知。

地處準噶爾盆地的克拉瑪依真的不錯。這裡與玉門和其他油田相比，可謂天堂了。機關辦公有樓房，工人住的也不是「乾打壘」，一切都是像模像樣的。正如朱德元帥所說：「三年時間，在荒涼的戈壁灘上，建立起一座 4 萬人口的石油城市，這是一個很大的成績，也是一個很動人的神話。」

這個神話大半要歸功於蘇聯老大哥。因為克拉瑪依的建設開發是新中國成立後的第一個「中外合資企業」。「老大哥」建礦可不像中國窮兄弟，一確定礦要開發，油還沒見多少，樓房、舞廳都已到位。人家會生活嘛。

余秋裡第一次來此，望著整齊劃一的樓區和辦公地，有些意外，也對此沒有多說話。但在現場會上，他的聲音卻特別大：「同志們，新疆克拉瑪依現場會今天正式開始了！」他的面前是五六個麥克風，本來就宏亮的聲音被放大了好幾倍，震得戈壁灘上的亂石跟著他的聲音一起跑。

臺下，一萬餘名幹部職工全神貫注。

「我們開這個現場會的目的是什麼？一個目的：國家現在要油！我們石油部就要急國家所急，多找油！多出油！多貢獻油！」

油——油——油！千里戈壁上，被一個「油」字，震得雷聲隆隆，風騰雲舞。

要多找油，就不能讓阻礙找油的理由成為理由！

四川局的總地質師李德生聽得汗水淋淋。

要多出油，就不能讓干擾出油的理由成為理由！

剛上任幾個月的川中勘探局的秦文彩聽得後背發冷。

要多出油，就不能讓縮手縮腳的理由成為理由！

老紅軍出身的張忠良聽得四肢在顫抖。

作為石油部的黨組書記，余秋裡同樣需要堅定地執行毛澤東的「拔白旗」精神。「拔白旗」之後是「插紅旗」。

大會執行主席張文彬宣佈「插紅旗」的勞動競賽開始：「有請玉門局鑽井公司貝烏五隊隊長王進喜上臺講話！」

只見一位頭戴鴨舌帽的中年男子，一臉憨厚地「噌噌」幾下跳上主席臺。然後掏出一沓皺巴的發言稿。余秋裡一看就樂了：是王進喜啊！王進喜同志，你就別用發言稿了，放開講吧！

王進喜回頭一看是獨臂將軍在對自己說，便臉上露出一片憨笑：「嗯。」然後轉過身去，對著麥克風，突然發出一聲雷吼：「我是代表玉門貝烏五隊來向新疆 1237 鑽井隊挑

戰的！」

會場一萬名幹部職工開始一愣，繼而暴發出雷鳴般的掌聲。

最高興的要算余秋裡和康世恩等領導了。余秋裡瞅著臺前的王進喜哈哈大笑，對康世恩說：看看，我說王進喜這個名字好吧，他一來，就會給我們石油戰線帶來喜事兒！

這個時候的王進喜並沒有像大慶時的王進喜那麼響牌，人家也不叫他「王鐵人」。但王進喜生來是條漢子，所以從他一出現在玉門，這石油戰線就被這條「龍」攪得翻天覆地。

這位和平時期的民族英雄，工人階級的傑出代表，出生在 20 世紀 20 年代第三個年頭，與余秋裡同生在秋天的季節裡。他也是赤貧出身，倒不像余秋裡連個大名都沒有。別看王進喜個頭不高，可他媽生他的時候，將其放在篩子裡一稱，整十斤哎！於是他第一個乳名就叫「十斤娃」。王家距玉門油田不遠，是玉門縣赤金堡王家屯人。王進喜的父親王金堂按其堂兄王進財往下排，就給自己的兒子取名為王進喜。可舊社會那會兒，王金堂沒有因為兒子取名「進喜」而得過啥喜，家裡依然窮困至極。「我六歲就要出去討飯。」王進喜對小時候的苦難記憶猶深。

15 歲那年，王進喜到玉門油田打工謀生。那時舊社會資本家統治，對打油工人壓迫很殘酷。玉門礦門前有四根石柱。工人們在油礦幹活，生死由天。故而這一帶有民謠說：

「出了嘉峪關，兩眼淚不乾。到了玉門礦，如進鬼門關。」
王進喜在「鬼門關」裡苦度了他的青春少年。

余秋裡初識王進喜是在一次聽玉門局局長焦力人彙報工作之中。焦力人說，他們這兒有個鑽井隊長什麼事都要搶先，少了他就跟你急。年初油田為了回應部裡「努力發揮老油田潛力，積極勘探開發新油田」的號召，組織了一批先進鑽井隊在玉門老油田附近的白楊河一帶工作。當時玉門有個標杆隊，隊長是景春海為首的貝烏四隊，正在與新疆局的以隊長張雲清為首的 1237 隊在進行勞動競賽。兩個隊都想在「鑽井大戰」中獲得先進。王進喜開始並不知道，後來聽說這事後很生氣，非鬧著也去「大戰白楊河」參加競賽。一直鬧到焦力人局長那兒，弄得焦力人只能讓他帶鑽井隊去參戰。這一去，王進喜的名聲就大震，他把原先的兩個鑽井隊全都甩在後面，創造了全國鑽進速度第一名。余秋裡平生就喜歡這樣敢打敢闖的虎將：「走，你帶我去看看那個大鬧調度會的王進喜！」於是焦力人便跑在前頭，領著余秋裡來到白楊河工地。余秋裡在鑽機臺上握著王進喜的手讚道：「王進喜，你這個名字好啊！進喜進喜，你叫咱們石油部也進點喜嘛！」

王進喜後來真的給中國石油帶來了大喜。這大喜是在兩三年後松遼大地上出現的——此為後話。

現在我們先看克拉瑪依現場會上的王進喜。當他把矛頭直指新疆局的標杆隊時，對方的領頭是誰？他是名聲顯赫的

「石油師」原警衛排排長張雲清，張文彬手下的一名虎將也。正規軍人出身，戰場上殺敵建過奇功，敢上刀山、敢下火海的人物。

張雲清原來也是玉門局的人，後來新疆成立石油勘探局，便隨師政委張文彬來到了克拉瑪依。這時聽玉門的王進喜的手指著自己在喊挑戰，他張雲清怎能忍得住？只見他躍上主席臺，搶過麥克風，既對王進喜，又對全場一萬餘名參會者吼道：「我們這個月要打 7000 米！」張雲清說月鑽7000 米是因為知道玉門的王進喜來者不善，他王進喜是因為聽說張雲清上個月創造了月鑽進 4000 米的全國紀錄後，很不服氣，於是來克拉瑪依前王進喜在隊上幾經動員和研究，決定這回乘現場會之機，決意要跟張雲清他們攪和攪和。哪知張雲清不吃他那套，你不是要超過我嗎？那我就放它個衛星讓你「老王」做縮頭烏龜！

王進喜是誰？天塌下來敢去用脖子撐的傢伙呀！見張雲清奪過麥克風喊出了「7000 米」時，便伸手就將麥克風重新搶回來：「我們要打 7200 米！向毛主席報喜！」

張雲清氣呼呼地看了一眼王進喜，憑藉高半個頭的優勢，將其擋在一邊，又衝著麥克風大喊：「我們 8000 米！」

「我們打 8500 米！」不知什麼時候，王進喜鑽到張雲清前面，只見他雙手各抓一個麥克風，嘴巴都喊歪了。

後臺的余秋裡和康世恩等笑得前仰後合。臺下一萬雙手更是拼命鼓掌。

　　張雲清個高手長，猛地奪回麥克風，這一使勁，麥克風的鐵管子都扭彎了。但電線沒斷，張雲清不管三七二十一，今天非要壓倒你這「玉門佬」——在新疆局的兄弟們面前要是輸了面子，他張雲清以後還怎麼做人？

　　「我打9000米！」張雲清喊出了天文數字。

　　王進喜愣了一下，看看對手，突然揮動拳頭，朝主席臺上的桌子「咣」地砸去：「我們打一萬米——！」

　　「一萬米——！」

　　「一萬米——！」

　　王進喜的聲音幾乎讓全場的人都震得耳聾。

　　張雲清心想你這傢伙是瘋了！好吧，今天咱們一起瘋到底吧！他正準備上手再搶回麥克風時，大會執行主席張文彬快步走到兩人中間，要回麥克風，說：「好了好了，不能再沒邊沿了！這一萬米就算標杆，誰完成一萬米誰就是衛星隊！你們倆有沒有決心？」

　　「有——！」王進喜和張雲清比起嗓門了。而在臺下的萬眾也跟著喊起來：「有——！」

　　余秋裡笑得從來沒有這麼開心。

　　只見臺上的張雲清向主持人張文彬行了一個標準禮。張文彬是張雲清的老首長，而警衛排長出身的張雲清，用現在的話說，又是個帥哥。他這麼一個軍禮，讓臺下又響起一片掌聲。

　　王進喜老土出身，他看張雲清來這一手，兩隻三角眼氣

得恨不得將對手吃掉。

余秋裡一看，連忙起身上前把兩位對手叫到自己身邊，也不知跟他們嘮了些什麼。只見王進喜和張雲清友好地握了握手，然後重新並排站在麥克風前，先是王進喜舉手，後是張雲清舉手——

「玉門人是好漢！標杆永立祁連山——！」

「新疆人是好漢！永保標杆插天山——！」

兩個各呼一句後，又用一隻胳膊對著麥克風振臂高喊，這聲音勝過十隻雄獅：「石油工人是好漢！堅決拿下 800 萬！」

克拉瑪依的青年廣場上地動山搖。

「石油工人是好漢！堅決拿下 800 萬——！」

這回領喊的是余秋裡。跟隨他喊的是一萬名石油人。800 萬是石油部向毛澤東和全國人民保證的全年產油任務。

石油人都這麼告訴我：余部長一喊口號，能把大地撼了！能讓人的血液沸騰！

這一天余秋裡心情舒坦，好像又找回了那種在殺敵戰場上翻江倒海的感覺。

「余部長，我必須向你報告：有點兒不妙情況。」晚上，康世恩皺著眉頭，來到余秋裡的小房間。

余秋裡忙問：「哪兒情況不妙？」

「四川。」

余秋裡「噌」地站起：「快說，到底是怎麼回事？」

康世恩繼續報告道：在川中前線原定打的 20 口關鍵井，
已經完鑽 19 口。可是戰績平平，其中只有少數井產油，而
且產量相差懸殊。有些井產量下降很快。有的井產量平穩，
關井後再開井，一滴油也不出了⋯⋯

「你說得具體些！」余秋裡有些煩躁，並不停地在屋子
裡走動。這川中的找油戰是他上任後佈置的第一個戰役，毛
澤東、鄧小平都在等他的「喜報」呢！毛澤東在幾個月前視
察四川隆昌氣礦時不還親筆題詞說「四川大有希望」嘛！主
管石油的總書記兼副總理的鄧小平甚至對他余秋裡說過這樣
的話：「四川有一噸石油，也算有了石油工業了！」怎麼，
到了你余秋裡的手，四川就這麼一點兒沒希望啊？

康世恩如實報告：原先的龍女寺 2 號井，當時日產 60
噸，可經過兩個月的壓力噴油，產量一直不上升。等後來我
們需要關井測井底壓力時，哪知再加壓讓它出油時，一滴油
也不出了！

余秋裡：那個南充 3 號井呢？以前不是一天噴油 300 多
噸嘛！它怎麼樣了？

康世恩垂頭喪氣地：跟龍女寺 2 號井差不多，開始還時
噴時歇，後來乾脆停止了。

余秋裡氣得嘴裡直罵：小娃兒尿尿！呸！我不信，既然
它們以前都出了油，而且油還是很大的嘛！現在就躲起來
啦？跟我們捉迷藏？

康世恩檢討道：看來我對地質情況摸得還不夠，布孔可

能也有問題。

余秋裡：這説明「地下敵人」在暗處，我們在明處，它是有意捉弄咱們。那好，我們就來個集中兵力，打它個無處躲藏的大戰役！你看怎麼樣？

康世恩與余秋裡一樣心急，這川中明明是有油的，怎麼轉眼油井就全滅了？作為地質學家，他康世恩百思不解。

「我贊成。」康世恩説。

余秋裡的右胳膊一甩：「好，等黨組會議通過後，你要親自坐鎮四川組織會戰。只許成功，不許失敗！」

康世恩扶扶眼鏡：「我明白！」

北京六鋪炕。石油部召開專門研究川中會戰的黨組會開得特別沉悶。余秋裡有幾次在會上自言自語地喃喃著：「奇怪得很呢！一會兒它們往外嘩嘩地直冒油，轉眼咋就影子都不見嘛！你就是喊它老子親爹也没用！這麼狡猾的敵人噢！」

黨組會議最後作出決定：再調集部分力量，加強川中會戰力度，爭取在 1958 年底前拿下川中油田！余秋裡再一次對他的同僚們強調：「此次任務，只准成功，不准失敗！」

在一片戰鬥動員令下，「天府之國」的找油戰火更加紛飛。四川局全力以赴，玉門、新疆和青海三個實力最強的勘探局也分別派出了最優秀的鑽井隊和試油隊，都在一名局領導親自帶領下，於 11 月中旬全部開赴會戰地。與此同時，部機關也運用了設計院所、石油院校等技術部門前往支援。

此刻的川中大地上不僅是鑽機隆隆的勘探大會戰，而且又是石油技術攻關戰。

將軍天天與遠在前線的康世恩通話。康世恩則白天在施工現場指揮，晚上又忙著找各鑽井隊隊長和技術人員商議生產進展情況，然後再向北京的將軍彙報。

「余部長，看來這兒的情況真的很複雜，我們遇上了狡猾而又頑固的敵人了⋯⋯」經過兩個多月的苦戰，在又完成37口鑽井的勘探後，康世恩不得不語氣沉重地如實彙報道。

「⋯⋯」北京的長途電話線裡許久沒有將軍的說話聲音。

康世恩緊張地連聲「喂喂」地喊起來：「余部長，你在嗎？你聽到我剛才說的嗎？」

北京那邊終於說話了：「我在。」又是一陣很久的沉默。

康世恩鼻子酸酸的，他真想在自己親密無間的好領導、好戰友面前哭一聲。但他硬支撐著：「余部長，是我工作沒做到家⋯⋯」

「別這麼說。是敵人太狡猾！也怪我們太輕看了它。」北京那邊又傳來聲音，「老康，我看這樣：既然我們一時逮不到『敵人』，那就留著以後等我們的技術過硬後，我們再殺它個回馬槍，你看怎麼樣？」

康世恩連連點頭：「好的好的⋯⋯」

「同志們，現在我宣佈：鑒於川中地區地質情況複雜，

本次川中會戰宣告結束，請各局把前線的隊伍撤回原單位⋯⋯」電報大樓裡，余秋裡語氣沉重而又堅定地向遠在四川前線的隊伍和全國各石油單位如此宣佈道。

新一年的 2 月，余秋裡被劉少奇叫去，當聽完川中情況後，劉少奇也很納悶道：真是古怪脾氣啊！要不真是可能地下的油是分散的，沒有「大倉庫」。

余秋裡當時看著劉少奇滿臉狐疑，感覺自己作為石油部長非常內疚。這是他第一次在組織和領導面前沒有完成好任務。

現在是——1959 年 4 月 3 日，上海。黨的八屆七中全會召開期間，他余秋裡又一次被毛澤東當眾叫住，問的還是他的「最痛」。

毛澤東的問話聲音不高不低，但對余秋裡來說彷彿天打雷霆。他是軍人出身，在自己的統帥面前，他無可回避，而且必須如實報告。

「主席，四川情況不好。」

毛澤東像是沒有聽清似的朝余秋裡「嗯」了一聲。

余秋裡不得不重複報告：「報告主席，四川情況不好。經過勘探，發現那裡的油層薄，產量低，下降快，我們沒有找到大油田。」余秋裡的頭低得特別低，像犯了錯的孩兒見長輩，直挺挺地站在那兒等待毛澤東發落。

「哦？那好嘛！既然那個地方找不到，就換個地方找。東方不亮西方亮嘛！中國這麼大的地方，我就不信找不到

油！」余秋裡覺得毛澤東就在他耳邊說話。

「是，主席。我們一定在別的地方找到大油田！」余秋裡內心一陣激動，當他抬起頭，想向自己的最高統帥發誓保證什麼時，見毛澤東已帶著他的同事走進了全會會場去了……

余秋裡如釋重負地深深喘了一口氣。

川中啊川中，你個狡猾的敵人，我余秋裡記你一輩子！

這場「遭遇戰」後來真的讓余秋裡記了一輩子。在1994年出版的《余秋裡回憶錄》上他這樣說：「川中石油會戰，可以說是我剛到石油部後打的一場『遭遇戰』，也是轉到石油工業戰線後的第一次重大實踐。在這次會戰中，我們碰上了釘子，也學到了不少知識，得到了有益的啟示，對我以後的工作大有好處。通過川中找油，我進一步認識了石油工業的複雜性。實踐證明，一口井出油不等於整個構造能出油，一時出油不等於能長期出油，一時高產不等於能穩定高產……總之，川中會戰經驗教訓是深刻的。我曾對四川石油管理局的同志說：『感謝你們四川，川中是教師爺，教訓了我們，使我們學乖了。』」

幾個月後，余秋裡真的在松遼的大慶會戰中，把川中「教師爺」一直請在自己的身邊，每逢重大決策之前，他都要默默地請教一番「川中教師爺」，然後再決斷千軍萬馬是進還是退。

這裡有兩個細節要補充：在川中會戰中被余秋裡「拔白

旗」過的四川局總地質師李德生，後來被余秋裡一紙調令調
到部勘探司任總地質師，他在大慶油田發現中建立了重要功
勳，現在是中國科學院院士，身體健康，依然在一線工作。

　　另一位被批過的秦文彩，也被余秋裡重用，後任石油部
副部長、中國海洋石油總公司總經理。余秋裡在川中會戰失
敗後不久的一次大會上，當眾代表部黨組向秦文彩道歉，並
以一個將軍的名義，給秦文彩敬了個正正規規的軍禮。

　　李德生和秦文彩每每談起這一幕往事，感歎道：秋裡同
志既是個好領導，又是條硬漢子，他一旦知道自己錯了，敢
於當眾承認並立即改正，這一點在我們高級幹部中難能可
貴。

　　還有一個重要內容需要補充：余秋裡、康世恩領導的第
一場石油會戰——川中會戰，在當年確實以失敗而告終，並
不是說這次實踐沒有意義。相反，他們的工作對一二十年後
重新發現四川盆地的油氣田打下了堅實基礎。只是當年限於
技術和裝備的不夠，執帥石油部的余秋裡沒能幸運在當時逮
住狡猾的「敵人」而已。

　　閒話少說，言歸正傳。

第三章

　　「吃紅燒肉」一波三折。「松基三井」石破天驚，從此
石油革命呈現東方旭光……

　　1959年農曆大年初四，北京街頭雖仍冰雪寒意，但市民們歡度春節的氣氛卻濃濃烈烈，來往拜年的人川流不息，喜慶的鞭炮接連不斷。

　　這一天早晨，一行人叩開了老將軍、地質部副部長、黨組書記何長工的家門。鄰居們注意到，幾天來，一群又一群的人給老將軍拜年，總是呆上幾分鐘，就得讓給新一批的拜年者。而今天拜年的卻叫人蹊蹺：一陣興高采烈的賀年聲過後，就再也沒有人出來，且老將軍家的門也給緊緊關閉了……

　　多年後，這一秘密被揭開：此次前來拜年的均是石油部、地質部和中國科學院的部長、副部長和專家們。領頭的是余秋裡，他身後還有康世恩、曠伏兆、孟繼聲、顧功敘、沈晨、張文昭……

　　這是事先招呼好的「拜年會」。

　　這是老將軍何長工非常得意由他「當家作主」的、「三國四方」參加的「國家會議」，而且屬於想開就開的不定期會議。

　　需要作些解釋。自中央決定重點實現石油自給的戰略決策後，找油任務分別擱在了石油部、地質部和中國科學院身上。地質部成立早於石油部，中國科學院又集中了一批頂級科學家，中央要求合三支隊伍之力，儘快找出油來，於是「三國」就這麼形成，它們分別是以地質見長的地質部、以勘探打出油見長的石油部和科學技術研究見長的中國科學

院。所謂「四方」是指石油開發的四個主要環節：普查、物探、勘探、科研。

「三國四方」的「國家會議」再次在何長工家召開，這意味著中國石油工業戰線正在揭開一場史無前例的偉大戰役。

指揮這個戰役的兩個「司令」便是石油部的余秋裡和地質部的何長工。與何長工相比，余秋裡屬於開國元勳中的「小字輩」。何長工資格太老了，余秋裡那會兒在江西吉安老家當赤衛隊員時，他何長工已經是瑞金蘇維埃中央政府的大校政委和紅軍軍長了。那時林彪也還在何長工手下當小營長呢！關鍵是，何長工老將軍有過特殊的歷史功勳：毛澤東和朱德在井岡山會師時，他是牽線人。如果少了這個「朱毛」的井岡山牽線人，中國革命後來還不知往哪兒走呢！何長工功比天大，他因此有資格幾十年中能當眾叫毛澤東「老毛」，這是所有中共高級幹部中獨一無二的。

余秋裡敬重這樣的前輩。而何長工自當了地質部黨組書記兼副部長後，在石油工業建設問題上，對余秋裡也是十分讚賞。年輕人嘛，幹勁大，有勇氣。何長工不止一次當面誇獎余秋裡，並說：找油問題上，你秋裡怎麼讓我這個老頭子協助，我就怎麼跟你轉！

今天從踏進老將軍的家門那一刻，余秋裡的臉上就掛滿了喜色和滿腔壯志。

「老將軍，我和康世恩他們幾個向您老拜年。祝您壽比

南山，福如東海！」余秋裡只有一隻胳膊，不能作揖，只能敬禮。

何長工笑哈哈地拉過余秋裡等人往客廳裡走：「你們都是我的『國家會議』成員，別客套了。坐坐，往裡坐。」與余秋裡等人在一起，是老將軍最得意的事，因為他又可以主持這海闊天空的「國家會議」──國家的事在家裡開，這就是何長工的「發明」。

「老伴，快上茶，我們的『國家會議』又要開始了！」老將軍往裡屋喊了一聲，笑呵呵地請余秋裡他們坐下。

余秋裡從老將軍夫人尹清平大姐手中接過茶杯之時，何長工已經向他發起攻勢：「秋裡啊，你上任第一年，就給石油部摘了『黑牌』，祝賀你啊！」

余秋裡臉一紅：「老將軍，你是誇我還是罵我呀？」

何長工認真地：「『一五』期間，就你們石油部沒完成任務，去年你們不第一次完成了國家原油任務嗎？」

康世恩插話：「才勉強多了幾十噸，我們是使了吃奶的力氣的呀！」

何長工笑：「這也已經很不容易了。」又問余秋裡，「哎，聽說你們在四川那邊不太順利？」

余秋裡連連搖手：「別提了，別提了，我們被狡猾的敵人給耍了！」

何長工聽後顯出一副慈祥而又有幾分狡黠的眼神看著余秋裡，突然哈哈大笑起來，換了個音調對余秋裡說：「秋裡

同志啊，你們在毛主席面前的牛可是已經吹出去了，今年再不打出油來，他老人家可要打你的屁股了呀！」

余秋裡一聽，「噌」地從木椅上站起，大腿一橫，毫不含糊地回敬道：「我說老將軍，你的牛可吹得也不比我們小啊！你當著主席和全體中央委員的面說，『我們可以找到中國的巴庫』！」

何長工一聽，兩眼發直，盯著比自己年輕的余秋裡。余秋裡呢，也不示弱地將目光直盯老將軍。

突然間，倆人叉腰仰天大笑。一邊坐著的康世恩、曠伏兆等跟著笑得彼此捶拳。因為在場的人都知道石油部和地質部兩部領導在中央面前「吹牛」的秘聞——

我們上面提到的在余秋裡上任不久，毛澤東在中南海召開了中共八屆二中全會。那天冶金部的王鶴壽放了「今年我們全國的鋼產量堅決達到 850 萬噸！爭取七年趕上英國，第八年最多十年趕上美國！」的話後，余秋裡讓李人俊上臺「打擂」，放出了石油部要跟冶金部「一噸鋼一噸油」的擂賽口號。石油部是新成立的小部，石油部既然如此氣魄，當時坐在臺下的地質部的何長工渾身冒冷汗。

突然間，主席臺上通過麥克風傳來一個聲音：「下面由地質部代表何長工發言。」

怎麼回事？正在思忖的何長工茫然地抬起頭，發覺四周的人都眾目睽睽地看著他。他再往主席臺上一看，原來是主持人周總理正在向他示意：「何長工同志，請上主席臺

來！」噢，輪到我了！何長工趕忙站起來，他那雙本來就有點跛的腿此刻比平時更跛了。

場上發了輕輕的竊笑——那是友善的笑容。

「長工，你有什麼衛星可放？」

老將軍剛剛走到麥克風前還沒來得及鎮靜一下情緒，主席臺正中央那個湖南人的聲音不緊不慢地響了起來。是「老毛」喔！老將軍不用像李人俊那樣回頭看，他何長工對這個聲音太熟悉了：從 1918 年在長辛店的第一次相見算起，他跟「老毛」也認識有 40 多年了吧！私下裡和一般場合下，他何長工是叫毛澤東「老毛」的，但這種會議上他必須跟大家一樣叫法，於是他說——

「報告主席：衛星我不敢放，但我代表地質部幾十萬職工可以在這裡向主席和全體代表報告一個喜訊⋯⋯」何長工畢竟是快 60 歲的老將軍了，他不能像前面發言的幾個年輕部長那樣衝動，但力量仍然不小。

「好嘛，說說你的喜訊。」毛澤東今天特別高興。

「是這樣。」何長工把秘書準備的稿子擱在一邊，順著「老毛」和整個會場的氣氛，這樣說道，「經過我們地質工作者幾年艱苦奮鬥，我們已經對全國的『地下敵人』有了比較清楚的瞭解，不僅抓到了『敵人』的一批『團長』、『師長』，而且還抓到了好幾個『軍長』、『司令』！」

這樣的比喻，很對臺上臺下大多數老戰士的口味，於是何長工在獲得一陣熱烈掌聲後繼續說：「⋯⋯對了，我們沒

有石油，國家就強大不起來。找不到石油是我們的恥辱！找不到石油我們得通通滾蛋！」何長工說完此話，回頭朝主席臺看看。他看到毛澤東的臉上毫無表情，只有炯炯的目光盯著他何長工。

「是的，過去洋人都說我們中國『貧油』。」何長工繼續說，「到底貧不貧呢？我們的科學家不相信，我們的廣大職工不相信。毛主席也不相信！」老將軍突然把嗓門一提高：「在我國的東南西北鄰境都有石油，難道唯獨我們偉大的中國就沒有石油？這豈不怪哉？我們不信這一點！絕對不信！我在這裡可以負責地向大家透露：我們中國不僅能夠有油田，而且能找到大油田！找到中國的巴庫！」

「巴庫？」毛澤東聽到這裡，側身向旁邊的周恩來輕輕一句耳語。「是蘇聯的大油田。」周恩來說。毛澤東立即點點頭：「噢，聽康世恩以前說過。」

「好，為長工他們能找到中國的『巴庫』鼓掌！」毛澤東這一聲「好」說得很響，而且帶頭鼓掌。於是整個全場再次響起暴風驟雨般的掌聲……

「老將軍，想啥子事啦？快看看這個『總體設計』行不行嘛？」余秋裡用胳膊輕輕捅捅依然沉浸在一年前的那件往事中的何長工。

「噢噢，還是開我們的『國家會議』吧！」老將軍自感有些失態，趕緊收回自己的思緒。他對余秋裡認真地說，「你我的牛都吹出去了，現在只有一條路：拼出老命也要把

『敵人』的大傢伙找到！」

「是嘛，今天來找您就是為了松遼平原底下的那個大『敵人』嘛！」余秋裡說。

何長工一聽松遼底下的「大敵人」便情緒高漲，忙招呼「三國」代表：「好好，大家都來先說說那邊的情況。」

余秋裡謙虛地請地質部的曠伏兆副部長先說。曠伏兆也是老紅軍，中將軍銜，余的江西同鄉。

曠伏兆的雙眉一挑，說：那邊的形勢應該說是喜人啊！我們的地質工作開展得比較順利，收穫也不小。自從五五年黃汲清、謝家榮和翁文波等「普委」的同志圈定松遼地區為重點地質普查的方向後，當年 8 月，東北地質局在接到「任務書」後就開始向松遼平原行動了，特別是韓景行帶的六人小組，幾個月後就在吉林北部和松花江沿線找到了含油頁岩樣品。經李四光部長和黃汲清、謝家榮等專家的研究，判定了整個松遼平原是個巨厚沉積且具有含油大構造的盆地。去年 4 月中旬，我們地質部的松遼石油普查大隊 501 鑽機第一個打出了油砂，繼後普查大隊又在幾口淺井中見到了油砂，其中最著名的是南 14 孔，昆井位於吉林懷德境內的五家窩棚，從井深 300 米處開始見油砂，一直井深 1000 多米見的變質岩裂縫中還見稠油，全井共見含油砂岩 20 餘層達 60 米之厚！

何長工笑呵呵地對余秋裡說：我就是聽說這個情況後才敢在中南海向「老毛」報告說中國有「巴庫」的。

余秋裡佩服地朝老將軍笑笑，又向中科院的物理專家顧功叙詢問：老顧，你說說，物探對松遼地下油層儲量前景是什麼看法？此刻的余秋裡已經知道：石油勘探是個龐大的系統工程。這一系統工程可以概括為：普查先行，物探定論，鑽井出油。地質部已對松遼的普查工作做得非常好了，物探能夠確定所普查的地質情況並進行定論，那麼他的石油勘探隊伍就可以早日讓松遼地底下的石油冒出來！

顧功叙說得非常乾脆和肯定：根據已經進行的物探工作，我又和黃汲清等專家研究認為，松遼盆地是個面積約26萬平方公里的新生代沉積盆地。其盆地的最深部位在中西部，可深達 5000 多米以上，所劃範圍之內均有較好的生油層和儲油層。而且根據地質部長春物探大隊所進行的工作可以初步這樣結論：松遼平原上有幾個構造中藏著豐富的石油資源！現在的關鍵是要找到它，只是眼下我們定下的兩口基準井形勢有點不妙。這石油部你們是知道的。

余秋裡與康世恩交換了一下眼神，說：老康，你說說兩口基準井的情況吧。

康世恩揉揉猩紅的眼睛強打起精神。

何長工發現了，說：康世恩你是不是昨晚又開夜車啦？

余秋裡解釋：他這過年三天，一天也沒休息，天天跟幾個技術人員在商量基準井的事。

何長工忙向裡屋叫道：「老伴，快把人家給的那盒蛋糕給端上來！」

老伴尹清平大姐一邊應著一邊舉著一個大蛋糕進客廳。

何長工把第一塊切好的蛋糕放到康世恩的手中：「快吃，不吃好睡好怎麼能找出油呢？」

康世恩：「謝謝老將軍的關心。」吃完蛋糕，康世恩頓覺精神了許多。他本想補充一下石油部在松遼一帶做的先期地質工作，後來還是省去了，因為從分工而言，地質部對松遼的先期地質普查工作確實要比石油部多做不少，而且就技術力量相比，他們上有李四光、黃汲清、謝家榮這些大地質學家，下有朱大綬、呂華、朱夏、關士聰、王懋基這些中堅力量，不用說像韓景行這樣最先勇闖松遼平原，在荒蠻的北大荒上能找到油砂本身就是功勳卓著的表現。松遼有沒有油，不僅僅是哪個部門的事，而是全中國包括毛澤東在內都關注的大事。過去美國人和日本人也都在松遼一帶做過地質普查工作，但結論是「松遼無油」。是李四光、黃汲清、謝家榮和翁文波等首先指出了「松遼有油」的理論方向，特別是陸相地層生油理論的產生對松遼盆地找油產生的理論影響功不可沒。

康世恩是學地質出身的，他心裡清楚，至少他清楚兩件事：一是松遼即後來的大慶油田發現的理論依據是陸相生油理論，這個理論的最早提出者是潘鐘祥教授和黃汲清先生。潘鐘祥教授死得早，又沒能參與大慶油田發現的具體工作，所以黃汲清和謝家榮及翁文波先生成為了主要的陸相理論找油的實踐者和論著者。特別是他們在 1955 年 1 月 20 日召開

的全國第一次石油普查工作會議上，商定的《關於 1955 年石油天然氣普查工作的方針與任務》中，就已經點明了松遼地區作為重點石油地質普查的對象，及一年後由黃汲清領導、翁文波等人參加的新中國第一份《中國含油氣遠景分區圖》，更加清楚無誤地劃定了松遼地區是中國未來找油的主要方向，這張《中國含油氣遠景分區圖》，現在只有一份保存在清華大學圖書館裡。十年前，為大慶油田的發現問題，我採訪過黃汲清，同年我又有幸採訪了石油部的翁文波先生，在提及發現大慶油田的理論貢獻時，翁文波先生非常明確地告訴我：陸相生油理論確實決定和指導了大慶油田的發現工作。

黃汲清和翁文波是新中國五六十年代最重要的地質學家，他們兩人關係之好，除了共同的事業追求外，還有一層非常深的特殊關係：黃汲清的恩師之一是翁文波的堂兄翁文灝，而翁文波在 1936 年從清華大學物理系畢業時，在面臨下一步學什麼做什麼時，得到過時任中央地質調查所代所長的黃汲清的建議，黃說你既然學了物理專業，就應該使自己成為具有世界水準的知識份子，到國外去學物探專業，中國地質事業前景很大，可物探的人才很少。翁文波後來真的考上了英國倫敦帝國學院的地球物理探礦專業，並且從此走上了報效祖國的物探事業。黃汲清和這位「老弟」在解放前的玉門油田發現中就並肩戰鬥過。新中國成立後，黃汲清最早身兼兩個職務：既是地質部石油地質局的總工程師，又是康

世恩領導的國家石油勘探管理局主要技術負責人。翁文波呢，是石油部勘探司的總工程師。黃汲清親口告訴我：他說如果不是因為當時自己是「右派」傾向分子，政治命運捏在別人手裡，又因中國地質科學院硬拉他去任職，他或許就是余秋裡和康世恩手下的人了！

　　說到黃汲清和翁文波對松遼地質理論的貢獻，我自然而然地想到了還有兩個人必須著重提一下，因為他們對中國石油的貢獻和最後的命運反差極大。第一個是石油部第一任總地質師陳賁，這位為發現和開發玉門油田作過特殊貢獻，在新中國多處油田灑過熱血的傑出地質學家，正當他雄心勃勃為松遼油田準備大幹一番時，卻被打成了「右派」，隨後下放到青海石油管理局監督勞動，1966 年「文革」風暴來臨，再度受衝擊的陳賁不堪恥辱，含怨於當年 6 月 12 日自盡於一間破落的小屋裡。另一位大地質學家謝家榮幾乎與陳賁的命運如同一轍，他是地質部的總工程師，也是 1957 年被打成大「右派」，也是在「文革」開始時便不堪折磨而以最古老的方式結束了自己的生命。謝大師的妻子在丈夫離世不幾天也以同樣的方式告別了人世⋯⋯那一幕令我們不堪回首。

　　康世恩另外還想講清楚的一件事則是我以前並不清楚的，那就是在地質部的普查工作的同時，他所領導的原石油總局和後來的石油部地質工作者也一直在松遼一帶進行著卓有成效的工作。比如 1953 年，根據群眾報告，他康世恩就派出石油總局的宗丕聲、邱振馨等人到黑龍江尚志縣進行過

四次油苗調查。1954 年，石油總局的張傳淦、陳良鶴和唐祖奎等人多次到遼寧阜新、吉林安圖和黑龍江依蘭等廣大地區進行過地質調查。這些調查同樣證實了這些地方有油苗、瀝青和油頁岩存在，對松遼盆地東部邊緣的地層和構造情況有了初步瞭解。從 1956 年開始，石油工業部的專家、領導以及部黨組成員或寫文章，或會議發言，或寫正式報告，紛紛呼籲把松遼盆地作為石油勘探的重點地區；比如：1956 年 1 月，在石油部召開的「第一屆全國石油勘探會議」上，康世恩就指出：松遼盆地是全國含油地區之一，「應即著手進行地質調查工作」。康世恩還在這個月的 20 號，特別給石油部召開的第一屆全國石油勘探大會上專門寫了一份長達 1.6 萬字、起名為〈在中國如何尋找石油〉的信。這是他奉李聚奎老部長之命到蘇聯考察和學習了整整三個月、走遍蘇聯各大油田之後又結合中國地質情況而用心完成的一份具有理論與實踐相結合的「找油指南」。同年 2 月，石油部黨組給中央的正式報告中明確提出：「松遼平原是可能含油地帶」，並將它列入石油資源的後備地區之一。3 月，石油部黨組在給中央財經委員會主任、國務院副總理陳雲的報告中提出了自己部門的具體戰略：爭取在二三年內，在華北地區（渤海灣盆地）和松遼盆地等地找到一兩個大油田；比如：1957 年，石油部總地質師陳賁在當年石油部勘探會議上，作了〈七年來勘探工作的經驗和今後的方向〉的報告。其中第二個五年計劃期間的工作部署，就建議把松遼盆地作為五個重

點地區之一，加強勘探力量。而就在這年初，石油部指示部屬的西安地調處組建一個地質綜合研究隊，專門負責松遼盆地的石油地質調查研究工作。這個隊被命名為 116 隊，由隊長邱仲健等 7 位地質人員組成。他們從 1957 年 3 月開始，冒著霪雨與嚴寒，踏遍了東北地區的山山水水、沼澤湖泊。在北京和長春等地，日以繼夜地工作，廣泛收集了有關資料。經過反覆的對比分析，終於得出了松遼盆地是含油極有希望地區的結論，並於 1957 年底，編製出了松遼盆地含油遠景圖，並提出了在這個地區開展地球物理勘探的部署和鑽探基準井井位的意見。

關於松遼前期發現的貢獻，有許多不同「版本」的説法，但這些千差萬別的「版本」中在一個問題上卻驚人地相同，即：石油部、地質部和中國科學院三方科學技術人員的功績各有所長，誰也不能抹殺。而且需要特別指出的是：那會兒「三國」之間關係密切，不分你我，因為他們有一個共同的目標：為共和國建設儘快找出大油田，這才是他們真正想的事。

2004 年 5 月的一天，我在大慶文聯李學恆先生的引領下，來到大慶石油管理局的一個職工宿舍，見到了坐在床頭的楊繼良老先生。楊是國家正式確定對「大慶油田發現」上作出傑出貢獻的 23 位科學家中石油部方面名列第二的人。大慶油田發現初期，楊繼良還是個剛剛結婚不久的小夥子。40 多年後我見到他的時候，他連話都不能説了，一張嘴滿口

的口水從嘴裡流出——他在半年前患了中風。再看看這位為共和國作出傑出貢獻的科學家的家時，我心裡非常難過：老兩口住著也就幾十平方米的舊房子，沒有任何裝修，瘦小的老伴——也是當年大慶找油的女地質隊員，每天靠發氣功給丈夫治病——看著老太太那麼瘦小，我直懷疑她發功能不能起作用，但她很自信，說一定能給楊繼良治好。想當年，這對小夫妻來到松遼時，孩子才八個月，為了早日找到油田，他們把孩子放在天津的親戚家，倆人便來到會戰第一線，而且一直分居了兩年多，那時會戰前線沒有房子可供家屬們住的，這對會戰夫婦只能各幹各的，見一次面也只有在指揮部開會的時候偶爾有那麼一點機會，同時又像幹地下工作似的找個地方親熱片刻。艱苦的歲月裡他們就是這樣度過。而今幾十年過去了，他們能夠日夜廝守在一起，但老夫妻倆卻過得如此清貧和艱難。

我感到意外和震驚的是，那天楊繼良老先生一聽說我請他談大慶油田發現的事後，竟然一邊流著口水，一邊一字一句地對我清楚地說道：「大、慶、油、田、發、現，是、大、家、的、功、勞……」

我們還是把目光收回到何長工家的「國家會議」上吧。

余秋裡看著康世恩狼吞虎嚥地吃著尹大姐給的蛋糕，便把自己手中的那塊也給了他，又風趣地對何長工說：老將軍啊，還是你這兒豐衣足食嘛！

何長工笑：現在你們石油部是餓了一點，不過等找到大

油田了，你可別忘了給我們地質部一口飯吃啊！

余秋裡來勁了，站起身，嗓門大大地：老將軍你記住，只要咱們石油部鑽出了「嘩嘩」流的大油田，我第一個請您吃紅燒肉！

何長工瞪大眼：噢，搞了半天你們余秋裡這麼小氣？就給一頓紅燒肉來打發我這個老頭子啊！

余秋裡立即改正道：哪是一頓嘛！你老將軍什麼時候想吃，我就在石油部大門口恭候！不不，我讓康世恩同志他們親自來接您和尹大姐到我們那兒去！

兩位部長的「吃紅燒肉」之爭，惹得滿堂賓客哈哈大笑。

「吃紅燒肉」在五六十年代之前的中國家宴上都是一種最好的菜肴，尤其是在南方。毛澤東喜歡吃紅燒肉，毛澤東和他的那些大半是南方人出身的共和國元勳們也都愛吃紅燒肉。獎勵一頓紅燒肉是他們這一代人之間的一句口頭禪。余秋裡也不例外，且終身愛吃紅燒肉。

然而，松遼找油問題上的這塊「紅燒肉」並不那麼容易吃到。地質學家們已經通過自己的考察和研究，得出了松遼平原存在石油資源，但再偉大的理論也只是紙上談兵的事，見不到油等於是零。

余秋裡和石油部的人要實現的就是把「大敵人」逮到手、把真正的「紅燒肉」夾進嘴裡。這不是一般的功夫。需要傾情傾力，甚至耗盡國之力。

　　可油在何處？茫茫北大荒，浩浩松遼地。地質學家在人民共和國的雄雞形地圖上瀟灑地用紅筆一圈，扛三角架的地質戰士和扛鑽機的石油工人們則不知要跑斷多少條腿、流盡多少汗水才能尋到一片沉積岩、一塊油砂石呵！

　　這還是在玉門和克拉瑪依調查研究時，余秋裡在那裡聽得幾件事感動得他幾度拭淚：

　　事情發生在這一年的 8 月 18 日，正在依奇克裡野外進行區調的 113 地質隊女隊長戴健，正帶著兩名隊友越過依奇克裡溝，向另一座荒山挺進。戴健她一路前進一路用地質錘敲敲打打，觀察地貌，採集標本。中午時分，天空突然變色，隨即暴雨傾盆。三位姑娘趕忙收拾已獲的地質資料和標本，貼著如削的岩壁尋求躲身之地。在她們的腳下，一股洶湧的洪水已經形成。不知是誰挎在肩上的標本包墜入水中，戴健說時遲那時快，正欲俯身抓去，這時「嘩啦——」一注浪波劈頭撞來，將手拉手的三人打散。第一個從漩渦裡冒出的小張，幸運抱住一塊石頭而獲生。一個多小時過去後，暴雨漸停。坐在石頭上的小張一邊高喊著隊長戴健和另一個隊友的名字。戴健和隊友沒有回音，小張忽然嗅得一投濃濃的石油芳香，再朝洪水退去的溝谷看去，只見眾多油砂撒落在她四周。小張興奮不已，她以為是隊長她們給她留下的成果，又直起嗓子一遍又一遍地喊著「隊長——戴隊長——」然而空曠的山谷除了幾陣回聲外，沒有人應答她。「隊長，隊長你在哪兒呀？」小張哭了，哭得天撼地慟，但也沒能將

戴健隊長和另一位女隊友喚醒。第二天，鄰近工作的施工隊
聞訊趕來，幾十個人排成隊，拉網似的將依奇克裡溝尋遍，
最後在溝谷下游十幾公里處，發現了戴健的屍體，那情景慘
不忍睹：姑娘原本一頭的秀髮被亂石全部剃去，兩條小腿也
被尖利的碎石劃得皮開肉綻，露出白骨髏髏……後來在不遠
處又找到了另一位姑娘的屍體，那是個一絲不掛的屍體……
隊友們無法忍受這樣的慘景，他們脫下自己的衣服，把戴健
和另一位名叫李月人的女石油地質隊員包裹好後用溝谷的亂
石壘成兩座墳塋，再點上篝火，隨後全體尋找失蹤戰友的同
志們默默地靜坐在戴健和李月人的墳墓旁，整整守靈了兩
天。數天後，戴健所在大隊召開隆重的追悼大會，戴健的悼
詞全部內容是她在武漢大學當教授的父親得知女兒犧牲後寫
來的一封長信。戴教授的信中說：莫道芳齡幾何，花蕾初綻
早謝。小女忠骨埋邊陲，遙望西北老淚流。白髮父母送青
絲，健兒天國行，多珍重……

　　9 月 25 日，在另一個地區進行野外調查的 117 隊則被一
場突如其來的暴風雪吞沒了，女隊長楊拯陸和實習生小張剛
剛完成一條測線，在一座無名山上被氣溫驟然下降到零下 40
度的強冷氣溫活活地凍死了……隊長楊拯陸這年才不足 22
周歲，她是著名愛國將領楊虎成的女兒，也是楊虎城將軍最
小的「掌上明珠」。那年楊將軍慘遭蔣介石暗害時，拯陸正
好隨兩個姐姐到了西安才幸免一死。1955 年，拯陸聽得在玉
門油田當管理局副局長的哥哥的指路，從西北大學畢業後自

願分配到新疆地質調查隊工作。不愧將門之女，拯陸年紀輕
輕就被委以隊長之職。她工作努力，從不叫苦，人們以為她
一定是個在舊社會吃過千辛萬苦的貧苦兒女。隊友們後來在
拯陸犧牲的地方發現了那個地區的第一個石油地質構造，就
命名其為「拯陸背斜」地質構造。

余秋裡拿著戴健和楊拯陸兩位年輕漂亮的姑娘的遺照，
雙手發顫著連聲喃喃著：「娃兒可惜，娃兒可惜啊！」

娃兒們卻在照片上含笑著對她們的部長說：我們不感到
可惜，我們感到光榮和自豪，因為我們是唱著〈地質隊員之
歌〉和〈克拉瑪依之歌〉而去犧牲的。

「同學們，〈地質隊員之歌〉是怎麼唱的，我很想聽
聽！」一年前的中南海，國家副主席劉少奇以難得一見的激
昂，這樣高聲問著一屋子圍聚在他身邊的地質學院的畢業生
們。他們明天將奔赴祖國各地的找油和找礦戰場上去。

於是一群朝氣蓬勃的青年高唱起來：

是那山谷的風，吹動了我們的紅旗，
是那狂暴的雨，洗刷了我們的帳篷；
我們有火焰般的熱情，戰勝了一切疲勞和寒冷；
背起了我們的行裝，攀上了層層的山峰，
我們滿懷無限的希望，為祖國尋找出豐富的礦
藏！

「好，這歌非常好。同學們，你們說，地質勘探工作是個什麼工作啊？」劉少奇點上一支煙，舉目詢問身邊的年輕人。

年輕人於是爭先恐後地回答。有的說：地質勘探就是千里眼，一眼能看到地底下的礦藏；有的說地質勘探就是先行官，祖國建設我們走在最先沿。

劉少奇笑笑，猛吸了一口煙，然後習慣地踱起步來：「地質勘探嘛——我打個比喻吧！就像我們過去打游擊，扛著槍，鑽山洞，穿森林，長年在野外，吃飯、穿衣……都是很大困難。今天的地質勘探工作和這差不多，也要跋山涉水，吃不好飯，睡不好覺，吃很多很多的苦……可是我們為什麼要吃苦呢？」

沒有回音，只有一雙雙聚精會神的目光和沙沙作響的筆記聲。

「過去，我們那一代人是革命戰爭時期的游擊隊。吃苦，為的是打出一個中華人民共和國。今天，你們去吃苦，是為了建設美好的中華人民共和國。」少奇同志拍了拍坐在一邊的老將軍何長工，把聲音提高了一倍，「打游擊是需要付出代價的，你們知道這位老將軍的腿是怎麼跛的嗎？就是打游擊留下的殘疾！現在輪到你們打游擊去了，你們怕嗎？怕苦嗎？怕獻出生命嗎？」

「不怕——！」同學們齊聲回答。

「對，不要怕嘛！因為你們是建設時期的游擊隊、偵察

兵、先鋒隊！」

「嘩──」那雷鳴般的掌聲持久不息。在場的年輕大學生們以這特殊方式回報領袖對自己的崇高褒獎與希望。

「過幾天，同學們要奔赴四面八方，為祖國找寶，打游擊去。我很想送給你們一件禮物。」少奇同志的話使蕭穆、莊嚴的氣氛頓時活躍起來。

「劉伯伯，您給我們講了三個小時，就是最好的禮物了！」有同學興奮地站起來說。

「不，禮物一定是要送的，否則有人會哭鼻子的！」少奇詼諧的話，引來一陣陣哈哈歡笑。「對，我把伏羅希洛夫同志給我的獵槍送給你們。當年我在打游擊時很想得到一支槍，但沒有。現在你們打游擊了，應該有支槍。有槍就不怕危險了！」

「可以趕跑野外的老虎和狼嘛！」何長工的插話又讓同學們捧腹大笑。

這是多麼幸福與難忘的時刻。在我採訪的那些當年在余秋裡領導下參加過大慶油田會戰的老一代石油勘探隊員中，他們許多人就是因為被毛澤東、劉少奇等領袖們的一句題詞、一支獵槍或一次握手而把自己的一生奉獻給了艱苦的石油事業。

余秋裡在拿著上面兩張英勇犧牲的年輕女隊長的照片的同時，他還知道另外兩名石油勘探地質隊的男隊員確實是帶著獵槍出發上野外的，可他們沒有回得來──那是115隊的

一個送水的駱駝隊的馱員，年僅18歲。那天晚上暴風刮來，十餘峰駱駝跑了，這位隊員就帶上獵槍立即順著駱駝留下的新鮮腳印去追蹤。可兩天后隊上的同志們仍沒等到他回來。隊長急了，發動全隊人結群到處尋找，最後在距隊部200多公里的山嶺邊發現了駱駝，而同時也在距駱駝群50來公里的地方，一個黃色土堆前發現了這位小隊員的屍體——那兒無水無草更無人，只有一望無際的荒漠。那小隊員的胸前佈滿了他自己的指痕，那是他口渴、胸悶難忍而用自己的指爪留下的傷痕。隊友們見此景，一擁而上地抱住其屍體，個個嚎啕大哭……與115隊相鄰的另一個地質勘探隊的一名男隊員卻因出去為同志們拉水而一去未歸。隊友們找遍了整個大鹽灘，除找到點點遺物外連遺體都未見……

這就是昨天的建設者。這就是余秋裡領導下的石油戰鬥中的戰士們。

松遼找油戰鬥比這要慘烈得多！我從好幾個人那兒知道，余秋裡曾經作過這樣的心理準備：松遼找油大戰中或許要犧牲幾千人……

現在不是談論犧牲多少人的問題，而是油在哪兒的事。

油，能在哪兒呢？

余秋裡已有些日子在為松遼的找油前景焦慮和著急了。自他上任石油部長後，部裡已經向松遼平原派去了一支又一支隊伍。康世恩從地質業務的角度告訴他：要想在一個不見油砂露頭、不見明顯地質構造、又不見任何前人留下的原始

資料的「三無」地區逮住「地下大敵人」，就必須不斷加強那兒的普查和勘探隊伍。余秋裡是誰？什麼仗沒打過？在用兵問題上，他有嫻熟的指揮藝術。

此刻，余秋裡關心的是如何迅速打開一直在霧裡觀花的松遼找油局面。所謂「霧裡觀花」，就是開始外國人一直說，中國「貧油」，後來地質學家們——包括蘇聯大專家們都說「東北有油」、「松遼前景可觀」，再後來地質部何長工先是送來韓景行他們到野外採集到的油砂，再後來是「南17孔」的岩芯含油喜訊，而石油部自己的隊伍也相繼獲得一份份「松遼有油顯示」報告，可油到底在哪兒？余秋裡要的不是兩軍對峙前那些偵察員向他報告的有關敵方的捕風捉影的虛玩意兒。

「『有預料，便有希望。有希望，便有光明。』這話我不反對，可我更想能逮到就早逮到，逮到了就早吃掉！」秦老胡同夜深人靜後，李人俊他們幾個副部長都走了，秘書們也一個個在隔壁的房間睡倒時，會客廳裡就剩下余秋裡和康世恩時，余秋裡把腳上的鞋子往邊上一甩，雙腿盤在屁股下面，拿起煙盒朝康世恩甩過一支煙後，張大嘴巴，仰著頭這樣說。

康世恩笑了，說：「根據目前已經掌握的第一手資料，以及我跟蘇聯專家分析的結果看，逮到『大敵人』是早晚的事，到時候我還擔心你余部長吃不掉呢！」

余秋裡「噌」地又從木椅上放下腳，光著在地上來回跑

起來，然後突然停在康世恩面前，大聲說：「那我們倆再回部隊去，向主席提個請求，讓我們倆聯手跟臺灣的老蔣幹一仗！到時把所有的大炮、軍艦，都他媽的裝滿裝足我們的油，然後直殺那邊去，省得老蔣和美國佬總在那邊吵吵嚷嚷的，害得毛主席和全國人民不得安寧。」

康世恩又笑了：「怕真到那時，毛主席還是不會讓我們回部隊的。國家建設那麼快，用油的地方太多，他老人家還不希望我們再多逮住幾個『大敵人』嗎？」

余秋裡聳聳肩，甩一甩那隻空洞洞的左胳膊袖，自己也笑了：「那倒是。」

這時，秘書手持一份電報進屋：「報告部長，松遼那邊來電說，松基一井今天正式開鑽了。」

余秋裡和康世恩幾乎同時伸手捏住電報，興奮地：「好啊，終於要看結果了！」

「走！」只見余秋裡的右胳膊向前一甩，便直奔院子外。

秘書著急地：「部長您幹啥呀？」

「回部裡去呀！」黑乎乎的院子外傳來爽脆的聲音。

康世恩拉著秘書，笑：「走吧，你還不知道他的脾氣。今天晚上讓他睡也睡不著了。我們上部裡給松遼那邊打長途問問情況！」

古城北京，東方欲曉，一輪霞光正透過天安門城樓，射向四方。

　　一輛蘇式轎車越過安定門時，車內傳出余秋裡的聲音：「老康啊，松基一井是我們松遼勘探戰役的第一炮，關係重大，這個鑽井隊是哪兒派去的？」

　　「是玉門那邊調去的 32118 鑽井隊。這是我們的王牌鑽機了，蘇式的超級深井鑽機，能打四五千米呢！」這是康世恩的聲音。

　　「不是一共調了兩個鑽井隊嗎？」

　　「是，還有一個鑽井隊是 32115 隊。這個隊的任務是準備打松基二井，過些日子也馬上要開工了。」

　　「噢。這兩口基井都很重要，但第一口井意義更大些，我建議派個得力的隊長去！」

　　「好的，我把你的意見馬上轉告給松遼局。」

　　余秋裡和康世恩在車內的這段對話是倆人正準備赴玉門和新疆等西北油田調查考察之前說的。

　　搞石油勘探的人都知道，要探明地下生儲石油的情況，就先得鑽上那麼幾口基準井。大松遼平原，從南到北，從東至西，茫茫幾十萬平方公里，一億萬年前，這兒曾是一個風景秀美如畫的水鄉澤國，氣候溫暖潮濕，河湖的四周岸頭，樹木參天，綠陰成林……隨著億萬年的地質變化，這裡的湖河以及在此滋育成長的生物也跟著沉積在厚厚的封塵之中，摺疊成松遼盆地這本疊疊層層的地質構造巨著。基準井的目的就是通過鑽探獲得這部「巨著」的每一個時代留下的科學符號，也就是說科學家們通過鑽探手段取上的岩芯來判斷地

下寶藏到底有沒有、在哪個位置，有多少儲量。松遼平原找油初期，根據石油部和地質部的約定，兩個部門在地質調查和地震物探方面的工作有分有合，主要以地質部為主，而在鑽探和施工方面則主要由石油部的隊伍來完成。基準井決定著當時松遼找油的直接前景，加上只有石油部才具備深井鑽探的技術與設備條件，因此在兩個部門的技術人員確定基準井方案後，石油部迅速調集了兩個「王牌」鑽井隊，來到松遼。

這時間應是在余秋裡執掌石油部帥印後首次赴四川前後與康世恩共同在東北地區布下的一著戰略棋子。

松遼第一口基準井確定在黑龍江安達縣建設鄉，距安達縣城 47 公里處，簡稱松基一號井。松基二號井確定在松遼盆地的東南部的隆起區域，即前郭爾羅斯蒙古族自治縣登婁庫構造上。這兩口基準井說是重要，但當時石油部在松遼前線工作的技術力量少得可憐。像承擔基準井研究隊隊長的鍾其權、參與確定基準井位置的地質工程師楊繼良他們，都才是二十四五歲的年輕人。余秋裡有些不放心，讓康世恩從石油部研究院調了相對資歷老一些的余伯良等人過去。後來在關鍵時刻又搬出了翁文波這樣的大家坐鎮前線，進行技術決策，當然康世恩在這樣的重大技術問題上是跑不了的。

何長工在松遼基準井準備開工之前，向余秋裡叫苦，說秋裡你雖來石油部幾天，但論裝備我還得叫你石油部是「老大哥」，說地質部搞普查和打淺井沒問題，可打幾千米的深

井，連臺機器都沒有。這份功勞你余秋裡儘管一個人撈著，我何長工儘管很眼紅，但也只能望塵莫及。

余秋裡新來乍到，很一陣得意，可當他一問康世恩，心裡也有些涼：原來石油部的家底也可憐得很。比如 32118 隊，只有兩名正副隊長和 4 個鑽井班，其他方面的幹部和工人——應該還配有非常重要的鑽井、地質和泥漿技術員可都沒有。32118 隊原來在玉門油田，接到命令轉赴幾千里之外的松遼平原後，同志們下火車一看，要路沒路，要運輸車沒運輸車，要吊車沒吊車，這咋辦？幾十噸重的鑽探設備怎麼才能搬到四五十公里之外的目的地呢？

「愣著幹啥？沒有吊車還沒有肩膀嗎？學著我的樣——抬！」八路軍騎兵連長出身的老隊長李懷德將外衣一脫，赤裸裸的肌肉在陽光下閃閃發亮。

石油戰士的人拉肩扛是從這個時候就開始的。安達火車站很小，但它的歷史不短，俄羅斯人、日本人早在這兒駐足。時過百年後的今年 5 月，我來到安達火車站時，仍見到俄羅斯人留下的許多建築遺物，特別是那座一度被余秋裡作為大慶會戰指揮部開會用的車站俱樂部建築，百年過去後仍然風貌依舊，令我頗為驚歎。40 多年前，32118 隊的石油勘探隊員來到這兒，把重達二十多噸的鑽機和兩臺同樣分量的泥漿泵靠肩膀從火車上抬下時，引起小小安達站不小讚歎：這石油工人就是牛啊！咋都是肉蛋蛋捏成的人，他們就那麼大本事？

　　運輸、安裝，兩個月的螞蟻搬骨頭精神，一座鋼鐵鑽塔聳立於千里平展展的北大荒草原上，震撼了那兒的百姓。41米高的鐵塔，現在看起來也就是半座普通住宅樓房的高度，可那會兒的松遼大地上人們似乎像看到了一個巨人出現一樣，多麼好奇和振奮啊！

　　7月9日，驕陽似火的日子，頭頂萬里無雲，地上鑼鼓喧天。32118鑽井隊舉行了隆重的開鑽儀式，大隊長一聲令下：「松基一井——開鑽！」飛旋的鑽機頓時隆隆響起，沉靜的北大荒上從此沒有寧靜過……

　　「報告！」長春石油部松遼石油勘探局局長辦公室的門口，來了一位英姿朝氣、全身戎裝的年輕軍人。

　　「請進。」

　　正在伏案批閱前線發來的一份份報告的宋世寬抬頭見向他畢恭畢敬行軍禮的年輕人，疑惑地：「你是……」

　　「原人民解放軍少校軍官、轉業軍人包世忠前來松遼石油勘探局報到！」

　　「你就是包世忠同志啊！好好好，來得正是時候。」宋世寬就愛看到一身雄赳赳氣昂昂的軍人。他笑呵呵對包世忠說：「我們兩個的名字裡都有一個『世』字，知道為什麼嗎？」

　　15歲就參加抗日游擊隊、21歲是四野營長又剛從硝煙瀰漫的朝鮮戰場上下來的包世忠被眼前這位笑呵呵的中年領導問住了：「首長，這個……」

　　宋世寬哈哈大笑起來，説：「那是因為你參加過小八路，我當過老紅軍，我們倆一生下來就有一個解放全世界的共同任務！所以爹媽給我們的名字裡都添了個『世』字，你説對不對？」

　　包世忠一下被這位第一次見面的領導的幽默所感染。「是！首長。」包世忠又一個軍禮。「聽説你的家眷就在本市？怎麼不先回家看看？」宋世寬親切地問。

　　「報告首長，聽説這兒要找到油田啦，我著急呀！請首長快給我安排工作吧！」

　　不知怎麼的，才見面兩分鐘，宋世寬就喜歡上了這位少校轉業軍人。

　　「首長你不知道，我這個人性子急，閑著就難受。這不我剛從部隊轉業就趕上了全國人民都在大躍進，我可不能回到家裡睡大覺去！首長你放心，我參加過許多大仗，像攻克四平、錦州戰役和朝鮮戰場上的鴨綠江保衛戰等我都參加過，我喜歡打硬仗！」包世忠像是怕首長真讓自己回家休息似的，急著掏了一心窩的話。

　　「好啊！」宋世寬大喜。只見他稍假思索，便説：「我們馬上要打一口基準井，就像打仗一樣，要取得一個大戰役的勝利，就先要拔掉敵人的第一個據點，這找油也得先鑽個窟窿，基準井起的作用就是這。派你上那兒去怎麼樣？」

　　「行，只要有工作做就行。我一定在那兒當個好鑽工。」包世忠説。

「哎，不是讓你去當工人的，是讓你當隊長。」

「當隊長？我哪能成嘛！首長你……」本來就天熱，房子裡連把扇子都沒有。包世忠急得滿頭大汗。

宋世寬遞過一塊毛巾，做了個搖擺的手勢：「你不用說了。在你來之前我們就看了你的材料。正好余部長和康副部長要求我們加強基準井的鑽井隊領導，而承擔一號井的32118隊老隊長另有任務，所以我們決定請你去那兒。這是組織決定。」

包世忠一聽「組織決定」四個字，就再也沒有推辭：「是，首長，明天我就去鑽機隊報到。」

宋世寬高興地送這位雷厲風行的新隊長出大門時，突然他發現這位雄赳赳氣昂昂的年輕人走路時怎麼像地質部的老部長何長工那樣跛腿呢？宋世寬後來才知道，少校轉業軍人包世忠原來是個戰功顯赫的三等甲級殘疾軍人。宋世寬有點兒後悔派這樣一個同志上當下最要緊的前線，但勇士已經起程，那是不可能叫得回的。

包世忠來到32118隊時，松遼基準一井已經開鑽，他從零學起，一直到熟練指揮整個鑽機的操作和戰鬥，但石油部和地質部乃至中央都很重視的松基一號井並不理想。從盛夏到深秋，包世忠和隊友們苦戰數月，於11月11日完成設計鑽探進尺1879米。戰鬥英雄隊長的包世忠看著一箱箱圓柱狀的岩芯被地質師排列有序地放在鑽臺旁邊的木具裡，那些夾帶小魚、螺殼和樹葉等化石物體的奇妙石頭，如同天書般

地吸引著他。包世忠每天美滋滋地看著這些寶貝兒，臉上總是露著笑容。但勘探局的技術人員告訴他：這個井基本失敗。

「為什麼？」包世忠有些急了，「我們哪兒做得不對？還是質量不合格？」

「都不是，是因為沒有見到油！」

包世忠像泄了氣的皮球，他這才似乎明白找石油並不比搶佔敵人高地簡單。

在 32118 隊開工一個月後進入施工的松基二號井也不理想。這口井鑽井深 2887 米，除了在井深 168 米到 196 米之間的岩屑裡見過少量的油砂外，同樣並沒有獲得工業性油氣流。

這上任初始的第一年，對將軍部長來說不能不說是個很不吉利的一年。「川中會戰」之痛一直留在他心頭不說，地質部已經提出「三年拿下松遼大油田」的口號，可油在哪兒一直是個問題。松基一號井和松基二號井相繼沒有逮到真正的「敵人」，而越是逮不到「敵人」，石油部上下越是摩拳擦掌。

當然，最著急的還是他們的部長余秋裡。

這一天深夜的秦老胡同裡，安靜得出奇。余秋裡家的那個會客室裡被煙霧籠罩得進不得人。孫敬文、周文龍等幾位副部長因為受不了而早早離開了，李人俊也感到再跟著「吸煙」肺都要染黑了。屋裡只剩下余秋裡和康世恩，倆人面對

面地一支接一支地抽著煙，誰也不說話，四隻眼睛盯著同一個方向──鋪在地上的那張松遼地質圖……

就這樣幾十分鐘、幾十分鐘地過去。

余秋裡在等待康世恩最後確定「松基三號井」的井位方案，而康世恩則在等待前線地質技術人員向他報告被退回去的報告。

用地質部老地質學家黃汲清的話說：「事不過三」，這松遼找油如果三口基準井都沒有工業性石油顯現，問題可就大了！

余秋裡能不著急嘛！余秋裡一著急，一不說話，康世恩就更著急了，像打大仗時，參謀長不能給定奪戰局的司令員拿出個可行的作戰方案一樣，那要他這個參謀長幹啥？

小桌上的幾包「中華煙」都空了，最後只剩下一支煙了，余秋裡剛要下手，卻遭不客氣的康世恩抓過去就往自己的嘴裡塞。余秋裡一愣，笑了：老康，抽完這支煙你就先回去休息吧！

煙霧中的康世恩搖搖頭：回去也睡不著，還不如在你這兒好一些。

余秋裡沒說話，雙腿從木椅上放下，拖上布鞋，進了裡屋。一會兒又回到客廳，只見他手裡拎了一瓶酒和兩隻杯子，「咕嘟咕嘟」地各倒了大半杯，也不管康世恩喝不喝，自個兒先往嘴裡倒。康世恩一見，甩掉手中的煙蒂，順手端起酒杯，生怕落後……

外面下著鵝毛大雪。院子裡已經積起厚厚的一層銀裝，余秋裡和康世恩似乎根本沒有發覺，依然喝著沉悶的小酒，一杯又一杯。

「怎麼搞的，這酒不跟以前一樣了！苦啊！」余秋裡突然大叫一聲，眼睛盯著杯子裡的剩酒，迷惑不解。

康世恩也像一下被提醒似的，看看酒杯，又品上一小口，說：「沒什麼不太一樣嘛！」

「不對，就跟以前的不一樣！」余秋裡堅持說。

康世恩苦笑一下，再沒說話。

雪夜，秦老胡同裡，兩位石油決策者依然一杯又一杯地喝著。他們在苦悶和期待中等待著新年的鐘聲。

松遼前線關於「松基三號井位」的最後布孔方案終於送到了部裡。余秋裡讓康世恩找地質部和自己部裡的權威們趕緊研究商議。

「余部長很關心松基三號井的事，今年春節我們幾個就別休息了，抓緊時間爭取把三號井的事敲定。」康世恩對勘探司的副總地質師翟光明說。翟光明轉頭就去告訴松遼前線來京彙報的局長李荊和與張文昭。

李荊和一聽部長們還要進一步商量「松基三號井位」的事，有些驚訝地問：這已經來回折騰好幾回了，怎麼還不能定下呀？

翟光明悶著頭說：你也不想想，如果三號井再見不到油，余部長還不吃了我們幾個？

李荆和探探舌頭，苦笑道：那倒也是。又說：不過如果三號基準井再打不出油，余部長第一個要撤職的肯定是我這個松遼勘探局局長。

幹吧！在這樣的「只許成功、不許失敗」的將軍面前還能有什麼路可走？

2月8日，是農曆乙亥年的春節。石油部辦公大樓二樓的一間小會議室裡很熱鬧。值班的人探頭往裡一看：喲，康世恩副部長和李荆和局長，及翟光明、余伯良、張文昭等人都在裡面呀！

再仔細一看，不大的會議室裡，卻鋪展著一張巨大的松遼地質勘探圖。康世恩臉色頗為凝重地說著：「松遼第一口基準井打在隆起的斜坡部位上，不到 2000 米就打進了變質岩，沒有使我們看到油氣顯示，看來是沒打到地方。二號基準井打在婁登岸構造上，雖見一些油氣顯示，可一試油又沒見什麼東西，我想可能太靠近盆地邊緣了。因此松基三號就必須向盆地中央去勘探！李局長，你跟張文昭同志再把你們那邊的情況和近期對確定松基三號井位元的補充資料說一下。」

張文昭連忙把手頭的資料和幾份報告塞到李荆和手中。李荆和其實用不著看什麼資料了，他知道康副部長其實情況已經相當熟悉，所以李荆和重點挑了松基三號井的井位情況作了簡扼介紹：三號基準井的位置早先由地質部松遼石油普查大隊拿出的方案是確定在「吉林省開通縣喬家圍子正西

1500公尺處」。地質部松遼普查大隊還對上面的井位確定理由作了五點說明。但石油部松遼勘探局的張文昭、楊繼良和鍾其權不同意上述意見，認為地質部松遼普查大隊提出的三號基準井位存在三大缺陷：一是井位未定在構造或者隆起上，不符合基準井探油的原則；二是盆地南部已經有深井控制，探明深地層情況不是盆地南部迫切需要解決的問題；三是該點交通不便。他們提出應向盆地中央的黑龍江安達縣以西一帶布井，並陳述了相應的理由。地質部的同志很快同意石油部張文昭他們的建議，並派最早進入松遼平原的韓景行和物探技術負責人朱大綬前來聽取張文昭等石油部同志對具體布孔的理由。

楊繼良和鍾其權等面對同行的「考試」，很是一番辛苦，可當他們擺出五大依據時，物探專家朱大綬表示搖頭：地震資料不夠，沒有電法隆起的基礎工作，難說新孔是不是在所需的隆起構造上。

專家們的討論異常激烈。康世恩那個時候正好跟余秋裡上了西北的克拉瑪依那邊，他通過長途電話問張文昭情況怎麼樣了，張文昭只好報告實情。

「地質部同志的意見非常對，你們趕緊抓緊補充地震電法資料。一方面請朱大綬他們幫助，另一方面我知道最近蘇聯專家有一架飛機要在松遼盆地進行一次考察，你們爭取擠上一個人，從空中看看新布孔的所在地貌……」康世恩說。

張文昭問楊繼良去不去乘飛機兜一圈？楊繼良高興得手

舞足蹈：「去啊！我可從來還沒有坐過飛機呢！」

楊繼良到了蘇聯專家坐的那架小飛機跟前時，地勤人員卻將他攔住了，說你這塊頭這麼大，沒你坐的地方！

楊繼良急了：我是塊頭大了一點兒，可也沒有蘇聯專家大嘛！

地勤人員說：人家是外國專家，要照顧他們嘛！

楊繼良悻悻不樂地：那我就站著不占兩個人的座位行不行？

地勤人員看看這個背地質包的胖子，也就只好如此了。

太美了！飛機上下來的楊繼良衝張文昭和鐘其權的第一句話，就是這三個字。

「我們選擇的井位沒有錯。那是盆地的一個大隆起構造……」楊繼良言歸正傳。

張文昭告訴他：前些日子，鐘其權和張鐵錚等同志跟隨地質部物探大隊的朱大綬他們一起上了大同鎮一帶進行了地震工作，地震隊在現場提交了高臺子地區初步的構造圖，表明那一帶真的是一個大隆起構造。綜合資料看，我們原先定的井位，只需要稍作移動，就是理想的井位了！

楊繼良聽後興奮不已，連夜由他執筆的向北京方面報告的松遼石油勘探局 58 字第 0345 號文件形成，該文指出：「松基三號井的井位已定，在大同鎮西北，小西屯以東 200 公尺，高臺子以西 100 公尺處。」

石油部接到楊繼良他們寫來的報告時，余秋裡和康世恩

已從克拉瑪依回到北京，於是在余秋裡參加武昌召開的黨的八屆六中全會之前，他指示康世恩儘快通過研究後給松遼局一個批覆。11 月 29 日，石油部便以油地第 333 號文件給松遼局批覆同意他們的松基三號井井位。

也許有過一號、二號基準井的失敗教訓，余秋裡和石油部這回對三號井的位置特別重視，就是文件下達了，仍沒有放鬆進一步的論證工作。舊年底和新年初，余秋裡指示康世恩讓翁文波和勘探司副司長沈晨親自陪蘇聯專家布羅德再去長春一次，與地質部的同行再認真討論一次基準三井的井位。專家們經過幾天反覆審查已有的地質和物探及航探資料，最後一致認為：大同鎮構造是松遼盆地內最有希望的構造。蘇聯專家布羅德更是一口肯定：再不見油，我就斷了自己嗜酒的習慣！

1959 年新年鐘聲剛剛敲響，石油部系統的廠礦長會議隆重舉行。會議期間，余秋裡帶著李人俊、康世恩等多位副部長和機關業務部門的司局級幹部聽了張文昭三天的松遼勘探成果及下一步工作重點的彙報，張文昭特別重點介紹了松基三號井井位確定的前後過程及理由。

「這事不用再議了，我看專家們的理由是充分的。成敗在此一舉！不過，這麼大的松遼平原上鑽那麼三個眼，我想即使都沒見油，也不能說明那兒就沒有大油田！」余秋裡說到這兒，右手握成拳頭，使勁往桌子上「嘭」地猛一砸，「我是作了打十口一百口勘探井準備的！既然大家認為那兒

地底下有油，那我不信逮不住它！」

春節前，余秋裡因為要向劉少奇彙報石油工作情況，康世恩就利用春節幾天時間把專家們請到部辦公大樓上又連續細細討論了松基三號井的每個開工前的細節。

年初四，余秋裡和康世恩，及沈晨來到何長工家開「國家會議」時，就是帶著包括松基三號方案去的。

「老將軍，你快仔細看看我們的總體設計方案還有什麼問題……」我們的鏡頭終於又拉回到了春意濃濃的老將軍家了。

何長工慢悠悠地戴上老花鏡，還是看不清。余秋裡乾脆就把圖托到他眼前。

嗯，這回行了。老將軍面對松遼地質普查勘探圖，看得仔細。末了，又翻起一本厚厚的文字材料，然後抬頭對余秋裡說：「很好。這東西把兩個部的協調與分工寫得比較明確。下一步就看我們能不能早日見油了！」

余秋裡的眼裡頓時露出光芒：「那春節一過，我就讓人以我們兩個部的名義把這份總體報告向松遼方面發了?!」

「可以。」老將軍說完，發出一陣爽朗的笑聲，然後拉著余秋裡的手，說，「我們倆都在毛主席面前發過誓的，說要三年拿下松遼。現在就看松基三號井了！」

余秋裡聽完老將軍的話，用手往鋪在地上的松遼地質圖一指，做了個斬釘截鐵的姿勢：「對，我們的決心沒改變：三年時間堅決攻下松遼！」

何長工開懷大笑：「看來我們的目標是一致的！這樣吧，4 條地質綜合大剖面的工作由我們地質部來承擔，你們石油部就全力把松基三號完成好！咱們攜手並肩，在今年幹它個漂漂亮亮的大仗！」

興頭上的余秋裡還要説什麼時，卻見康世恩裝腔作勢地湊到何長工耳邊：「老將軍，我還有個問題要請求。」

何長工開始一愣，繼而抬起左手，朝康世恩的後腦勺輕輕一拍：「我知道你的『請求』是什麼！」

旁人不知怎麼回事。何長工滿臉詭秘地衝康世恩一笑，然後朝廚房一揮手，大聲吆喝道：「老伴，上餃子噢——！」

「啊哈——，知我者何老將軍也！」康世恩樂壞了，他從何長工老伴尹大姐手中搶過一大碗白麵餃子，就神速「戰鬥」起來。

「好兄弟，慢點兒。瞧，餃子裡的油都流外面嘍！」

何長工一把拉過老伴：「你甭管他，秋裡説他這幾天光顧開會，春節都没休息一天。讓他吃個夠。不過明兒他要是不給我在松遼弄出油來，看我怎麼罰他這條餓狼！」

「報告老將軍，我接受您的挑戰！」康世恩頑皮地拿起筷子向何長工敬了個軍禮，末後又可憐巴巴地抬起手中的空碗，朝老將軍説，「謝謝您老，再給來一碗！」

「哈哈哈……」余秋裡等人樂得前仰後合。

石油部、地質部在何長工家開的此次「國家會議」具有

歷史意義。

之後，余秋裡在部黨組會議上，迅速佈置了新一年松遼勘探的戰略部署。誰來打松基三號井，這是個問題。但這畢竟又不是個問題。

32118 隊自完成松基一號井後，在隊長包世忠的帶領下，利用冬季整休時間進行了大練兵。從幹部到普通鑽工，個個精神飽滿，鬥志昂揚，又通過技術培訓，技術操作也躍上新臺階。大隊長看在眼裡，喜在心頭：松基三號的任務就他包世忠隊了！

32118 隊全體幹部職工接到再戰松基三號的任務後，一片歡騰。從松基一號井址的高臺子村到新井位的小西屯村，相距 130 多公里。之間，沒有一條像樣的路，淨是翻漿的泥地田埂。120 餘噸的物資怎麼搬運到目的地，成了包世忠的一大難題。因為隊裡僅有松遼勘探局配備的 4 輛運車最大運力也只有 4 噸重，而隊上的兩臺泥漿泵外殼就有 19 噸重，且是不可分拆的整件。怎麼辦？包世忠發動群眾集體議論，大夥兒越說點子越多：沒有大型吊車，他們就用三角架和滑輪倒鏈提升近 20 噸的泥漿泵體，然後在懸空的泵體下面挖出一個斜面坑，再讓運車徐徐內進，然後鬆開三角架上的倒鏈，20 來噸的龐然大物就這樣安然地放在了運車上。而嚴重超重的運車啟動後，包世忠像看著自己的閨女出嫁一樣，一步不落地跟著。啥叫難啊？這一路運載才叫難啊！走在田埂上怕陷進去出不來；走在沿途小橋，怕一旦遇上拐彎什麼的

326/ 魯迅文學獎作品選 — 報導文學卷 1

就慘了：甭怎麼想，就是走也不是、退也不是……包世忠記不清這春節是怎麼過的，反正每天他要帶著全體隊員，像螞蟻扛骨頭似的將一件件、一根根鐵柱重墩——當然還有一隻只小小的螺絲釘和一片片岩芯碎片，全部搬運到 130 多公里外的新目的地。

「蠻幹！」

「胡來！」

「破壞生產，個人英雄主義！」

32118 隊以這種「螞蟻搬骨頭」的精神，實現了在無任何外界幫助的條件下完成井隊整體長途搬遷，即遭到有些人的政治攻擊。拖著殘疾之身的包世忠竟然為這不得不到局幹部大會上作檢查……

余秋裡得知後氣得直咬牙關地痛斥道：「我的隊伍是去找油的，油找不到，你們可以批他們、撤我職，但眼下我們上下都在為拿下松遼革命加拼命幹的時候，你們這樣打擊幹部和群眾積極性，我不答應！」

然而這僅僅是石油戰線面臨當時整個社會的政治壓力下所出現極不正常的冰山一角而已。余秋裡身為部長，中央的重要會議或會議精神他應該是非常清楚的，但對在「大躍進」極左浪潮下可能出現的現象仍然估計不足，或者有些事連他想都想不到的。

正當他和戰友們擺開松遼找油大戰之際，全國性的大煉鋼鐵運動仍在一浪高過一浪地推向全國。毛澤東雖然在 1959

年初的武昌會議上提出了「壓縮空氣」的建議，同時對大辦人民公社運動中出現的「共產風」也極為不滿，也正式提出了不再當國家主席。但在制定國民經濟生產計畫時堅持「以鋼為綱」的方針。在經歷大煉鋼鐵和「共產風」之後的國力受到嚴重損害形勢下，中央又把有限的資金和物資用於了保證鋼鐵建設方面，石油工業怎麼辦？

余秋裡心急如焚。

石油部內部有人在這個時候提出，既然工業戰線都在「以鋼為綱」，我們石油戰線何必爭著幹吃力不討好的事？讓吧！讓鋼鐵老大先行吧！

但多數同志則堅持認為，國家統一計畫下，我們可以擺正石油工業在國民經濟中的地位，既服從大局，又可以合理使用國家分配的投資和物資，在內部充分挖掘潛力，努力完成和超額完成國家任務，同時儘量爭取多找油。

「我看這『又讓又上』，比『只讓不上』好！」在全國石油系統廠礦長會議上，余秋裡揮動著那隻有力的右胳膊，鏗鏘有力地說，「從我們石油部的實踐看，對待困難，一般有三種態度：一種是看到困難就調轉方向，在困難面前躺下來；另一種是不利條件看得多，有利條件看得少，當伸手派，不積極想辦法克服困難。持這種態度的是少數人；第三種，也是我們石油工業中絕大多數同志的態度，就是把困難看成是客觀存在的，要依靠群眾去克服的，使之成為推動我們前進的動力。我多次提出要做克服困難的勇士，而非做困

難面前的逃兵！困難越大，幹勁越大，辦法越多！沒有幹勁，不動腦筋，必然步履艱難，一事無成！」

一年多來，余秋裡對自己的隊伍抱有足夠的信心，他相信這支多數由軍人組成的石油大軍在困難面前的勇氣和克服困難的能力。但余秋裡對下面一些單位由於受社會政治影響而把握不了自己工作方向的現象同樣憂心忡忡。

新疆局就是一個例子。本來是一個朝氣蓬勃的新油田開發基地，卻因為全民大煉鋼鐵而竟然在他們那兒有人放下石油不鑽，整天熱心搭起小火鋼爐煉鋼鐵去。可氣的是為了達到煉鋼的數量，竟把國家進口來的無縫鋼管鋸斷後去湊煉鋼量。

「你們這幫敗家子！誰要再敢這麼幹，老子就派人把他抓到北京斃了他！」余秋裡大發雷霆，把值班室的電話摔得八丈遠。「你，馬上到那兒去一趟，把黨組的精神傳達給他們，必須堅決制止他們的這種敗家子行為！」他把副部長李人俊找來，命令他立即赴新疆。

那時石油部下屬的單位實現雙重管理，即業務上受石油部領導，而在組織和人事方面由地方管理。李人俊到新疆局後，人家聽不進余秋裡和石油部黨組的精神，反說李人俊是「右傾」，恨不得就地批判。

「反了！簡直是反了！」余秋裡不再是大發雷霆了，而且怒髮衝冠。這一天他被周總理叫去了。

「秋裡同志啊，南邊的形勢很緊，軍方一再向我要油。

新疆那邊的運力不行啊！得想個辦法呀！」周恩來見余秋裡後就愁雲滿臉地說。

余秋裡像做錯了事似的站在那兒直挺挺地等待總理的進一步批評：「總理，是我們工作沒做好。」

周恩來搖搖頭：「這不能怪你，一是我們的車子太少，二是那邊的路程實在太遠。運一車油到南邊，得走幾千公里，成本太大了！」

余秋裡想說：總理啊，石油東移戰略絕對是對的，得早動手多下點本錢搞呀！可他沒有說出口。

「這樣吧，我再請薄一波同志從國庫裡調撥 1100 輛汽車給你們！」周恩來操起電話，立即給薄一波辦公室通話。末後，握住余秋裡的右手，不無期待地，「你得幫我這個忙啊！」

余秋裡無言可答，只是默默地點頭保證。

夜深人靜。長安街上蕭風獵獵，無幾個行人。余秋裡坐在車內一言不發，他想起剛才周總理的話和神情時，心頭陣陣隱痛。有幾件事他沒有向總理說，但卻一直像鉛似的墜在他心頭。前陣子，國家煉合金鋼要新疆克拉瑪依油田煉油廠增加生產，甚至國務院還專門派飛機去那兒空運過石油焦。可當他余秋裡根據李富春副總理的指示，給新疆局下達石油焦生產計畫時，那邊竟然這樣回答部裡：「煉鐵 7000 噸，鋼 1000 噸，一定要完成；努力完成石油焦任務。」

「狗屎！這是狗屎報告！」余秋裡把新疆局發來的文件

摔在地上，重重踩了幾腳，憤憤地罵道，「石油焦是國家的急需物資，一級任務！他們卻說『努力完成』。煉鋼鐵是他們的任務嗎？瞧他們那麼起勁，什麼『一定要完成』！我看他們完全本末倒置！豈有此理！」

　　還有一件事更使余秋裡無法容忍。國家為了從新疆多運一些成品油，經周總理親自批准，決定把石油五廠部分煉油設備調到新疆克拉瑪依煉油廠。石油部正式下文給五廠，指示他們按中央精神迅速執行，並且還專門派人去督促。哪知五廠領導就是拒不執行，而且找出種種理由來搪塞部機關。

　　「你們以為自己是誰？是中華人民共和國之外的獨立王國了？以為保護本廠利益就是最崇高的了？呸！一點兒最起碼最基本的全局觀念都不知道！在社會主義建設事業中，一個只顧局部利益的單位、廠礦，能搞得好嗎？不行！永遠不行的！」余秋裡在部屬廠局礦工作會議上，讓五廠幹部站在眾人面前，暴風驟雨般地一陣訓斥。平時經常被人猜測的那只空袖子此時甩得「嗖嗖」呼嘯，嚇得五廠的幹部臉色發白。

　　「部長，我們錯了。回去立即改正……」

　　「改正？改正就完了？」那隻「嗖嗖」呼嘯的空袖子甩動得更加激烈，「知道什麼叫貽誤戰機嗎？那是要殺頭的——！」

　　「是，要殺頭的。」五廠幹部的後脖子直發涼。

　　一部之長，受國家之命，調所屬一個工廠竟然屢屢遭到

如此反覆和不從，余秋裡深感當時複雜多變的政治形勢和石油隊伍「雙重」管理所帶來的重重問題。而所有問題的原因，則來自於一個因素：中央和地方的極左風盛行，盛行到大有勢不可擋的地步。

剛剛起步的石油隊伍面臨著一場空前的生死選擇！

找油的人要去煉鋼。熱心石油事業的幹部則被批判為「右傾」分子。

余秋裡為此苦惱和焦慮。

暫不提松遼戰局的事。當時支撐著中國石油工業的主要基地如新疆石油局與玉門石油局，都面臨「不幹正業、幹正業反被打倒」的局面。

新疆石油局局長張文彬，是原「石油師」的政委，從1952年接受毛澤東之令帶領全師官兵轉業到石油戰線後，一心想為中國的石油事業出力流汗，多作貢獻。可有人則把他搞石油的幹勁説成了反「大躍進」的右傾行為，欲停其職。余秋裡得知後，立即責令新疆石油局黨委必須糾正對張文彬的錯誤做法。為此余秋裡專門與新疆自治區黨委的王恩茂同志通話，力主保下張文彬。

玉門油田的情況更是觸目驚心。在「大躍進」思想的影響下，全油田不按科學規律辦事，一夜間讓所有油井「放大嘴」，即開足馬力出油，結果造成整個油田的油井陷入「空肚」的危險境地。許多原本是高產油井，變成了低產油井；那些本來可以穩定產油的井，則成了「閉經」的枯井。局長

焦力人因為反對這種「浮誇風」，竟然被玉門市委決定要召開公審式的批鬥大會進行批判。

大會定在第二天八點正式開始。焦力人此刻自己已經知道，他是上面定的「右派」名額之內的人員了。而就在離開會只有十幾分鐘的時候，局機關秘書匆匆地過來向焦力人和局黨委書記報告道：「北京來長途，讓焦局長和書記你們倆去接。」

「誰打來的？」那個準備主持批判大會的黨委書記不耐煩地問。

「是余部長來的。」秘書說。

黨委書記一聽是余部長的，只好朝焦力人招呼一聲：「走吧！先接電話去。」

「玉門嗎？我是余秋裡呀！你們倆聽著：我現在命令你們馬上起程到北京來開重要會議！」長途電話裡，余秋裡以不可置疑的口氣命令道。

「部長，我們、我們正要開大會呢！能不能……等開完會再起程行嗎？」那黨委書記支支吾吾地問。

「不能！你們兩個立即上北京來，不得耽誤一分鐘！」北京的長途電話「啪」地掛了。焦力人和那個黨委書記弄不清北京余部長這麼急讓他們去幹什麼。於是也不敢耽誤一分鐘，夾起衣服又從財務那兒領了些路費直奔嘉峪關飛機場，火速趕到北京，直奔石油部機關。辦公廳工作人員見焦力人他們來後，很熱情地給安排在部招待所，一人一間房，而且

還特意在房間裡放了些水果。

第一天沒見有人來通知他們開會。

第二天還是沒有人通知他們去開會。

第三天了，焦力人和那個黨委書記坐不住了，上辦公廳問。

辦公廳的同志熱情而又客氣地說：余部長說了，讓你們倆好好休息休息。

「不是說有緊急會議要開嗎？怎麼讓我們天天閑著呀？」那個黨委書記莫名其妙地問。

辦公廳的同志笑笑，搖搖頭說：到底怎麼回事我們也不清楚，可余部長是這樣向我們交待的，他特意說讓你們來北京後好好休息幾天。

四五天后，余秋裡終於出現了，他先找焦力人，問玉門到底發生了什麼事？他們幹啥要把你打成右派？

焦力人說，就因為我看不慣他們拼命要求油田高產。

余秋裡一聽，說：我知道了。你先歇幾天，回頭我跟你們一起回甘肅去。

幾天後，余秋裡帶了另一位副部長，乘火車來到蘭州。焦力人和那個黨委書記遵照余秋裡的指示沒有下車，回玉門去了。

余秋裡下火車時，甘肅省委和石油部運輸公司駐蘭州辦事處的車同時到站接他。當時的石油部運輸公司在蘭州非常出名，因為國家的石油主要是靠他們運輸到全國各地的。聽

說自己的部長來了，運輸公司辦事處的同志臉上很有種洋洋得意之氣，他們知道部長的脾氣：肯定不會上省委招待所，而是願意上自己的運輸公司辦事處去住。

「這回我想住省委去。」余秋裡將那空袖子一甩，没多說一句話，坐進省委的車子就「呼啦」一陣風走了。

省委招待處的寧臥莊賓館，雖不像現在的五星級水平，但在當時也是蘭州數一數二的只有高級首長才有資格入住的地方。但余秋裡進了寧臥莊而沒有先歇腳，卻又喚來自己石油部的運輸公司派來一輛「伏爾加」。隨後到了蘭州煉油廠。

蘭州煉油廠位於蘭州西郊，它南靠小平子山，黃河正好從它身邊悄悄流過。蘭州煉油廠在五六十年代名聲顯赫，是蘇聯援建的 156 個重點工程之一。它的任務是將玉門、克拉瑪依和柴達木油田運送來的石油進行加工冶煉，然後再在這兒將成品油源源不斷運送至祖國各地。「蘭煉」因此是那個年代的一個石油驕子，也是西北工業的一顆璀璨明珠。它宏偉的建築，交錯縱橫的管道，及高聳雲霄的高爐，象徵著新中國蒸蒸日上的景象，被無數人所崇敬仰望。「蘭煉」的建設是快速的，一年多時間便拔地而起。其規模之宏大、設備之先進，以及車間、食堂、各種小會議室、洗澡塘、噴水式的飲水器……所有這些在當時簡直讓中國人看了就是「共產主義社會」般的縮影。

「蘭煉」是當時的國寶，更是石油部的掌上明珠。為

此，余秋裡在當部長後，就派一名非常得力的部長助理、新中國第一位接管國民黨舊政府石油機構的「欽差大臣」徐今強（後任石油部副部長、化工部部長）去管理「蘭煉」，任該廠黨委書記兼廠長。

余秋裡來到「蘭煉」，見了如此宏偉的現代化工廠，真是心潮澎湃。但與之極不和諧的是他看到自己的助手、「蘭煉」一把手徐今強怎麼總畏畏縮縮，連句話都不太敢講似的。

「今強，你這是怎麼啦？是病了還是身體哪兒不舒服？」余秋裡停住步子，問徐今強。

「不、不不，余部長，我、我啥病都沒、沒有。」徐今強結結巴巴地説著。

余秋裡疑惑地看著這位昔日敢説敢幹的助手，皺皺眉頭：「要不就是你不適應這兒的生活習慣吧？」

余秋裡繼續被人前呼後擁著在廠區各個地方參觀視察。

中午開飯，有肉有魚。余秋裡忙將徐今強拉到自己身邊：「來來，你這身子骨得補補，這頓飯你多吃點。」

徐今強拿著筷子，就是夾不動桌上的魚肉，最後他不得不對一臉狐疑的部長吐露真情：「部長啊，他們把我打成右傾機會主義分子了。」

余秋裡一聽就急了，「嘭」地將筷子往碗上一擱，問：「為什麼呀？」

徐今強嗯吱嗯吱不敢説。

余秋裡更火了：「我在這兒你還有什麼支支吾吾的？」

徐今強瞭解余秋裡的脾氣，於是如實報告：他是因為抓煉油而對大煉鋼鐵不熱心才被省裡抓反面典型弄成「右傾機會主義」的。

余秋裡聽完，非常生氣地扒了幾口飯，便將筷子往桌上一甩，站起身：「這頓飯也吃不香了！我要上省委去。」

這天晚上發生在蘭州的這一幕後來連毛澤東都知道：

晚飯很豐盛，酒菜齊全，且是超規格的。本來余秋裡讓下面的人吩咐由他們石油部出面招待省委書記，但人家省委的人不幹，說余部長上甘肅來，再讓石油部掏錢請客，他們省委領導的面子沒地方放嘛！

「那就客隨主便吧！」余秋裡對秘書說。

傍晚時分，寧卧莊賓館的上上下下知道省委書記要前來設宴招待石油部長，於是不到五點鐘就有人在大門口站著恭候。

「哎呀，書記好書記好！我已經有些日子沒見您這位老首長啦！」余秋裡提前幾分鐘在下榻的房間走廊裡等候省委書記的出現。來者的身份不僅是甘肅省委書記，而且當年在長征路上與余秋裡一起走過雪山草地，後在西北野戰軍當過四縱政委、兼任陝甘寧晉綏五省聯防軍副政委呢！論資排輩，余秋裡叫他首長一點不過分。

「好好好，余部長，你現在可了不得呀！年輕有為，毛主席賞識，中央重視的石油部長喔！」省委書記一番誇獎，

露出少有的恭慕之情。

「來來，給書記敬酒！」余秋裡喝酒的水平一般，但為了表達誠意，他今晚不得不全力以赴。藉酒意，他向省委書記一次次地表達心願：「我們的玉門油田、蘭煉、運輸公司，都是你書記的地盤上，仰仗你和省委的正確領導和關照，我們才有了些成績，感謝書記，感謝甘肅人民！」

省委書記也是個不勝酒力的人，幾杯下去，滿臉通紅，舌頭根都有些大了：「余、余部長你太、太客氣了，我們不都是在毛主席和黨中央的領導下幹工作嘛！石油部在你余部長的領導下，去年就打了個翻身仗，今年形勢更是一片喜人，毛主席表揚你，我們甘肅人民更感謝你！你瞧瞧，玉門、蘭煉，還有周總理一直特別關心的運輸公司，都在我們這兒，都是我們甘肅省的光榮和自豪啊！我們甘肅只要有這幾個單位大躍進了，我們就會向毛主席和黨中央交份滿意的卷子了！你說是不是，余部長？為這，我得先謝你！來來，乾、乾了這一杯！」

「乾！為了社會主義新中國！為了毛主席他老人家的健康！乾杯！」余秋裡今晚有事要求省委書記，所以人家的酒是不能不喝的，而且必須喝到主人盡興的份上。

酒後的閒聊該是輕鬆了吧？否也。會客廳的大沙發上，省委書記脫掉鞋子，說要舒服舒服。人家是老紅軍，正式場合一言一行，有板有眼。從臺前走下來後，該是「老農民」的那套習性一點不馬虎地徹底恢復。余秋裡在這一點上非常

喜歡省委書記，他們都是從小吃不飽穿不暖才扔了鋤頭跟共產黨鬧革命出來的，雖然現在官當大了，但骨子裡的生活習慣還是農民一個。

余秋裡也不含糊，屁股坐上沙發後，腳上的鞋一脫，跟著人家主人雙腿盤在沙發上，不同的是人家仰躺在大沙發上。「不好意思了，余部長，今晚給你多灌了幾杯，有點那個了……」省委書記舌頭根真有些發直了，臉緋緋的，仰躺在沙發裡衝北京來的客人歉意地笑笑。

「書記說玩笑了，那點酒對你來說就像當年戰場上撿幾根敵人的燒火棒一樣不在話下。」余秋裡從不奉承人，今兒個例外。

省委書記笑著在沙發上用手指指余秋裡：「你至少比我少喝三杯！三杯肯定是有的……」

余秋裡的心思早已想著有求於人家的事，便引入正題地對省委書記說：「書記啊，這次我來拜訪你可是有求於你啊！」

省委書記半閉著眼：「說，你余部長的事不就是我的事嘛！」

余秋裡一聽很受振奮，趕緊把手裡的煙一掐，說：「我是為蘭煉的徐今強的事今天要求你幫忙了！」

「徐今強？！哦，他這個人到底怎麼樣嘛？」

「當然是好同志了！對黨忠誠，作風正派，工作認真負責。」「這些我知道。可我聽說他在蘭煉的表現挺那個右的

啊！」省委書記不耐煩地揮揮手，說，「省裡正在研究下面報來的材料，好像他有點懸啊！離右派就那麼幾公尺了呀！」

余秋裡顯得有些著急：「我不相信這個同志有什麼右傾思想，更不相信他也會是右派！」

省委書記把頭往沙發裡頭一側：「具體的我也不是很清楚。」突然又轉過頭，向外面喊著，「喂——組織部的小李過來一下！你是經辦人，你給余部長說說到底是什麼情況！」

那個經辦人匆匆從門外走進來。先看了一眼自己的書記，又看了一眼橫眉冷對的獨臂將軍部長，心裡有些發毛地：「是這樣，余部長，下面反映徐今強只知道抓煉油，而對毛主席和中央大煉鋼鐵的事有反對意見。群眾因此對他⋯⋯」

余秋裡生氣地打斷對方的話：「搞石油的人不抓煉油的事還要他幹什麼？」

經辦者很害怕石油部長的兩隻眼睛，尤其是他那隻空洞洞的袖子，一扇動就叫人心驚膽戰起來，到底膽戰些什麼，也說不上來，反正挺叫人害怕的。「可、可大煉鋼鐵是毛主席號召全黨要抓的頭等大事，他徐今強不但自己不熱心，而且也不支持蘭煉的群眾煉鋼鐵，這樣影響就很壞。」

「壞什麼？我看很好嘛！」余秋裡的聲音很大，一下驚醒了酒醺之中的省委書記。只見他揉揉惺忪的眼睛：「怎、

怎麼啦？」他看看余秋裡臉色不太對勁，便對手下説，「小張，你、你給余部長講講徐今強的具體事。」説完，他又力不從心地重新將頭轉向沙發的裡面。

「對嘛，我聽聽啥事實嘛！」余秋裡緩了下口氣。

「是這樣，余部長。當時我們地方有人借蘭煉一臺備用的大型鼓風機去煉鋼鐵，可徐今強就是不同意……」

余秋裡立即打斷對方的話：「這有什麼不對？徐今強做得很對嘛！你們就憑這説徐今強有右傾思想，要打成他右派？啊！那我余秋裡不是更大的右派了嗎！我讓我們的玉門油田、新疆油田，還有柴達木油田不許把石油的設備和物資去煉鋼鐵，那我不是更大的右派了?! 這是什麼邏輯？荒唐！」余秋裡越説越火氣衝天，「噌」地從沙發上站起來。

那經辦人員嚇得趕緊退出會客廳。

省委書記驚醒了，吃力地支撐起身子。看著余秋裡趕走自己的手下，頗為不滿地：「余部長，你別發那麼大火嘛！這抓破壞大躍進的右傾機會主義分子是中央的精神，大煉鋼鐵也是毛主席的號召，你不能不讓我們要求下面的單位行動嘛！」

會客廳的門「嘭」地被余秋裡關上，但裡面的聲音，無一遺漏地傳到了外面的幾位秘書和賓館工作人員的耳裡——

「那也要看什麼人幹什麼事！如果徐今強把鼓風機借出去了，一旦正在工作的鼓風機出了故障需要更換備用的又找不著時，這會造成煉油廠的癱瘓你知道嗎？」這是余秋裡的

聲音。

「事情不會那麼巧合的。再說，大煉鋼鐵已經是全民行動起來了，他徐今強只顧本單位的局部利益，根本不顧全局的大煉鋼鐵和群眾性運動，起的影響非常之壞。」這是省委書記的話。

「徐今強沒有借！他是站在黨的立場上考慮問題的。」

「這麼說我們響應中央號召大煉鋼鐵就不是站在黨的立場上考慮問題了？」

「你這是跟我混淆概念。再說了，他徐今強還是我們石油部的部長助理，如果省委認為他有什麼問題，至少也得給我們打個招呼吧！」

「反右傾鬥爭，是當前全黨的一項頭等的政治任務，還需要向誰打招呼嗎？那這也招呼一下，那也招呼一下，我們上哪兒去抓右傾分子呀？」

「你書記上哪兒抓右傾分子我不管，但你要在我們石油系統隨便抓所謂的右傾分子，我看你抓個試試看！」余秋裡的聲音剛落，只聽「咣當」一聲巨響。

秘書和工作人員趕緊輕輕推開客廳的門縫往裡面瞅：原來獨臂將軍站在那兒正大發雷霆，他的右手還緊緊握著拳頭，兩眼直冒火焰地盯著對面沙發上坐著的省委書記。這時余秋裡的目光轉到門口，秘書和工作人員們趕緊又關上會客廳的木門。

「除了徐今強不能抓外，玉門的焦力人，運輸公司的張

復振，你們一個都不能動！一個都不能鬥他們！誰要是敢動他們的一根毛，我立即把他們都調回北京去。你省委有意見，我們上黨中央那兒去說！」

會客廳的門突然「哐」的一聲開了，只見獨臂將軍部長氣呼呼地從裡面走出，朝走廊裡等候的秘書和隨行人員一揮右臂：「走，回北京去！」

一個部長和一個省委書記幹仗，這不算小事。消息馬上傳到北京的中南海。毛澤東聽後扼腕道：自古就有不怕死的諫官嘛！

劉少奇聽人說後，頗為感慨地以欣賞的口吻讚揚余秋裡：為了黨的利益，就是要拋開個人，拋開單位，據理力爭。

那是個黨、國家和許多個人命運攪在一起的特殊年代，政治風暴和經濟壓力下，使得全國上下個個都處在鬥爭狀態。余秋裡以一個卓有遠見的政治家和辦實事的工業部長的魄力，為石油戰線儘量不遭受因為政治鬥爭而使一批幹實事的優秀領導幹部淪為人民的對立面，可以說費盡心思，力挽狂瀾。

時隔四十餘年的今天，當我請 83 歲的焦力人老部長談起這件事時，焦老頗為感慨地對我說，對這事他一生感謝余秋裡，他說如果不是余秋裡當時全力保他，那他焦力人恐怕後來的命運就非常慘了。他說後來他因余秋裡把他弄到北京後，玉門那邊的「右派」名額就戴到了另一位市委領導的頭

上。這位代他頂「右派」帽子的姓楊的市長，直到幾十年後才獲得平反，掛了幾年酒泉地區副專員後終因積憂成疾，過早離開了人世。「如果不是余秋裡部長當時救我，我的命運絕對好不了多少。」焦力人這位延安「魯藝」畢業的老革命家、新中國石油工業的重要組織者和領導者如此說。

那個年代受難的還有許多人。共和國極其重要的一位開國元勳彭德懷的命運也許是最慘的。1959 年 7 月初，正當余秋裡與同事們熱切地等待「松基三號」井的戰果時，他被召到江西廬山開會。

那個風景如畫的地方在這一年經歷了中國共產黨歷史上一次流血的疼痛，對共和國的發展也帶來了不可輕視的巨大傷害。余秋裡親歷了全過程，雖然他在當時並非是那場政治鬥爭的中心人物，但他的兩個最崇拜的統帥人物——毛澤東和彭德懷之間出現了水火不相容的矛盾與分裂，使他內心深深地受到震驚和痛楚。他崇拜毛澤東，一生按照毛澤東的指示和思想行動。縱觀余秋裡一生在軍事和經濟戰線上所作出的那些卓越貢獻和「特別能打開局面」的事情，我們可以無一例外地看到他余秋裡如何熟練運用毛澤東思想作指導並進行創新式的工作內動因是什麼，這就是對毛澤東思想的具體執行和實踐的結果；他愛戴彭德懷，無論在戰爭年代他作為從賀龍的一兵一將後轉為彭大將軍手下的一名高級指揮官，他對彭德懷的軍事藝術天才和正直為人的品質佩服又敬重，

並一生視為榜樣和楷模。但廬山會議上余秋裡無奈地看著自己的這兩位崇拜者之間出現的各不相讓、各持己見又最後在完全不均衡的較量中草草結束了這場心底流血的「路線鬥爭」。

廬山會議對余秋裡內心深處的影響是巨大的，而對他正在全力指揮石油戰線打開新局面的戰鬥也帶來不可低估的負面影響。

在參加廬山會議之前，松基三號井已經開鑽兩個多月。包世忠這位滿身帶傷的殘疾少校鑽井隊隊長也真不簡單，在沒有吊車、沒有大型運輸工具和沒有一條像樣的路可走的條件下，硬是把 120 多噸機臺設備搬到了地處黑龍江肇州縣聯合鄉高臺子村和小西屯之間的那片空地上。開鑽的儀式也並不像余秋裡、康世恩和何長工他們在決策井位時那麼翻來覆去、幾經周折那麼複雜和勞神，基井綜合研究隊隊長鍾其權找來一根小方木桿，上面寫了「松基三井」4 個字，用榔頭往地裡一釘，對包世忠他們說：就在這兒鑽！

包世忠是帶兵的人出身，他懂得鼓舞士氣該怎麼做。於是在 4 月 11 日開鑽那天，讓隊裡的幾個年輕人把 41 米的鑽塔披上鮮艷的紅旗，還特意上鎮上買了幾串鞭炮。全體隊員列隊站在鑽臺，他一聲令下：開鑽——！

頓時五臺 300 馬力的柴油機齊聲怒吼，將強大的動力傳送給鑽桿。直插地心的鑽桿開始飛旋，泥漿帶著水花，濺向四方，令圍觀的幾百名村民一陣陣歡呼和驚歎。

但是「松基三井」的鑽探並不一帆風順。一天，包世忠正在為解決職工的吃菜問題，帶人在一片荒地上墾荒翻土，副隊長氣喘吁吁地跑來報告：「隊長，快去看看，井上出事啦！」

「什麼？」包世忠沒有顧得上問清是怎麼回事，就直奔井臺。

帶班的司鑽耷拉著腦袋報告說，由於開鑽的時候井隊沒有配好足夠的循環泥漿，鑽井開始後他們用的是清水造漿辦法鑽開了地表層。這辦法通常不是不可以，但東北平原的地層與西北黃土的土質不一樣。鑽桿下旋不多久，地下的流沙層出現，造成表層套管下放時井壁出現坍塌，在一百多噸的鋼鐵鑽塔下出現一個不見底的深坑正吞噬著地表鬆軟的土層……情況萬分危急，如此下去，不光鑽進無法繼續下去，弄不好連整個鋼鐵鑽塔都有被陷下的可能！

怎麼辦？千鈞一髮之際，全隊將士們看著包世忠，盼他拿主意。「松基三井」關係到余部長、康副部長和全石油系統對松遼找油抱不抱希望的命根子，誰也不敢輕舉妄動，可眼下要是連鑽塔都保不住，這罪可就大了去啦！

「愣什麼？快填井吧！」包世忠與幾個技術人員和隊幹部迅速商量後，立即回到機臺，果斷作出決定。

填，用可凝固的沙泥夯實塔基；

填，用碎石子和草根條阻擋住坍塌的流沙；

填，用心和意志攔擊險情與惡果！

高聳入雲的「烏德」鑽機又重新抖起精神，發出「隆隆」的清脆歌喉……

「同志們哪，我們要把昨天損失的時間奪回來！加油幹哪——！」包世忠再次站在井臺上作戰鬥動員。

然後老「烏德」好像有意要跟 32118 隊較勁似的，在他們革命加拼命搶回前些日子因為填井後放慢的進度，井孔鑽至 1051 米時，測井顯示井孔斜了 5-6 度，這與設計要求直井井斜每千米深度不得大於井斜度的標準相距甚遠。

包世忠這回是真急了。生產分析會上，他的臉繃得緊緊的，說話也比平時高出了幾倍：「都在說大躍進大躍進，可到底怎麼個躍進法？如果光想要數量，不講究品質的話，你打了幾千米成了廢井，這不是什麼大躍進，而是大敗家子！……當然，責任不在大夥兒身上，我前陣子腦子就有點發熱，不夠冷靜，一心想把松基三井打完，所以指揮上有操之過急的地方……」

「這不是一個基層單位的每位隊長、書記頭腦發熱、不夠冷靜的問題，而是我們整個石油系統都有這一熱一冷的問題！」廬山會議回來不久，余秋裡在黨組會議上面對當時部內外山雨欲來風滿樓的局勢，以一個馬克思主義革命者的胸懷和氣魄，用辯證唯物主義的觀點，闡述了「熱」與「冷」的關係：

「什麼是熱？就是衝天的革命幹勁！是對社會主義事業的積極態度！什麼是冷？就是科學分析，就是要符合客觀規

律。熱和冷是矛盾的兩個方面，是對立的統一。沒有衝天的幹勁，就沒有做好工作的基礎；沒有科學的分析，幹勁就會處於盲目狀態，不可能持久。這就像打仗一樣，是勇與謀的關係。衝天幹勁和科學態度結合起來，我們才能立於必勝之地……不然，我們就會犯大錯誤！」

也許今天我們聽這樣的話並不感到什麼，但在盧山會議剛剛結束的那個時候，余秋裡能這樣說話，真可以用振聾發聵四個字形容。

空袖子甩進秦老胡同時，已經是又一個深夜了。房間裡的電話驟然響起。

「喂，余部長嗎？你還沒有休息吧？我是康世恩呀！對對，剛才松遼那邊來電話，說他們今天已經在泥漿裡見著油氣泡了！」

一聽康世恩報來的喜訊，余秋裡一邊接電話，一邊將汗淋淋的白色圓領汗衫脫下，露出光光的上身，聲音特別大地：「好啊，你知道他們現在打到多少米了？」

「1112 米。」

「那油氣泡能證明下面一定有油嗎？」

「那邊電話裡說，他們井隊的技術員取了氣泡樣品，用火柴一劃，你猜怎麼著？點著了！是一團橘紅色的火苗。肯定是我們要的油！」電話裡的康世恩激動不已。

余秋裡用握電話的右臂膀蹭蹭頰上淌下的汗珠：「這樣老康，既然那邊有情況了，我看你應該立即上前線去，坐鎮

那兒,等待進一步成果!明天你就出發上哈爾濱!」

「我也是這麼想的。那我明天一早就動身了?」

「好。我在北京等待你的好消息。」余秋裡放下電話,見齊腰高的三女兒曉霞揉著小手,從裡屋搖搖晃晃地出來:「爸爸,你又把我吵醒了。你真討厭!」

余秋裡高興地上前一把抱起女兒,用鬍子扎曉霞:「爸爸真討厭嗎?啊,還說我討厭嗎?」父女倆嘻嘻哈哈一陣鬧後,妻子終於搖著扇子出來干涉了:「都深更半夜了,還讓不讓人睡覺?」

「走,到媽媽那兒去!」余秋裡放下女兒,自個兒進了另一間屋子去衝澡。這個澡用的是冷水,可他覺得十分爽快,竟然一邊衝澡一邊少有地哼起了「社會主義好,社會主義好……」

這是 1959 年盛夏的一個日子。此刻松遼平原上的那口松基三號井現場,變得特別緊張和熱鬧。

昨天包世忠親自看著技術員將氣泡用火柴劃出一團橘紅色火苗後,立即命令鑽工:「抓緊時間取芯,說不定下一次提桿就能逮住油砂呢!」

果不其然,今天剛剛天亮第一個早班的隊員們在提取岩芯時,發現了一段厚度達 10 釐米的黑褐色油砂。

包世忠欣喜若狂地對自己的隊員們高喊著:「今晚我請大家喝酒!」這個酒是值得喝的,油砂出現,意味著鑽機已經摸到油王爺的屁股了。

這一天，康世恩已經到達哈爾濱，在華僑飯店住下。一同來的有蘇聯石油部總地質師米爾欽柯及中國石油部蘇聯專家組組長安德列耶柯夫等人。

「好啊！你們儘快把油砂的岩芯送到哈爾濱來！我和專家們要看看，越快越好！」康世恩的電話打到離松基三井最近的大同鎮郵電局。那年代國家的通訊設備極其落後，鑽機井臺上不用說根本沒有手機，連電報機都沒有，所有對外的聯繫必須經過當地最基層的郵電局來完成。於是，小小的大同鎮郵電局成了松基三井和北京及石油部領導們唯一的聯絡點。

長途電話的聲音極其微弱，每一次通話，無論是余秋裡、還是康世恩，都得站直了身子、用足力氣才能讓對方聽得到自己的聲音。

打包世忠第一次向上面彙報見油砂後，大同鎮郵電局簡直忙得不亦樂乎。包世忠向北京和外面彙報一件事、說一句話，幾乎全鎮上的人都知道——他不吊高嗓門喊著說話不行呀，而且經常一句話要重複喊幾回才行！油砂出來那幾天，正逢大同鎮所在的肇州縣開人代會。縣委書記找到包世忠，說你一定要來列席會議，給我們農民兄弟們講講咱這兒發現了油田的特大喜訊。包世忠面對全縣人大代表趕緊更正：「我們現在發現的是油砂，還不能說咱們這兒的地底下一定有油田，但這是個重要的希望！」

「好——毛主席萬歲！」代表們依然歡呼起來。

　　從這起，32118 隊鑽井臺成了四鄉八里老百姓趕集一樣的熱鬧地方了，天天有人裡三層外三層地前來參觀，誰都想第一個看到地底下「嘩啦啦」地冒出黑油來。

　　「北京的余部長著急，派康副部長來哈爾濱聽我們的消息了。你倆趕緊收拾一下，帶上油砂上哈爾濱去，康副部長和蘇聯專家都等著要看我們的油砂和測井資料呢！」包世忠對地質技術員朱自成和測井工程師賴維民說。

　　「是。隊長，我們堅決完成任務。」朱自成和賴維民帶上含油砂的岩芯樣和測井資料，早已按捺不住內心的激動和喜悅，搭上火車，直奔哈爾濱。

　　北國冰城哈爾濱的夏天，特別美麗。這一天，在十分富麗堂皇的哈爾濱國際旅行社賓館的四樓會議室裡，燈火通明，裡面不時傳來陣陣歡笑。

　　「同志們，現在已經到了關鍵時候，只要我們抓緊工作，松遼找油肯定會有重大突破！」這是康世恩的聲音。

　　突然，樓道裡有人急促地喊著：「快讓路！讓路！松基三號井的技術員到了！」

　　康世恩三步並作兩步地直向門口走去。當他看到手裡抱著一大包資料的賴維民氣喘喘地進來時，連聲說：「辛苦辛苦！你是負責電測的賴維民工程師吧？」

　　賴維民忙點頭應道：「是，康部長，我把測井資料都帶來了！」說著，將肩上挎的和手裡抱的一古腦兒放在會議室的沙發上。

「岩芯也運來了嗎？」康世恩一邊迫不及待地翻著測井資料，一邊嘴裡問著。

「運來了。朱自成技術員就在樓下⋯⋯」賴維民一邊擦汗一邊說。

「請朱技術員上來！」康世恩嘴裡說著，眼睛一直目不轉睛地盯著密密麻麻的電法圖⋯⋯

「康部長，油砂樣品拿來了！」朱自成抱著重重的岩芯，輕輕在康世恩的面前放下。

康世恩一見黑褐色的油砂，眼睛閃閃發亮，連聲讚歎：「太好了太好了！」

「快請專家！」突然，他對身邊的人說。

正在房間裡洗澡的米爾欽柯聽說是康世恩請他，那顆圓潤而佈滿銀絲的頭顱高興地搖晃起來：噢，康肯定要告訴我們好消息了！

情況正如米爾欽柯猜測的那樣。康世恩見老朋友、也是他的蘇聯恩師之一笑呵呵地進屋，便一把拉過米爾欽柯：「好消息！尊敬的米爾欽柯總工程師先生，你快看看這些資料和這油砂⋯⋯」

米爾欽柯看了一眼岩芯，又用鼻子聞聞，連連點頭，然後又伏在電法圖紙上認真看起來，而且看得特別仔細。這位蘇聯石油部的總地質師，也是蘇聯第二巴庫等大油田的組織發現者，不僅在蘇聯石油界享有威望，而且在世界石油界名聲顯赫。康世恩和在場的中國技術人員們等待著米爾欽柯的

結論。那一刻，四樓會議室靜得出奇，連手腕上的手錶走針都聽得一清二楚。

米爾欽柯終於抬起頭。他朝康世恩微笑了：「康，祝賀你！這口井的油氣顯示很好。要是在我們蘇聯，如果得到這麼可喜的情況，我們就要舉杯慶祝了！」米爾欽柯說完這話，屋子裡的人全都歡呼起來了，唯獨康世恩的笑容裡帶著幾分若有所思的神色。

「康，難道你還有什麼不滿意的地方？」米爾欽柯有些奇怪地問康世恩。

「不，我是在考慮下一步的問題。」康世恩說。

「下一步？你指的下一步是什麼？」

「松基三井目前的進尺是 1460 米，而且出現了 5-7 度的井斜。我想如果按照設計要求再鑽進到 3200 米深，肯定要不少困難。糾偏井斜需要時間，往下再鑽進 1700 多米，如果沒有什麼特別意外的話，恐怕還得用上一年時間……」康世恩嘴裡喃喃地念叨著，既像對米爾欽柯說，又像是在詢問自己。

「怎麼，你想現在就完鑽？」米爾欽柯瞪大了眼睛。

康世恩這回清清楚楚是對米爾欽柯說的：「是的，我想我們打基準井的目的就是為了找油的，現在既然已經看到了油氣顯示，就應該立即把它弄明白，看看這口井到底具備不具備工業性油的條件。」

「不行！」不想米爾欽柯像一下失控似的衝康世恩叫嚷

起來，完全沒有了蘇聯大專家的樣兒，更顧不上外交禮儀了。他抖動著根根銀絲，憤憤地：「康，你這樣做是不對的。松基三井既是基準井，那它的任務就是取全芯、瞭解透整個鑽孔的地下情況。這是勘探程序所規定的，不能更改！」

「可勘探程序是你們蘇聯定的。我們中國現在缺油，國家需要我們儘快地找到油啊！找到大油田才是最根本的目的！」康世恩力圖解釋道。這話更讓米爾欽柯火冒三丈，老頭子氣得一下又不知如何是好，於是衝著康世恩大叫：「松基三井必須堅決打到 3200 米！不這樣你們就是錯誤！錯誤！」說著，雙手一甩，氣呼呼地回到房間，「嘭」的一聲關門後再沒有出來。

怎麼辦？會議室頓時出現了少有的緊張氣氛。二十多雙眼睛一齊聚向康世恩。

「看我幹什麼？我臉上生油？」康世恩吩咐自己的中國同行，「他說他的，我們幹我們的。」

會議室頓時又重新恢復了歡樂。

康世恩讓人安排好從前線報喜來的朱自成和賴維民，然後說：「我要給北京打長途！」

於是這一夜，哈爾濱——北京；康世恩——余秋裡之間有了一段重要的通話。

「……情況就是這樣。現在請余部長你拿主意。」康世恩靜等在電話邊，他的心跳得很緊張。

北京。余秋裡家。

長途電話被一隻有力的右手握著，這是需要作出決斷的時刻。松基三井，影響到松遼找油整體方向，也關係國家能不能摘掉「貧油」帽子！區區一井，非同尋常啊！

余秋裡凝視著正方牆上的毛澤東畫像，雙眉一挑，對著電話筒，大聲說道：「我同意你的觀點：松基三井現在就停鑽試油！這個責任我負！」

「好！我、我馬上組織人員試油……」聽得出，對方康世恩的聲音微微發顫。

余秋裡放下電話，大步走到小院子的露天中央，仰頭看著天上的星星，心潮起伏：松遼啊松遼，現在就看你松基三井這一步的結果了！

「秋裡嗎？我是何長工呀！你們的決定我贊成。既然現在已經看到了油氣顯示，再往下打又有不少困難，那就停鑽試油嘛！至於專家說的取岩芯的事，我看這樣：我派我們的隊伍在松基三井旁邊，重新鑽口井，設計深度與松基三井一模一樣，全程取芯，以補松基三井的地質資料！」

余秋裡接此電話，臉上露出少有的感激之情：「老將軍啊，你這是解我大難啊！」

「哎——一家人別說兩家話。松遼找油，我們地質部和你們石油部是一盤棋的事。祝你成功。對了，別忘了你說過的話：等鑽油了，你得請我吃紅燒肉！哈哈哈……」老將軍在電話裡發出爽朗的笑聲。

「哎，我一定！一定！」余秋裡的嘴都樂得咧開了。

第四章

　　烏金湧出，千里歡騰。離國慶觀禮只有兩日，石油鑽工刮掉鬍子、換上新衣，捧著油樣要上天安門見毛主席。省委書記激情發揮，說：我看這個即將誕生的油田就叫「大慶」吧！「大慶」從此出現中國，屬於中國。

　　冰天雪地時，獨臂將軍親赴松遼，「三點定乾坤」。

　　自余秋裡和康世恩決定「松基三井」停鑽試油後，石油部上下這幾天可是既興奮又擔憂，興奮的是松遼找油的旭光即將出現，擔憂的是「松基三井」再試不出油來，那可就霉到家了。松基一、二號井打了一年多，基本上是失敗的，如果三號井再來個水中撈月，那石油部有何臉面向國人交待？不說別的，光一口基準井的成本就是幾百萬元哪！幾百萬元在當時是個什麼概念？等於打一口，要讓幾萬人餓一年肚子！這還不說，松遼找油自地質部韓景行等第一支正式普查隊伍進駐安達之後，這三年多中，已經相繼陸陸續續有幾千人在這兒工作，淺孔深孔多多少少加起來，那就不是幾百萬的事。早在余秋裡上任石油部時，在他全力支持康世恩的找天然油為主的戰略方向時，有人曾在背後搗鼓過不少事，說康世恩是能幹，可他只會花國家的錢而見不到油──人家說這話的根據是，在「一五」期間，石油部投入在找油上的勘

探費遠遠高於人造油的成本，但獲得的油氣量卻沒有人造油多。這回好，余秋裡上任後，石油部在尋找天然油的勘探經費上花出的投入更大，瞧瞧川中會戰——有人又把這事抬出來了，花錢海了，油呢？油沒見著嘛！等著吧，今年再抱不到「金娃娃」，看余秋裡和康世恩咋個收場！說不準哪，連我們的工資明年國家都不一定給了！

議論有時是很殺人的。余秋裡自己沒有親耳聽到這樣的話，但他的司機也是石油部機關的老百姓呀！老百姓之間聊天啥話都能傳到首長身邊的人耳裡。余秋裡當部長後，他對基層和百姓瞭解的一個重要資訊來源，就是從他的老司機那兒得到的。

我們還聊正題。

松基三井進入停鑽試油階段，余秋裡雖然人在北京，卻心繫北國松遼。在聽完康世恩對下一步行動計畫時，余秋裡告訴康世恩：既然固井和試油是關鍵，就要調玉門最好的技術人員支援松基三井！

康世恩立即表示馬上調人。

「哎，老康，還有一件事：聽說松基三井那兒經常有野狼出沒，你讓松遼局或者當地武裝部給井隊配幾把傢伙！」余秋裡在長途電話裡補充道。

康世恩笑了：「我知道了。」

康世恩接電話時，身邊有松遼局的同志在，他們不解余部長除了幫助他們調幾個試油的技術人員外，怎麼還要配啥

傢伙？

「就是打狼的槍！」康世恩說。

「哈哈，這事余部長都知道啦？」大夥兒笑開了。

松遼的事余秋裡哪樣不知道？

隊長包世忠給前往井臺指導工作的工程師們描述得繪聲繪色：那狼大喔！而且特狡猾，它正面不襲擊人，總是等你背過身去，忙著幹活的時候，它就悄悄走近你，然後突然發起進攻⋯⋯鑽機剛搬到松基三井時，狼崽子開始還挺害怕的，鑽機一響，它們就拼命地跑，後來聽慣了，就不害怕了。瞅著我們在幹活時，它們遠遠地躲在草叢裡等候機會襲擊，有一次一個地質員在井臺後擺岩芯，那幾隻狼就「嘩啦」一下撲了上去。千鈞一髮之際，我們井臺上的同志正好在提鑽，一股泥漿水順著巨大的提力衝出地面，濺向井臺四周，那幾頭狼崽嚇得拔腿就跑⋯⋯包隊長的故事講得驚心動魄，也傳到了部機關，傳到了余秋裡的耳裡。說者無意，聽者有心。於是余秋裡就想到了要給鑽井臺配幾把「傢伙」。

打狼是小事。試出油則是天大的事。

一切為了松基三井出油！那些日子裡，北京的余秋裡、前線的康世恩，每天通一次長途，一次長途短則幾句話，通常一兩個小時。

「松基三井的地下情況還是不十分清楚。主任地質師張文昭必須在現場。」

於是松遼局的主任地質師張文昭背包一打，就住在了小

西屯村，天天在井臺上與鑽工們一起天天一身水一身泥地盯
班；「固井？固井解決問題？……我明白了，那就調玉門鑽
井部工程師彭佐猷同志去。」

於是彭佐猷帶著助手直奔松基三井。8 月 23、24 日，彭
佐猷一到那兒就指揮固井戰鬥。幾千噸的水泥從堆場要扛到
攪拌現場，正在這裡「督戰」的松遼局副局長宋世寬一聲令
下：「跟我走！」一百多名工人、幹部，脫下上衣，在炎熱
的大太陽下，扛著 50 公斤一包的水泥袋，飛步在堆場與井
臺之間……

「試油？試油碰到難題了？85 ／ 8 套管上的採油樹底法
蘭缺失？井場上連試油的計量器也沒有？沒有那些東西也得
試！土法上馬嘛！對了，我看趙振聲行！別看他年輕，技術
可蠻過硬呢！調，調他過去！我給焦力人講！」

余秋裡一番調兵遣將，各路精英匯聚松基三井。

康世恩下過「只准撈水，不准撈油」的命令之後，井底
的清理已經就緒，現在就看效果怎麼樣了！

趙振聲果然不負眾望。他和井臺技術員朱自成、賴維民
和前來支援的鍾其權、焦亞斌等通力合作，連連克服難關。
這是見油前的最後準備：趙振聲和他的戰友們做的第一件事
是：組織測井隊和鑽工們挖一個試驗坑，下入一段 85/8 寸
套管，埋入地面以下長度 1.5 米，管外灌水泥環厚 330 毫米，
先試射 4 發 58-65 射孔彈，在進行射孔觀察後再發射 10 發
57-103 射孔彈。沒有見過這種特殊井下射擊的人無法想像這

一道工序對採油是多麼重要和多麼複雜。用通俗的話來解釋，就是鑽桿往地底下打後，油並不是那麼容易「嘩啦嘩啦」自然就湧出來了。它需要有個孔道，這個孔道應該是堅固的，固井的作用就是為這。但一固井又把油層與孔道隔絕開來，而且幾千米深的井孔，有是油的岩層，也有不是油的地層，為了保證能讓有油的地層與孔道相通，就必須在加好的鋼管上打開孔隙，射孔彈的功能就是準確無誤地完成這一程序的手段——把射孔槍輕輕放入鑽孔內，在預知的地方發射，打穿鋼管，讓油層裡的油通過彈孔源源不斷地湧出地面……

夠複雜和神奇的吧？趙振聲他們要做的第二件事是：找一塊一寸厚的鋼板，並設想一個用氣焊割下大小兩個環形鋼板焊在一起製造出一個土製的大法蘭。啥叫法蘭？那是採油樹上的玩意兒，很專業。啥叫採油樹？以前我看過石油部作家寫的小說，卻從未見過這麼一個富有詩意的東西。到了大慶我才看到這採油樹原來就是油井出口處由大大小小各種閥門組成的器具，一排一排的，像結滿果的桃李樹，所以取名為「採油樹」——當我第一次在大慶油田的「松基三井」紀念地看到它時，我真的很激動，我才真正明白石油工人對採油樹的那份情感，也明白了石油作家們一提起採油樹時的那種掩飾不住的衝動。「採油樹」是石油人的象徵，「採油樹」是石油事業的總閥門。那天在「松基三井」紀念地，我久久凝視著左臂右膀掛滿各種「果實」的「採油樹」，突然

發現那棵「採油樹」其高度和肢體與我尊敬的石油指揮者、獨臂將軍余秋裡十分相似，相似得驚人！因為那棵「採油樹」的肢體不是均衡的，有一邊的閥門比另一邊少一枝，我因此聯想到這是不是就是獨臂將軍那不滅的身軀和散佈在神奇大地上永遠不散的石油魂呢？

當我再轉向千千萬萬大慶油田裡的「採油樹」時，我又覺得它們有的像康世恩，有的像王進喜，有的像翁文波，有的像張文彬，有的像李人俊、像焦力人、像宋振明……也像楊繼良、李德生、翟光明、包世忠……他們像所有我認識和不認識的石油人！

這讓我感動不已。「採油樹」的名字可以是一首詩，也可以是一部書，更可以是一種象徵、一把火炬……可現在還不是我抒情的時候，松基三井的試油階段一切都是在嚴肅而緊張的科學程序中進行著。

趙振聲他們真有辦法，第三天就把土法製作的一個大法蘭搞成功了：往採油樹上一掛，然後進行清水試壓——試壓壓強到 72 個大氣壓時，法蘭處沒有任何滲漏，這說明土法法蘭成功了！

井場上一陣歡呼。

第三件事是邱建忠幾個地質人員研究的結果，他們認為從下油層組的油氣顯示和油層情況看，松基三井下的油難以自噴、大噴，對它採取提撈法試油不會出現「萬丈噴湧扼不住」的局面。因此建議應積極準備提撈手法和相應的措施。

　　第四件事還是趙振聲做的：他從廢物中翻騰了半天，找到一根約 13 米長、4 寸直徑的管子，然後再請車間工人師傅動手，自製了一個下井撈油的撈筒！這東西看起來很土，但是實實在在第一個與千米之下的石油「親密接觸」者。

　　剩下最後一件事：做兩個大油桶，每個能盛 200 升的油桶──余部長說了，如果松基三井出油了，就得知道它能出多少油。

　　萬事齊全，只欠東風了──這東風就是下去撈油上來！

　　「不行，現在不能撈油！只准撈水！」康世恩好厲害喔！他在哈爾濱坐鎮指揮，就是不讓松基三井的人在固井和試油開始階段撈油，只許撈水。

　　為什麼？我不懂。只有專家知道：松遼地底下的油是稠油，而油層上面有水層，下面也有水層，先撈油的話可能把油水攪在一起，油都「游」走了！這明白了嗎？康世恩是大專家，他身邊還有一群更大的專家──蘇聯專家組在一起研究分析呢！

　　聽他們的沒錯！這是技術問題，更是科學。

　　苦了包世忠他們 32118 隊的全體鑽工同志們了！可包世忠他們並不感到苦，從玉門到松遼，打了一井又一井，不就是為了看到湧出油來嘛！

　　撈！撈！把地球的膽水也撈它出來！

　　撈！撈！把地球的每一滴血都擠出來！

　　「停！停停！」康世恩又發話了。這回是不讓撈水了

——地球的苦膽水都撈盡了，只有血了、黑色的血了！

9 月 26 日，1959 年的 9 月 26 日。中國人應該記住這個日子。因為這個日子使每一個新中國的炎黃子孫都獲得了光明，獲得了溫暖，獲得了生活的新日子，獲得了幸福概念的實際意義，獲得了作為一個中國人的自豪。

因為這個日子中國的松遼出了石油，「嘩啦嘩啦」地直往外冒的石油！

有人也許會問為什麼 1959 年 9 月 26 日這個日子松遼出了石油才需要人們記住它，而不是 1874 年春天晚清同治年間欽差大臣沈葆楨在臺灣苗栗山挖井出油的那個日子，或者也不是 1907 年 9 月 12 日在日本人幫助下在延長找出油的那個日子，再為什麼也不是 1939 年 8 月 11 日玉門老君廟油田第一口油井出油的日子，或者也不是新中國發現開採的第一個油田克拉瑪依油田第一井出油的 1955 年 10 月 29 日那個日子呢？

道理非常簡單，所有 1959 年 9 月 26 日之前中國出油的地方，都無法與松遼出油的這個日子相比。松基三井出油是一種標誌，它預示了中國乃至世界上少有的一個大油田的誕生。這就是我們後來人人皆知的大慶油田的誕生。大慶油田的誕生改變了世界的石油經濟格局，石油經濟格局的改變，延伸下去就是世界政治和軍事的全面改變。這就是，一個東方社會主義國家的真正崛起。

9 月 26 日，松基三井的井臺上一片繁忙，大家期待已久

的目光全都盯在那根通向採油樹閥門口的長長的出油管⋯⋯下午 4 時左右，主任地質師張文昭一聲令下：「開閥放油──！」

「嘩──」那根 8 毫米的油管裡頓時帶著巨大的呼嘯聲，隨即人們見到一條棕褐色的油龍噴射而出⋯⋯

「出油啦！」

「出油啦──！」

那一刻，整個松遼平原歡呼和震盪起來。32118 井臺上一片沸騰：包世忠抱著油管直哭，朱自成跟著隊長也哭了起來，張文昭從老鄉那兒拎來一隻葫蘆瓢盛滿新鮮的原油，他看了又笑，笑了又看，最後竟然不能自禁地坐在地上失聲嚎哭──那是興奮的。突然，張文昭捧起原油，飛步離開現場⋯⋯

「出油了！我們出油了！」這一天，黑龍江石油勘探大隊黨委的領導同志正在松基三井駐地開會，張文昭端著葫蘆瓢闖進會議室，欣喜若狂地向與會者喊著。會議室的同志「嘩啦」一下圍住張文昭，爭先恐後地搶著看那瓢中散發著清香的油花。有人太心急，將手伸進瓢中，於是葫蘆瓢承受不了太多的手，「撲通」一下落在地上，黑色的原油頓時濺在所有圍觀者的身上。大家興奮得順手捧著原油往自己的臉上和手上抹，彷彿少抹了會吃虧似的，歡笑聲一浪高過一浪。

「出油啦！油量而且很大！日產能達十幾噸！」身在哈

爾濱的康世恩比預定的時間早出兩小時，給北京的余秋裡報告道。

「好嘛！」這頭，余秋裡像早有預料似的，回答得特別簡單，只是「好嘛」這兩個字說得比平時爽朗和有力得多。

這一夜，秦老胡同反倒安靜了許多。一則因為康世恩不在北京，二則松基三井出油後，余秋裡表面上變得不像初來乍到石油部時急切期待能夠立馬想「抱個金娃娃」的那股勁頭。

孩子們這一晚見自己的爸爸總在電話旁打著一個又一個電話。忽而往松遼那邊打，忽而往中南海打，忽而往地質部何長工家打，忽而乾脆坐在木椅上一聲不吭地猛抽煙⋯⋯

「爸爸今天有點怪喔！」曉霞拉著妹妹曉紅偷偷從門縫裡看著父親，回頭對媽媽說。

媽媽便笑盈盈地告訴孩子們：「松遼那邊出油了，你們爸爸今天事多，別去打擾他。」

曉紅和曉霞手拉手，輕聲細語地走到會客廳：「我們要睡覺了！晚安爸爸！」

沉浸在思考中的余秋裡，一見是兩個寶貝娃兒，頓時站起身來：「好，睡覺！我今晚也早點睡！」

余秋裡睡下了，但他哪能睡得著嘛！他的心早已飛到了松遼⋯⋯

松遼那邊此刻早已熱鬧透了。熱鬧的還有黑龍江省委的上上下下。

「喂，是李局長嗎？我是省經委老封呀！你們快把松基三井的石油送點來給省委領導報喜呀！」松遼石油勘探局的李荊和局長剛從 32118 隊現場回來，省經委封仲斌的電話已經追到他的辦公室。

「好好，我馬上派人送喜報。」李荊和放下電話，就找到黑龍江石油勘探大隊黨委書記關耀家同志：「關書記，省裡等著我們報喜去，你下午就動身上哈爾濱吧，帶上油。」

關耀家愉快地接受了這一光榮任務，並隨即起草了一份喜報，請李荊和審定後寫在大紅紙上。下午，他和辦公室秘書小李倆人抱著喜報和兩瓶原油，從安達火車站趕到哈爾濱。經委封主任約定他們明天在哈爾濱市工人文化宮門外等。

第二天上午，關耀家他們準時到達。不一會兒，封主任滿面春風地對關耀家他們說：「走，我們上對面的『107』去。」封主任說的「107」是黑龍江省委的招待所，這所看起來很普通的兩層建築，其實是省委領導經常開會的地方。

封主任帶關耀家等來到「107」二樓的一個會議室，當他們推開大門時，正中央坐著的一個身材中等、年約六旬的老同志立即站起來：「來來，是松遼前線來的同志吧？快過來讓我們看看油是什麼樣的！」

封主任向關耀家等介紹說：「這是我們省委第一書記歐陽欽同志。」

關耀家早聽說過歐陽書記，但卻是第一回見面。他抱過

油瓶和喜報，正要張開紅紙念時，歐陽書記笑著對他說：「喜報就別念了，給我們講講就行。」看得出，歐陽書記也有些迫不及待了。他指指關耀家放在地毯上的那個瓶子，問：「這就是原油嗎？」

「是的，就是埋藏在 1000 多米的地下噴上來的原油。」關耀家說。

歐陽書記的眼裡露出了光芒：「是真的嗎？拿火點點看能不能著呀？」

關耀家：「能著。」說著，他便順手捲起一個小紙條，然後伸進油瓶內蘸上原油，再用火柴點燃。

原油熊熊燃燒。

歐陽書記興奮地衝屋裡的常委們大聲說道：「看見了吧？這是真正的原油啊！我們這裡出油啦！這太好了！」

常委們無不歡欣鼓舞。

幾日後，省委就派副省長陳劍飛和經委封主任代表省委前往松基三井現場慰問鑽探職工和技術人員。

而這時負責松井三號鑽探任務的 32118 隊成了大忙單位。除了執行余秋裡等部領導要求他們十分仔細認真觀察出油情況外，白天隊上的同志忙碌著向方方面面的參觀者介紹噴油情況，晚上幾乎都有來自省、縣等單位的文藝劇團的演出節目看。而令全隊人最興奮的事還是余秋裡部長指示下來說讓隊上立即選出一個代表上北京參加「十一」國慶觀禮。現在的年輕人不知道什麼是「國慶觀禮」，那會兒誰能參加

「國慶觀禮」就是一種極高的政治待遇和榮譽，因為能見到大救星毛主席。

這回讓隊長包世忠犯難的是：一個名額，給誰呢？部裡傳來余部長的意見很清楚：要挑一線的同志去。誰都是一線的同志呀！包世忠扳著手指：「四大金剛」的司鑽吳三元、王順、劉福和、安發都是吃苦在先、手握剎把用汗水換出來的勞動模範；哼哈二將：副隊長喬汝平、鑽井技術員周達常更是衝鋒在前的勇士，還有地質技術員朱自成勤勤懇懇，就連炊事班的老班長張學孟都是功不可沒的松基三井的功臣啊！

「指導員你看這怎麼辦？」包世忠找到指導員沈廣友。老沈笑笑，說：「要不你去最合適，因為隊長只有一個。」

包世忠不幹：「這麼大的榮譽，我跟你都不能去！得讓工人們去。」

倆人最後商量由王順去。「我們32118來松遼後，一波三折，總算打出了油。現在上北京向毛主席報喜，得順當點兒。王順的字裡有『順』字，他去好。」包世忠沒轍，最後找了這麼個理由。

哈哈。就王順！

26日出油。27號向省裡報喜。28號部裡下達參加國慶觀禮名額。29號王順的名額才定下，而此時離「十一」才有兩天時間。

「快來刮鬍子！把你那身臭烘烘的玩意兒也脫了！」包

世忠和全隊上下像要嫁閨女似的給王順從頭到腳、從裡到外收拾了整半天。

上天安門向毛主席獻什麼禮？這又是犯難的事。

「當然是帶上我們打出的原油唄！」包世忠從朝鮮戰場回來見過大世面，這點子是他出的。全隊同志歡呼雀躍。

王順後來真上了天安門城樓，不過他沒有機會代表石油工人給毛主席獻禮，因為毛澤東和他有一段距離，但王順回到隊上堅持說毛澤東笑眯眯地向他招手呢！只是參加觀禮要求太緊，大會工作人員根本不讓他們帶什麼東西上城樓。

余秋裡後來上 32118 隊視察工作時，包世忠跟他聊起此事時，余秋裡笑著告訴包世忠：毛主席其實已經知道松遼打出油了。是他余秋裡打電話給了周總理，再由周總理轉告給了毛澤東。

「同志們，你們聽到了嗎？毛主席知道我們打出油啦！知道我們 32118 隊在松遼打出了油啦！」包世忠拿余秋裡部長的話，在井隊全體人員會議上好好鼓動了一番。這是後話。

在王順帶著喜報進北京時，黑龍江省委的歐陽欽書記他們則已經坐不住了。

「余部長，你的隊伍在我這兒打出了油，老頭子我高興啊！我得去看看他們！而且是帶著大肥豬去！你什麼時候過來呀？我也準備給你設宴接風啊！」歐陽欽書記給北京余秋裡打電話。

「哎呀老書記，太謝謝您了！我代表在松遼工作的全體石油同志謝謝您。沒有您老的支援，我們還不會這麼快見了油，我現在真想就飛過去看您，可手頭事太多……」余秋裡接到歐陽欽的電話，有些喜出望外。聽余秋裡身邊的人介紹，余秋裡生前對歐陽欽書記懷有特別的感情。余秋裡幾次說過：他之所以能指揮石油大軍搞出了個大慶，離不開黑龍江地方黨委和政府的全力支持，尤其是歐陽欽書記的支持。

歐陽欽還是位老資格的革命家，1959年的省委書記中，年近六旬的歐陽欽算是少有的長者之一了。但這位老書記革命激情不減，從那天親眼看到石油部的同志送來飄香的原油起，他老人家就一直處在高亢的興奮之中。

「好好。當京官身不由己，那我先行一步，替你去慰問一下石油同志！」歐陽欽性格爽朗，快人快語。

次日，黑龍江省委、省政府派出兩輛嘎斯車，分坐著省委書記歐陽欽和李范五、強曉初、李劍白、陳法平等領導，直馳肇州縣的大同鎮。

北大荒的秋天，清風習習，到處是金黃色的如畫風景。望著遼闊的黑土地，遙遠聳立在平原腹地的高高鑽塔，這一路上歐陽欽書記興致格外高漲，他對身邊時任省委秘書長的李劍白說：北大荒啊北大荒，你沉睡了幾萬萬年總算又要歡騰了！李秘書長，你說我們在北大荒發現了油田，蘇聯想卡我們脖子也卡不住了，這在國家經濟困難時期，我們這兒出油了，是不是一個非常關鍵而偉大的發現呀？全國人民是不

是應該為這好好慶賀這一具有歷史意義的事件？

李劍白秘書長也被歐陽欽書記的話所感染，連連稱道：「是該慶賀。松基三井噴油正值國慶十周年的大慶前夕，是向『國慶』獻了大禮，喜上加喜，應該大慶。」

歐陽欽書記的眼睛閃動著，露出少有的驚喜：「好啊，那咱們就給這個即將誕生的油田起個名吧！松基三井在大同鎮，我們就把大同改成『大慶』，你看怎麼樣？」

「太好了！名副其實。將來這兒要是有了大油田，肯定會成為一個非常漂亮的城市。山西有大同市，我們這兒再叫大同市就重複了。改！改大慶好！」

歐陽欽聽後發出一陣朗朗笑聲，他的嘴裡不停地在喃喃著：「大慶、大慶……」

「同志們，我們在松遼打出了油，這是歷史性的事件，值得紀念。將來，我們這兒要大發展，油田一旦建立起來，這沉睡了千年的北大荒將是一個充滿生機和希望的地方，因此我建議，把我們未來的油田叫成大慶，因為它是在我們建國十周年的大喜日子裡發現的！你們說好不好？」在與松遼勘探局的幹部職工見面會上，歐陽欽書記把自己的想法向大家徵求意見，立即得到了所有人的熱烈響應。

「好——大慶好！」

「大慶！」「大慶好！」

大慶的名字就這樣叫開了。

「大慶？！」余秋裡第一次聽人說歐陽欽書記把松遼出

油的地方叫大慶時，眉頭一揚，「好嘛！大慶好嘛！」他對康世恩和石油部機關的同志說：「今後我們就把松遼改成大慶。哪一天允許對外說了，我們就把它標在地圖上。現在嘛，我們只能在內部稱它為大慶，對外還不能說。嘿嘿，這叫內外有別嘛！」

大慶油田就這樣誕生了。

2004 年 5 月 15 日-8 月 15 日第一稿於北京

（全文約 28 萬字，原載《中國作家》2004 年第 10 期，2006 年 1 月由新世界出版社出版。）

國家圖書館出版品預行編目資料

魯迅文學獎作品選．4-5, 報導文學卷．-- 初版.
-- 臺北市：人間, 2013. 11
　384 面；15×21 公分
　ISBN 978-986- 6777-69-1（第 1 冊：平裝）. --
ISBN 978-986- 6777-70-7（第 2 冊：平裝）

857.85　　　　　　　　　　　　　　102023225

魯迅文學獎作品選 4

報導文學卷 1

出版者　人間出版社

發行人　呂正惠

社長　林怡君

地址　台北市長泰街 59 巷 7 號

電話　02-2337-0566

郵撥帳號　11746473 人間出版社

排版印刷　龍虎電腦排版股份有限公司

電話　02-8221-8866

登記證　局版台業字第三六八五號

初版　2013 年 11 月

定價　新台幣 320 元